KB004010

스즈미야 하루히의 경악(전)

스즈미야 하루히 시리즈

마치……, 나를 기다리고 있었던 것 같잖아……

스미야 하루히의 경악 전

타니가와 나가루 | 지음

이덕주 | 옮김

CONTENTS

제4장

α-7

월요일이라는 평일의 첫 번째 날이라고 해서 딱히 눈에
띄는 구분이 있는 게 아니라, 나태한 휴일을 보낸 일요일
의 이완됐던 상태가 몸에 남아 있어서 그런지 학교에서
집으로 향하는 길이 무척 길고 보행시간 또한 영원한 것
처럼 느껴진다.

하루히 일행과 걸어가던 하굣길 중간까지는 그래도 잠
시 잊을 수 있었지만 헤어져 혼자가 되고 나니 갑자기 쓸
쓸한 기분이 드는 건 아무래도 SOS단 멤버들과 함께 있
으면 내가 오서독스(주1) 모드가 되고 말기 때문인 것 같다.
딱히 조심했던 건 아니지만 완전히 물들어버린 현재의 나
자신을 뭐라고 표현해야 좋을까. 막대기로 수풀을 쑤셔댔
다고만 생각했는데 나 자신이 그 막대기였다는 걸 깨달았
다고 해야 하나.

"뭐."

나는 걸음을 멈추고 괜히 뒤를 돌아보았다. 봄의 등하
굣길이 평소보다 밝아 보인다. 그것은 방과 후에 찾아온

주1) 오서독스: orthodox, 정통의, 전통적인.

입단 희망자 1학년생들이 무척이나 순진하게 보여서 그랬는지도 모르고, 단순히 기상 조건적인 일조량 때문인지도 모르겠다.

"뭐 어떠냐."

이 혼잣말도 완전히 무의미한 것이다. 가끔 생각하는 건데, 혼잣말이라는 건 다른 사람 귀에 들어가야 제 맛인 거 아닌가. 아무한테도 전해지지 않은 말은 발성연습 그 이상의 것이 되지 못하니까 말이야. 그리고 나한테는 혼잣말을 하는 버릇은 없다. 그러니까 방금 한 말은 내 자신에게 들려주는 것이다.

실제로 하루히가 빨간색이라면 나는 벌써 오래전에 빨갛게 물들어버렸을 거고, 새삼 다른 색 페인트를 머리에서부터 뒤집어쓴다는 것은, 만약에 그게 가능하다 하더라도 골지체(주2)의 직경만큼도 생각하지 않을 거라 이거다.

그런 생각을 하며 나는 귀소본능이 이끄는 대로 집으로 돌아갈 작업을 재개했고 사사키나 쿠요우와 같은, 새해 들어 끼어 들어온 SOS단의 변칙적인 인자들은 머리 한구석으로 내쫓고 내 방에서 밤을 맞이하며 하루를 마치게 되는 건 나의 지극히 자연스러운 시간표이자 당연하지만 평범하게 그대로 이루어졌다.

그런 까닭으로—

특기할 만한 사건은 오늘 현재로서는 더 이상 없다.

그런 줄로만 알았다.

주2) 골지체: goldi body. 세포질 속에 있는 막으로 이루어진 납작한 여러 개의 빵이 쌓인 모양의 세포 소기관. 소포체에서 만든 단백질을 세포 밖으로 분비하거나 막으로 싸서 세포질에 저장하는 기능을 한다. 이탈리아의 골지가 발견하여 골지체라고 한다.

β-7

절벽에서 굴러 떨어지는 돌멩이 같은 기세로… 라고 하기에는 좀 과장되긴 하지만, 하루히가 언덕길을 나아가는 속도는 경보 세계선수권 대표와 좋은 시합이었다고 할 수 있겠다.

하루히의 뒤로 뻗은 눈에 보이지 않는 밧줄에 당겨지듯이 나와 코이즈미, 아사히나 선배도 하굣길을 내려갔고, 마침내 평지인 코우요우엔 역 앞에 도착했을 때에는 숨이 턱에 차 있었다. 항상 데오도란트 상태인 코이즈미마저도 이마에 맺힌 땀을 닦을 정도였으니 그 정도가 어떤지 알 수 있을 것이다. 심지어 아사히나 선배는 무릎을 짚고서 거칠게 숨을 몰아쉬고 있었다.

그러나 이 여자만큼은 체내에 방사성 물질을 키우고 있는 게 아닐까 싶을 만큼 피곤을 모르는 모습으로,

"뭘 쉬고 그래! 여기까지 왔으니 달려야지!"

나가토네 집을 향해 달리기 경주를 시작했다.

이 또한 올림픽 수준의 속도로. 하루히를 따라갈 수 있는 건 현역 전성기의 실업단 운동선수 정도다. 코이즈미를 먼저 보낸 나는 뒤에 처진 아사히나 선배의 가방을 들고서 가능한 한 전력의 속도로 뒤를 쫓았다.

"히익, 하아."

다리가 비틀거리는 아사히나 선배를 걱정하며 뒤늦게 도착한 나를 하루히는 맨션 입구에서 기다리고 있다가 모두 다 모인 것을 확인한 순간 인터폰 단추를 눌렀다.

7·0·8, 호출.

응답이 바로 돌아왔다. 마치 기다리고 있었다는 듯이.

『…….』

"유키, 나야. 다 같이 문병 왔어."

『…….』

인터폰 통화가 뚝 끊기고, 자동 잠금장치가 설치된 문이 천천히 열린다.

1층에 정지해 있던 엘리베이터에 올라타 하루히는 7층을 가리키는 단추를 연타했다. 그다지 넓다고 할 수 없는 엘리베이터는 네 명이나 타니 상당히 비좁아서 아사히나 선배의 숨결이 바로 귓가에서 들릴 정도다. 그 외에는 희미한 기계음.

마치 인력으로 당기나 싶을 만큼 느릿느릿 올라가는 상자 속에서 하루히는 내내 입을 굳게 다물고 있었다. 기분이 상해서가 아니다. 어떤 표정을 지어야 좋을지 모를 때 일단 이 녀석은 화난 표정을 짓거든.

엘리베이터 문이 7층에서 열리는 것도 못 기다리겠다는 듯이 밖으로 나온 하루히는 바람을 가르는 소리를 내며 통로를 진군해 708호실 초인종을 연속으로 눌러댔다.

실내에 있는 인물이 마치 안에서 대기라도 했다는 듯한 속도로 자물쇠가 풀리고 천천히 쇠문이 열린다. 난색 계열의 실내등을 역광으로 받으며 그림자가 현관 앞으로 쭉 뻗는다.

"……."

문틈이 만든 직사각형 안에 덩그러니… 라는 표현이 어울리는 자세로 서 있는 것은 파자마 차림의 나가토 유키였다.

"일어나도 되는 거니?"

하루히의 질문에 나가토는 초점 없는 눈으로 고개를 끄덕이더니 벽장에서 사람 수만큼의 슬리퍼를 꺼내려다가,

"그런 건 신경 안 써도 되거든."

발만 움직여 신발을 벗은 하루히에게 만류당하고서 어깨를 붙잡혀서는 그대로 침실로 옮겨졌다. 나가토의 집에는 나와 아사히나 선배뿐만 아니라 모두들 여러 번 와봤기 때문에 하루히의 머릿속에도 집안 구조가 당연히 들어 있었다. 나는 침실에 들어가본 적이 없었고 와봤자 작은 방이 다였지만 그런 건 아무래도 상관없는 문제였다.

정말 침대밖에 없는 침실에 들어서게 된 나는 미지의 땅에 발을 들이게 된 감동을 맛보기 전에 먼저 하루히의 손에 이끌려 침대에 눕고 있는 나가토의 상태만을 살폈다.

"……."

천장을 응시하는 하얀 얼굴은 조금의 흔들림도 없이 무표정했고, 열이 나는 것처럼 보이지는 않았다. 평소와 다른 점을 찾는다면 머리가 삐쳐 있다는 것 정도다, 평상시보다 1밀리미터 정도 눈꺼풀이 내려가 있다고 나의 관찰안이 말하고 있었지만 적어도 힘들어하는 것 같지는 않았다.

나는 조금이나마 평정을 되찾았고 그제야 냉정함을 잃고 있었음을 깨달았다.

하루히는 나가토의 이마에 손을 짚었다.

"유키, 밥은 먹었어? 머리 아프니?"

나가토의 머리가 베개 위에서 좌우로 움직인다.

"밥은 꼭 챙겨 먹어야지. 안 그래도 혼자 사는데. 내가 이럴 줄 알았어. 음—."

남은 손을 자기 이마에도 대어본다.

"열이 조금 있네. 얼음베개가 있던가?"

나가토의 대답은 부정이었다.

"알았어. 나중에 해열시트 사다줄게. 그보다 먼저 밥을 먹어야겠다. 유키, 냉장고랑 부엌 좀 쓴다."

하루히는 나가토의 허락도 기다리지 않고 자리에서 성큼성큼 걷는 동작과 아사히나 선배의 팔을 붙잡는 동작을 동시에 실시했다.

"나의 특제 죽을 만들어주겠어. 아니면 스페셜 냄비우동이 좋을까? 뭘 먹든 감기 정도는 한 방에 떨어질 거야. 미쿠루, 도와줘."

"아…, 네."

걱정스럽게 나가토를 지켜보던 아사히나 선배는 뭘 그리 놀랐는지 대량의 슬리퍼를 끌어안고 있다가 연신 고개를 끄덕이며 하루히에게 끌려갔고, 반면 하루히는 방을 나가기 직전에 걸음을 멈추고 바보처럼 오도카니 서 있는 나와 코이즈미에게 말했다.

"너희 둘은 침실 밖으로 나가. 여자애가 누워 있는 모습을 그렇게 보는 게 아니야."

"그러면" 그러자 코이즈미가 "제가 필요한 걸 사오도록 하죠. 해열시트와 감기약이 전부인가요?" 라고 대답했다.

"잠깐만. 저녁 준비도 해야 하니까 냉장고에 뭐가 있는지부터 살펴보고. 파는 있을까? 으음, 사올 걸 적어줄게. 이리 와, 코이즈미."

"알겠습니다."

나가기 직전에 코이즈미는 내 어깨를 두드릴 듯 말 듯한 아슬아슬한 동작으로 건드리고 묘한 눈짓을 보내면서 방을 나섰다. 아무 할 일도 없이 멍하니 서 있는 나와 침대에 단정히 누운 자세의 나가토가 남겨졌다.

부엌에서 하루히가 아사히나 선배와 코이즈미에게 뭐라고 지시를 내리는 목소리가 띄엄띄엄 들려왔다.

"통조림밖에 없잖아. 이래선 균형 잡힌 영양을 섭취할 수 없지. 맛있는 채소를 많이 안 먹으니까 몸이 안 좋아지는 거야. 미쿠루, 쌀을 씻어서 안치고 거기 있는 질냄비 좀 준비해줘. 그리고 코이즈미, 계란하고 시금치랑 파랑 …."

이럴 때의 하루히는 도움이 된다. 단장이라고는 하지만 SOS단과 관련이 없는 작업을 할 때면 이 녀석은 일급품이 된다. 요리 실력이 확실한 건 이미 내 혀가 잘 알고 있다.

하지만 지금은 잠음에 정신을 팔고 있을 때가 아니었

다.

우선 질문을 던져볼까.

"나가토."

"……."

"몸은 좀 어때? 내가 보고 느끼는 그대로인 거냐?"

"……."

"목소리가 안 나와?"

"나와."

나가토는 막연하게 천장을 바라보고 있다가 천천히 이불을 덮은 채 몸을 일으켰다. 오뚝이도 이것보다 좌우로 더 많이 움직일 거라는 생각이 들게 하는 게 꼭 언더테이커(주3) 같다.

"네가 그렇게 된 건 쿠요우란 애 때문이냐?"

"그렇다고 단언할 수는 없어."

석영을 연마한 것 같은 나가토의 눈이 조용히 나를 응시한다.

"하지만 그렇다고도 할 수 있지."

"쿠요우란 녀석이 한 거 아냐? 그—."

겨울에 그 환상의 저택에서 나가토가 쓰러졌을 때 그건 어떻게 된 거였지? 눈보라 치는 산 속을 몇 시간이나 방황하다 마침내 발견한 불빛은 탈출 불가능한 저택이었고, 거기에서 나가토는 평소의 냉정을 잃었다. 그건….

"부하."

나가토가 속삭이듯 말한 뒤 초점 없는 눈을 이불 위로

주3) 언더테이커: undertaker. 장의사란 뜻으로, 미국 WWE의 유명한 프로레슬러를 말하기도 한다.

떨어트렸다.

이 녀석이 이렇게 작았었나. 겨우 하루 눈을 뗐을 뿐인데 굉장히 얄팍해진 것 같은 인상을 받았다.

"언제부터냐?"

나는 어제 있었던 일을 떠올리며 물었다.

"네가 열이 나서 누워 있을 수밖에 없게 된 게 언제 시작된 일이지?"

"토요일 저녁."

신년의 제1회 신비 탐색 투어가 있던 날이다. 그날 나가토는 분명히 정상 체온이었다.

설마 내가 목욕하다가 사사키의 전화를 받았던 그 무렵부터는 아니겠지.

"……."

나가토는 대답하지 않고 황사 같은 막이 낀 눈으로 내 가슴 언저리를 바라보고 있었다.

생각해보면 이상한 일이었다. 어제, 일요일. 나는 사사키의 연락을 받고 타치바나 쿄코, 스오우 쿠요우, 후지와라와 만났는데 그 자리에 의외의 침입자가 있었다.

키미도리 에미리 선배. 우리보다 한 살 위로 나가토나 아사쿠라와는 또 다른 정보 통합 사념체의 인터페이스. 지금까지 나가토와 학생회장 뒤에 숨어 겉으로 나서지 않았던 우주인 제작의 유기 휴머노이드. 다른 날도 아닌 바로 그날 커피숍에서 아르바이트를 했다는 우연이 있을 턱이 없었다. 키미도리 선배는 쿠요우의 감시를 부탁받은 게 분명했다. 무엇 때문에? 쿠요우가 내게 우주적인 장난을 치지 못하게 하기 위해서겠지. 하지만 원래대로라면 그건 나가토가 해야 할 일이었다. 그리고 나가토는 그 자리에 없었다.

돌발적인 분노가 끓어올랐고, 나는 내 관자놀이를 직접 크로스카운터를 날려 꿰뚫어버리고 싶어졌다.

뭐 이런 멍청이가 다 있담. 그때 눈치를 챘어야지, 이 인간아.

나가토가 움직일 수 없게 되었기 때문에 키미노리 선배가 나선 거다. 나가토의 백업인 아사쿠라 료코는 이미 없다. 유일하게 우리들의 주위에 존재하는 건 파벌은 다르지만 키미도리 선배밖에 없잖아. 그래서 커피숍에 키미도리 선배가 있었던 거다. 적당한 거리를 유지하며 웨이트리스로 분장해서까지.

나가토의 눈은 지금까지 한 번도 본 적이 없는 탁한 빛을 띠고 있었다. 오랜 지층에서 캐낸 와도우카이친(주4) 같은 빛으로 신선함이라고는 찾아볼 수가 없다. 막 깎은 연필처럼 광택이 나던 검은 눈동자가 사라져버렸다.

에어컨이 없는 이 침실의 온도는 거의 상온이다. 그런데 나는 정신적인 추위를 느끼고 있었다. 내 몸이 아니라 마음이 춥다고 주장하고 있었다.

"어떻게 하면 너를 고칠 수 있는 거지?"

시판되는 감기약이나 하루히의 특제 요리로 해결될 만큼 간단한 문제가 아니다. 이건 이를테면 우주병원체.

주4) 와도우카이친: 和同開珍, 와도우 원년(708)에 발행된 가장 오래된 일본 화폐.

그런 것에 대한 백신이나 특효약을 정제할 수 있는 건 나가토밖에 없고 쓰러진 건 바로 그 나가토 유키 본인이었다.

"……."

색이 흐려진 입술을 다문 채 십여 초, 나가토는 마침내 입술을 움직였다.

"내 상태 회복은 내 의사로는 결정되지 않아. 정보 통합 사념체가 판단한다."

그 좀 바보 같은 네 두목 말이냐. 어디 한 번 내 앞에 나와봐라. 속 탁 까놓고 대화 좀 해보자 이거야.

"불가능. 정보 통합 사념체는."

나가토는 눈꺼풀이 1밀리미터 더 내려갔다.

"유기생명체와 직접적으로 접촉할 수 없다…. 그래서 나를 만들어낸 거다…."

휘청, 흔들린 잠에 흐트러진 머리가 베개 위로 풀썩 쓰러진다.

"야."

"괜찮다."

새삼 확신했다. 이건 평범한 열이 아니다. 나가토를 공격하고 있는 건 지구상의 이띤 명의가 느림팀을 결성한다 해도 해석할 수 없는 종류의 것이다.

천개영역(天蓋領域)인 코스믹 호러들의 정보공격. 나가토에게 부하를 줌으로써 만능 우주 파워를 봉인하고 있었다.

"쿠요우한테 말을 하면 어떻게 되지 않을까?"

그 외에는 생각할 수 없었다. 나가토가 통합 사념체의 대표자라면 쿠요우는 천개영역의 에이전트다. 나가토만큼은 아니지만 말이 통하는 상대라는 건 사사키와 타치바나 쿄코에게서 배웠다. 상당히 낮은 차원이긴 하지만 그래도 그 녀석은 일본어를 한다. 그렇다면 내가 하는 말도 이해할 수 있을 거다.

"말은…."

나가토가 얄팍한 대사와도 같은 한숨을 내쉬었다.

"말은 어렵다. 지금의 나는 대유기생명체 인터페이스와의 대화에 맞지 않아. 내게는 언어적 커뮤니케이션 능력이 결여되어 있다."

그거야 처음부터 알고 있었지. 하지만 네 과묵함은 이젠 없어서는 안 되는 것이라고. 나한테도, 하루히한테도 말이지.

"나는……."

하지만 나가토 자신은 투명한 괴로움을 곱씹는 듯한 무표정한 얼굴로 말했다.

"나라는 개체에 사교성 기능이 부여되어 있었다면…."

새하얀 표정은 어느 부분을 잘라내도 무한소(無限小)에 한없이 가까운 무일 뿐이었다.

"아사쿠라 료코와 같은 툴을 가졌을 가능성은 아주 없진 않았다. 그렇게 만들어지지 못했다. 확정된 인덱스에는 저항할 수 없어. 나는 활동을 정지할 때까지… 이대로… 있을 거다….”

3밀리미터 가량 닫힌 두 눈이 무기질의 천장을 바라보고 있었다. 나는 뭐라 할 말이 없어졌다.

만약 나가토와 아사쿠라의 입장과 알맹이가 바뀌었다면 어땠을까. 과묵하고 배타적이며 독서를 좋아하는 반장. 다른 한쪽은 인상 좋은 미소를 지으며 남을 잘 돌보는 유일한 문예부원.

누가 봐도 어울리지 않는다. 아니, 그 전에 상상도 안 된다. 나는 나가토의 칼에 찔리지도, 그 상황에서 아사쿠라에게서 도움을 받지도 않았다. 그쪽이 아사쿠라이고 이쪽에 있었던 게 나가토라서 진심으로 다행이라 믿어 의심치 않는다. 미안하다, 아사쿠라. 이제 두 번 다시 캐나다였나 아무튼 거기에서 돌아오지 않아도 돼. 나는 나가토만으로 충분하다. 나가토와 하루히와 아사히나 선배, 이 세 사람만으로도 행복의 주머니는 가득 차서 터질 지경이라고.

“가르쳐줘, 나가토.”

흐트러진 앞머리의 나가토에게 몸을 숙여 입을 가까이 가져갔다.

“나는 어떻게 하면 좋을까? 아니, 어떻게 해야 네가 원래대로 돌아올 수 있지?”

“……”

대답은 좀처럼 찾아오지 않았다. 한참 동안 나가토는 나를 쳐다보았고, 마침내 던져진 말은 매우 짧았다.

"아무것도."

"아무것도라니, 야….."

내가 몸을 앞으로 내밀려는데.

"야! 콘, 너 유키한테 무슨 짓을 하는 거야!"

세일러복 위에 앞치마를 두른 하루히가 한 손에 국자를 들고 무섭게 서서 이등변삼각형처럼 치켜뜬 눈으로 화를 내고 있었다.

"어서 와서 도와. 코이즈미는 벌써 장 보러 나갔는데 너도 도움이 되어야지. 아니, 사실 네가 제일 열심히 일을 해야 하잖아. 너는 우리들의 잡일꾼이고 육체노동하면 너인데 말야. 접시 꺼내고 젓가락 씻고 할 일이 얼마나 많은 줄 알아! 자, 어서 이리 와."

나는 하루히에게 목덜미를 잡혀 수해 때 사용하는 모래주머니처럼 질질 부엌으로 끌려갔다.

그래, 좋아. 뭐든지 도와주마. 나가토가 회복만 한다면 어떤 요리든 만들어주겠어. 그래, 가능성이 있다면 바로 지금 이 순간이다. 하루히가 만드는 자양강장 괴식 요리라면 지구외 생명체도 파랗게 질려 맨발로 도망칠지도 모를 일이지. 그것도 아주 맛이 없다면 말이다.

그러나 나는 하루히가 만든 요리에 그만 감격의 눈물을 흘릴 뻔했고 혀가 거절한 적은 한 번도 없었다. 확실히 말할 수 있다. 미안하오, 나를 키워준 어머니여. 하루히가 한 요리는 당신이 만든 저녁밥보다 더 맛있어요.

이 녀석이 아이를 키우는 모습은 상상도 안 가지만 하

루히의 가장 직접적인 자손이 미각장애에 빠지는 일 만큼 은 없을 것 같아 보인다.

시스템 키친에 선 하루히는 부글부글 끓는 질냄비의 불 조절을 아사히나 선배에게 일임하고 한숨을 돌리듯 수도 꼭지에 직접 입을 대고 물을 마신 뒤에 말했다.

"조금 안심했어. 유키가 학교를 쉰다는 건 생각해본 적 도 없어서 훨씬 더 심각한 감기인 줄 알고 불안했거든. 열 도 별로 없으니까 소화가 잘 되는 걸 먹고 누워서 쉬면 괜 찮아질 거야."

"병원에는 안 가도 될 것 같군요."

코이즈미가 자연스레 말문을 열었다. 나가토에게 인간 의사가 도움이 되지 않는다는 건 하루히를 제외한 모두가 알고 있는 사실이었지만, 듣고 보니 화제로 삼지 않는 것 도 부자연스러운 일인 것 같긴 했다.

"제 지인 중에 좋은 의사가 있으니 여차하면 잘 듣는 약 을 처방받아 오겠습니다."

하루히는 입술을 소매로 훔치며,

"약은 십리저인 위로밖에 안 돼. 그러니까 반대로 기합 으로 고치는 거다."

쓴소리를 늘어놓기 시작했다.

"약이 쓴 건 말이지, 감기 세균이나 바이러스를 '이렇게 맛없는 게 몸에 들어온다면 차라리 나가자'고 속이기 위한 거야."

"그, 그런 거였나요오?"

"그럼."

그렇게 자신만만한 얼굴로 아사히나 선배한테 거짓말 하지 마. 믿으면 어쩌냐.

이렇게 지적할 마음도 들지 않아 나는 코이즈미와 함께 거실에 놓인 전원도 안 켜진 코타츠(주5)에 들어가 나른한 시간을 보내고 있었다. 장을 보고 온 코이즈미는 즉시 면직 처분을 받았고, 처음부터 아무 임무도 맡지 않았던 나는 선반에서 식기를 꺼내 씻는 정도의 잡일만으로 풀려난 뒤 그저 아사히나 선배를 조수로 둔 하루히가 능숙하게 음식을 만드는 모습을 지켜보고만 있었다.

그런데 하루히가 실력이 좋은 건 알고 있었지만 저건 전업주부도 무색할 정도다. 채소를 식칼로 써는 손놀림도 그렇고, 육수를 내는 것도 그렇고, 저렇게 별거 아니라는 듯 쉽게 해내다니 대단하다는 말이 절로 나올 지경이다.

"이런 건 익숙해지고 나면 누구나 할 수 있어."

하루히는 작은 접시를 이용해 국물 간을 보며 말했다.

"나는 초등학교 때부터 요리를 했는걸. 식구들 중에서는 제일 잘 할 거야. 아, 미쿠루, 간장 좀 줘."

"네."

그러고 보니 하루히가 도시락을 가져오는 적은 거의 없던데, 어머니가 안 만들어주시나?

"말하면 만들어줄 거고, 가끔 만들고 싶어하지만 내가

주5) 코타츠: 일본에서 사용하는 난방기구의 일종. 안에 열을 내는 도구를 두고 위에 탁자를 놓은 뒤 이불을 덮어 온기를 유지한다.

거절하지. 도시락이 필요할 때는 직접 만들 거야."

하루히는 약간 복잡한 표정을 지었다.

"이런 말 하기 뭐하지만 우리 엄…, 어머니는 좀 미각 치거든. 혀가 이상해. 게다가 조미료를 자기 기준으로 막 넣고 생선도 대충 굽는단 말이야. 그래서 같은 요리를 해도 매번 맛이 달라. 어릴 때에는 그게 일반적인 줄 알았고, 그래서 학교 급식이 제일 맛있는 줄 알았지. 그런데 시험 삼아 직접 만들어보니까 엄청 맛있는 거야. 아, 미쿠루, 맛술 좀 줘."

"네."

"지금은 저녁을 반은 내가 만들어. 어머니는 일하러 나가니까 서로한테 고마운 거지. 직접 체험하는 것보다 더좋은 연습은 없다는 말은 사실이라니까. 요리든 뭐든 역시 평소의 정진이 필요한 법이야. 딱히 열심히 노력하고 수련하는 건 아니지만 하다 보니까 자연스레 요령이 몸에 배더라. 미쿠루, 이것 맛 좀 봐줘라. 어때?"

"네에. …아, 맛있어요…!"

"그렇지? 내 특제 오리지널 야채수프야. 비타민A부터 Z까지 들어가서 스태미나에 좋지. 나른하거나 머리가 묵직할 때 먹으면 토성 고리까지 한달음에 날아가게 될길."

적당한 광고 문구를 늘어놓으며 하루히는 속이 깊은 접시에 수프를 옮겨 담기 시작하면서 질냄비의 불을 끄고 뚜껑을 열었다. 그러자마자 내 배에서 꼬르륵 소리가 났다. 식욕을 자극하는 좋은 냄새.

"이건 유키 전용 죽. 콘, 그 탐욕스러운 얼굴은 뭐니? 너한테는 안 줄 거야. 그보다 유키 방까지 가져가는 것 좀 도와줘. 그 정도는 해도 벌 안 받아."

말 안 해도 지금이라면 어떤 멸사봉공(주6)이라도 할 거다. 할 수 있는 게 이것밖에 없다는 게 한심해서 미칠 지경일 따름이다. 나는 하루히가 준 죽과 야채수프를 쟁반에 담아 조심스레 나가토의 침실로 가져갔다. 아사히나 선배는 주전자와 찻잔을 갖고 동행했다. 코이즈미는 하루히가 지정한 한약과 물컵을 들고 뒤따랐고 하루히가 제일 앞장서서 침실 문을 열었다.

"유키, 다 됐어. 기다렸지?"

"……."

나가토는 천천히 몸을 일으키고 우리 네 명에게 말없이 시선을 보냈다.

"먼저 약을 먹어. 이거는 식전에 먹는 거니까. 내 경험으로 볼 때 제일 잘 듣는 약을 골라 왔어. 밥은 그 다음에 먹고. 음식은 충분하니까 많이 먹어. 점심 안 먹었지?"

하루히가 적극적으로 부지런을 떠는 모습이 참 눈부셨다. 이 힘의 한 조각이라도 얻게 된다면 확실히 시건방진 감기 바이러스 따위는 신발도 못 챙겨 신고 집 밖으로 나가버릴 거야. 제대로 된 생존본능을 가진 병원체라면 분명히 그럴 거다.

"……."

나가토는 침대에서 내려오려고 했지만 또다시 하루히

주6) 멸사봉공: 滅私奉公. 사욕을 버리고 공익을 위하여 힘씀.

의 제지를 받았다. 코이즈미가 종이에 싼 약과 컵을 건넸고 나가토는 효과가 의심스럽다는 눈으로 본 뒤 의무적으로 먹었다. 하루히는 직접 나가토에게 음식을 먹여주고 싶어했지만 나가토는 거절하고 그릇과 숟가락을 받아들어 한입 떠서 먹었다.

"……."

제대로 씹지도 않고 자양강장죽을 꿀꺽 삼키는 나가토를 하루히는 박치기라도 할 기세로 얼굴을 바싹 갖다대고서 주시했다. 하루히뿐만 아니라 나와 이사하나 선배와 코이즈미도 마찬가지였다.

"……."

나가토는 손에 든 그릇을 요오드액을 떨어뜨린 전분의 변색 과정을 관찰하는 듯한 눈으로 쳐다보다가,

"맛있어."

작은 목소리로 속삭였다.

"그래, 다행이다. 더 먹어. 많이많이 먹어. 이게 야채수프야. 사실은 좀 더 푹 끓이는 게 맛있는데 지금 이 상태로도 충분히 맛은 배어나왔을 거야."

하루히가 힘차게 내민 접시를 받아든 나가토는 꿀꺽 삼키더니,

"맛있어."

"그렇지?"

하루히는 너무나 기쁘다는 듯이 나가토가 식사하는 풍경을 지켜보고 있었다.

나가토는 일정한 리듬으로 깨작거리며 식사를 계속했다. 하루히가 만든 요리에 감동했는지는 알 수 없었지만 수북하게 담은 레토르트 카레를 먹었을 때에 비하면 맛을 즐기는 것처럼 보였는데 사실은 식욕이 없는 걸 억지로 밀어 넣고 있는지도 모를 일이었다. 나가토는 주어진 건 뭐든지 먹는다. 먹을 필요가 없어도 그렇게 한다.

왠지 그 자리에 있을 수가 없었다.

그것은 나가토가 침대 위에 잠옷 바람으로 있어서 그런 걸까, 하루히가 만든 영양식을 묵묵히 먹고 있어서일까, 아니면 이렇게 손을 뻗으면 닿을 수 있는 거리에 있는데 나가토의 존재감이 평소보다 흐려 보이기 때문일까.

"미안."

나는 딱히 누구에게랄 것도 없이 양해를 구하고서,

"잠시 화장실 좀 쓸게."

대답도 기다리지 않고 침실을 나와 화장실로 들어갔다. 무슨 신호가 온 건 아니었지만 더 이상 나가토의 모습을 지켜보고 있다간 정해지지 않은 어떤 대상에 대해 괜스레 분노할 것만 같았다.

깨끗한 변기 커버에 걸터앉아 입술 안쪽을 살짝 깨물었다. 그리고 생각했다.

현재 내가 서둘러 추궁해야 할 녀석 가운데 최우선 대상이 누구인지 알게 되어 큰 도움이 됐다.

뭘 해야 할지는 알 수 없었지만 무슨 일이 있어도 버려 둘 수는 없다.

쿠요우라는 여자를 어떻게든 해야 한다.

나가토가 쓰러졌는데 그 녀석은 멀쩡하다니 이건 너무 불공평하잖아.

어딘지는 몰라도 균형이 무너져 있었다. 용서할 수 없었다. 우선 사사키한테 연락을 하고―.

"우왓."

교복 재킷 주머니에 넣어뒀던 휴대전화가 갑자기 진동하는 바람에 나는 변기 위에서 미끄러질 뻔했다.

허를 찌르는 이 나이스 타이밍, 상대가 누구인지 확인하려고 액정을 보니 전화가 아니라 메시지 착신이었다.

"뭐지?"

착신자의 주소를 나타내는 문자가 깨져 있었다. 대체 누구야? 수신함을 열어보았다.

"으응?"

갑자기 화면이 까맣게 변했다. 설마 바이러스인가? 어쩌지. 입력해둔 데이터가 날아가면 곤란한데.

당황하는데 새까만 소형 액정의 왼쪽 구석에서 깜박이는 하얀 커서를 발견하고 나는 현기증과 비슷한 그리움을 느꼈다. 언제였던가, 이런 동작을 보이는 모니터를 본 적이 있었는데.

몇 초도 채 기다리지 않고 커서가 옆으로 이동하더니 무기질의 문자가 떠올랐다. 변환조작을 무시한 채 흐르는 이 출력방법도 눈에 익은 것이었다.

yuki.n > 걱정할 것 없다.

나가토…. 나가토냐?

나와 하루히가 폐쇄공간에 갇혔던 그때와 같았다. 그렇다면 내 쪽에서도 발신할 수 있을 거야. 나는 버튼을 마구 두드렸다. 걱정하지 말라고? 어떻게 그럴 수가 있냐. 답장, 답장해야지. 나는 천천히 메시지를 썼다.

『네가 열이 난 건 천개영역인가 하는 녀석의 짓이지?』

송신 후 즉시 답이 왔다.

yuki.n > 그렇다.

아무리 생각해도 방심했다고밖에 볼 수 없었고, 나는 내 머리를 질소로 냉각한 다음에 야구방망이로 쳐 가루를 내버리고 싶은 기분이었다. 그거야, 그거. 타치바나 쿄코와 나란히 앉아 있던 인형처럼 생긴 쿠요우가 너무나 무해해 보였던 탓이다. 게다가 괜한 착각을 했던 것도 잘못이었다. 그 녀석들이 볼일이 있는 건 나와 하루히일 거라는 착각을 말이다.

하루히의 힘을 어떻게 해보려고 내게 접촉한 거다, 그렇게만 생각했다.

나는 구제할 길이 없는 경솔한 생각의 소유자다. 코이즈미가 말한 대로 SOS단 내에서 가장 거대한 돌담이 되어줄 수 있는 게 나가토였는데, 적이 먼저 공격할 곳은 그쪽이라는 건 일이 일어나기 전에 순간적으로 이해할 수 있을 만한 일이잖아.

yuki.n > 너와 스즈미야 하루히에게는 손대지 못하게 하겠다.

　나는 초조하게 버튼을 눌러댔다.

　나와 하루히에 대해서는 신경 쓰지 않아도 돼. 우리 스스로 어떻게든 할 거고 지금도 보다시피 팔팔하잖아. 공격을 받아 쓰러진 건 너잖아. 그만두게 해.

　송신. 즉시 답장.

yuki.n > 이건 내 임무의 하나□□□□ 정보 □□ 사념체는 □□□역과의 교신□시

　문자열이 갑자기 끊어졌다.

　『왜 그래?』

　나가토의 침실과 생활감이 넘치는 화장실, 불과 몇 미터도 떨어지지 않은 공간이 한없이 멀고, 몇 초라는 간격이 너무나도 길게 ㄴ껴졌다.

yuki.n > 내 가동??????僥儉???????賊????奧??? ???偵???楔???

전화기가 고장 난 줄 알았다. 아니, 고장이길 바랐다.

yuki.n > ??????????????拔???偵??側????側??楔
??????????側??

식은땀이 쏟아졌다. 나가토가 진짜 전파를 보낸다는 건
전대미문의 일이다. 그만큼 약해진 건가? 만약에 낫지 않
는다면….

눈앞이 어두워졌다. 미끄러진 손이 휴대전화를 화장실
에 떨어뜨린다 해도 전혀 이상한 일이 아니었고, 나도 그
런 손을 탓하지는 않을 거다. 하지만 내가 전화기를 망가
뜨리기 전에 모니터 위의 문자열이 회복되었다.

yuki.n > 잠시 자겠다.

깜박이는 짧은 문장이 덩그러니 떠오르더니 녹듯이 사
라졌다. 참 나가토다운 간소한 메시지였다.

다시 한번 말하겠다. 뭐가 걱정하지 말란 거냐. 그럴 수
있을 것 같냐. 미안하지만 나가토, 나는 그렇게 인간이 돼
먹지를 못했거든. 너무 날 과대평가하진 마라.

화장실에서 뛰어나온 나는 그대로 침실을 향해 달려갔
다.

"나가토!"

나의 확 바뀌어버린 안색을 보고 하루히는 순간 깜짝 놀라더니,

"야, 콘! 조용히 해. 유키는 지금 자고 있으니까."

얼굴을 찌푸리며 나를 노려보았다.

"밥 먹고 나서 눕더니 바로 잠들었어."

그 말처럼 나가토는 눈을 감고 조용히 있었다. 얼음 속에 갇힌 공주님처럼 숨 쉬는 기척마저 보이지 않고.

"분명히 안심이 된 거야. 혼자 살면 이럴 때는 안 좋거든. 역시 인기척이 좀 있어야지. 난 혼자 누워 있지만 다른 방에는 사람이 있고 뭔가를 하고 있다는 감각이 중요한 거야. 그런 거 좀 흐뭇하지 않아? 누구라도 좋으니까 가까이에 있는 편이―."

하루히의 그럴싸한 말에 나는 등을 돌렸다. 계속 듣고 싶었지만 지금은 그럴 기분이 아니었다. 머리가 아니라 몸이 움직였다.

"콘, 어디―."

침실을 달려 나온 나는 더욱 속도를 올려 현관을 뛰쳐나갔다.

1층으로 내려간 엘리베이터를 기다릴 마음도 들지 않아 그대로 계단을 달려 내려갔다. 현관을 지나 맨션을 빠져나온 나는 계속해서 달렸다.

이 시간에 쿠요우가 어디에 있는지는 모른다. 하지만 그 녀석은 코우요우엔 여고의 교복을 입고 있었다. 나가토가 키타고에 다니는 것처럼 그 녀석도 성실하게 학교를

다니고 있다면 그곳에 있을지도 모를 일이다. 경비원이 아무리 제지해도 상관없어. 삼단뛰기로 어떻게든 넘어가겠다. 교무실로 달려가 물어본들 명부에 주소가 있을지 없을지도 모를 일이다. 그건 그 나름대로 어떻게 해결할 수 있겠지.

어찌되었든 가만히만 있는 것은 내 몸이 용서하지 않는다. 여신이 준 날개 달린 신발을 신은 것 같았던 발걸음이 느려진 건 다름 아닌 아둔한 심폐기능밖에 없는 내 숨이 턱에 찼기 때문이었고, 그곳은 마침 건널목 앞이었다.

약 1년 전. 바로 이 근처에서 나는 하루히로부터 기나긴 독백을 들었다.

숨을 가다듬기 위해 나는 잠시 심호흡에 몰두하며 무심히 맞은편으로 시선을 돌리다가 그대로 눈과 손발이 굳어버렸다.

스오우 쿠요우.

나가토와 나의 외부의 적이 건널목을 끼고 맞은편에 서 있었다. 마치 처음부터 그 자리에 있었던 것처럼.

"_____."

검은 교복, 폭 넓고 긴 머리. 그리고 이차원 수준의 무표정. 차단기의 경고등이 깜박거리기 시작한다. 동시에 전철이 접근하는 것을 알리는 종소리가 겹치고 귀찮다는 양 천천히 안전 바가 내려오기 시작했다.

왜… 여기에 있는 거지? 마치… 나를 기다리고 있었던 것 같잖아….

쿠요우는 움직이지 않는다. 나와 건널목 폭만큼의 거리를 유지한 채 다리에 뿌리라도 돋은 것처럼 서 있는 모습은 종이상자로 만든 로봇보다 인간미가 없게 느껴졌다.

땡, 땡, 땡—.

차단기가 완전히 내려가고 전철의 접근을 알려주는 선로의 진동과 바람을 가르는 소리가 커진다. 나는 쿠요우를 응시하고 있었고, 쿠요우는 어디를 보는 건지 알 수 없었다. 있을 수 없는 타이밍. 우연이 아니야. 이건….

이 녀석은 나를 기다리고 있었던 거다.

돌풍을 휘감고 다가온 전철의 차량이 쿠요우의 모습을 뒤덮었다. 빠져나가는 차량은 그리 많지 않음에도 불구하고 거의 시간이 정지한 것처럼 느껴졌다. 창을 통해 보이는 승객의 얼굴 하나하나를 알아볼 수 있을 것 같다는 강렬한 착각은 곧 강한 예감으로 이어졌다.

전철이 지나갔을 때 선로 너머에 쿠요우가 없을 것 같다는 미래시(주7)와도 같은 예감이다. 그리고 어느새 내 뒤에 서서 유령 같은 하얀 손을 뻗는다….

이건 정말이지 착각이다.

전철이 지나간 뒤 붉은색의 경고등이 임무를 다하고 깜박거림을 마쳤을 때, 쿠요우의 검은 모습은 여전히 안전바 맞은편에 있었다. 의외로 성실한 건지, 연출효과를 노린 건지, 아니면 그런 인간적인 사고조차 없는 건가.

검은색과 노란색이 섞인 기다란 막대기가 삐걱거리며 올라가길 기다리다가 쿠요우는 마치 물속을 걷듯이 움직

주7) 미래시: 未來視. 미래를 보는 힘.

이기 시작했다. 이쪽을 향해 온다. 어떻게 하면 머리와 치마를 전혀 움직이지 않고 걸을 수 있는지 궁금하다.

실체가 없는 홀로그램 같은 형체는 나와 몇 미터 떨어진 지점에서 정지했다.

나는 아래로 늘어뜨린 손을 주먹 쥐었고,

"나가토에게 무슨 짓을 한 거야."

쿠요우의 거대한 구슬 같은 눈이 나를 주시하고 있었다. 본능이 눈을 마주치지 말라고 경고를 한다. 이건 영혼을 빨아들이는 장치야. 그렇게 여겨졌다.

쿠요우의 선명한 입술이 움직였다.

"인간에 대해 알고 싶었다…. 아니."

거리가 있는데도 마치 귓가에서 속삭이는 듯한 목소리가 말한다.

"그래, 아니었어…. 알고 싶었던 건…."

고개를 갸웃거린다. 너무나도 인간다운 동작에 당황하지 않을 수가 없었다.

"너에 대해서였어…."

뭐라고?

"나와 사귈래…?"

무슨 말을 하는 거야?

"좋아…."

손을 뻗는다.

우주인.

땡, 땡, 땡―.

건널목의 신호가 울리기 시작한다. 빨간 불 두 개가 번 갈아 깜박거리기 시작한다. 전철의 접근을 알리는 경보 …. 하지만 내게는 마치 그것이, 폭주하는 전철과 정면으로 격돌하는 것보다 더 무서운 것에 대한 경종처럼 느껴 졌다. 긴급사태. 이건 뭐지. 어떻게 된 거야. 뜬금이 없어 도 너무 없잖아. 납으로 만든 인형에 마녀가 생명을 불어 넣은 듯한 이 갑작스러운 변모는 뭐지.

쿠요우의 손은 여전히 접근 중이다. 다가오고 있다. 인 간의 형태를 한 인간이 아닌 것이.

인류와는 서로 이해할 수조차 없는, 인간의 지혜의 영 역을 초월한 은하 밖에서 온, 눈에 보이는 정체불명의 그 것은. 펄럭이는 날개 같은 머리를 가진 여자…. 초승달처 럼 검은 눈동자. 안 돼, 보지 마. 시야가 어두워진다.

그만둬―, 그렇게 말하고 싶은데 입이 움직이지 않는 다. 너무 한심하다. 여기까지 와서….

"그만둬."

쿠요우의 손을 막은 것은 내가 아닌 다른 목소리였다.

또다시 깜짝 놀랐다. 내 바로 뒤에서 들려온 목소리는 늠름한 자신감에 가득 찬데다 은근히 밝은 분위기를 띠고 있었다. 오랜만에 듣는 목소리였고, 다시 한번 듣고 싶었 다는 말은 빈말로라도 할 수 없는 여자의 목소리가,

"그 이상의 접근은 허락하지 않겠어. 왜냐면 말이지."

내 뒷덜미에서 그 녀석은 투명한 느낌이 드는 웃음을 짧게 뱉더니,

"이 인간은 내 사냥감이거든. 너희들 손에 넘기느니 차라리 이렇게 하겠어."

내 어깻죽지에서부터 머리 옆을 지나 팔이 뻗어 나왔다. 키타고교의 긴 소매 세일러복에 싸인 팔 끝에 자리한 손에 낯익은 물건이 쥐어져 있었다. 흉악한 빛을 반사하는 날카로운 칼날. 거꾸로 쥔 컴뱃 나이프(주8)의 끝이 내 목 언저리를 정확하게 노리고 있었다.

"나는 어느 쪽이든 상관없어."

키득거리는 웃음소리가 내 뒤통수에 오싹 소름을 돋게 만들었다. 마치 마약 같은 달콤한 향기가 대기를 타고 콧구멍에 도달한다. 이 녀석은,

"너…."

나는 겨우 목소리를 쥐어짜냈다.

"…아사쿠라냐."

"그래, 맞아. 달리 누가 있겠어?"

잘못 알아들을 리 없는 예전 1학년 5반의 동급생, 아사쿠라 료코의 목소리가 뒤에서 들려온다.

"지금 나가토는 쉬고 있잖아? 그래서 내가 나온 거야. 뭐 문제될 거 있나?"

나는 뒤를 돌아볼 수 없다. 만약 뒤에 있는 아사쿠라 료코의 모습을 확인하게 된다면 엄청난 일이 벌어질 것 같다는 기분이 들어서였다. 나가토의 백업이자 정보 통합 사념체의 급진파로 한때 나를 두 번이나 죽이려고 했고 두 번째에는 본격적으로 죽일 뻔했다. 두 번 모두 목숨을

주8) 컴뱃 나이프: combat knife. 칼날의 길이가 12~25센티미터 정도 되는 전투용 칼. 대개는 양날이나 외날인 것도 있다.

부지할 수 있었던 건 나가토 덕분이었는데 이곳에는 나가토가 없다. 대신 쿠요우가 있다. 웃기는 이야기다. 호랑이와 늑대, 양쪽 다 내 편이라고 말하기는 어렵다. 이런 양자택일 문제가 어디 있어.

"응급상황이라는 연락을 받았어. 그래서 내가 나타났지. 신기해할 일은 아니잖아?"

달콤한 목소리가 말한다.

"나는 나가토의 백업이니까 말이야. 그녀가 움직일 수 없다면 그 다음은 나. 그런 거 아니었나?"

나가토가 움직일 수 없다―.

이건 매우 엄청난 일인 것이다. 제거되었던 아사쿠라가 부활할 정도로, 살인마에게 도움을 청해야 할 정도로.

"무례하네. 나는 살인마가 아니라고. 왜냐면 말이야, 아직 아무도 죽이지 않았거든."

그럼 이 칼 좀 치워줘. 침도 편히 못 삼키겠다.

"그럴 수는 없어. 저 사람이 저기 있는 한 나는 임무를 충실히 수행해야지."

칼자루를 쥐고 있던 검지를 오똑 세워 꼼짝 않고 서 있는 쿠요우를 가리킨다.

"가칭 천개영역의 인간형 터미널이라고 했던가? 흥미로워. 여기에서 네가 죽으면 어떤 반응을 보일까?"

소름 돋는 말을 마치 잡담이라도 하듯 해대는군. 반장이었던 시절과 변한 게 없어. 아사쿠라 료코 말고 누가 이런 녀석이겠냐.

나는 사막에 방치된 건어물처럼 움직일 수가 없었다. 더운 건지 추운 건지조차 애매했다. 다만 칼날의 둔탁한 반짝임은 우주공간처럼 차가웠고, 쿠요우의 눈동자는 지하 4층처럼 조용했다.

너무 조용했다. 갑자기 깨달았다. 깜박거리던 건널목의 신호는 어떻게 됐지? 귀에 거슬리던 종소리가 사라진 건 어떻게 된 일이냐. 전철은 왜 안 오는 거야.

눈이 크게 벌어졌다. 빨간 신호가 켜진 그대로였다. 차단기의 안전 바가 비스듬히 기운 채 중간에 멈춰 있었다. 바람이 전혀 불지 않는다. 선로에 접한 도로에는 사람 한 명, 차 한 대 지나가지 않는…. 이건….

세계가 정지해 있었다.

저 멀리 하늘에서 구름이 꼼짝도 않고 있었고, 놀랍게도 비행 중인 까마귀가 허공에 고정되어 있는 것을 보고 뒤늦게나마 나는 깨닫게 되었다.

공간이 동결되어 있었다.

"여긴… 어떻게 된 거지…."

후훗, 아사쿠라가 미소를 짓는다.

"방해꾼이 들어오는 게 싫었거든. 이러면 누구의 눈에도 띄지 않을 거 아냐? 공간의 정보제어는 내 특기지. 누구도 탈출할 수 없어."

함정인가. 하지만 누구를 대상으로 한 거냐.

"자, 쿠요우."

아사쿠라는 즐거운 목소리로 말을 계속했다.

"이야기를 시작해볼까. 아니면 싸우겠어? 좋아, 나는 너희들의 솜씨를 보고 싶으니까. 그것도 업무의 하나지."

쿠요우는 아무 표정도 없이 서 있다가,

"…그 인간을 풀어줘. 위험성이 높다…. 네 살의는 진짜다…."

천천히 눈을 깜박이더니 쿠요우의 검은 눈에 처음 보는 빛이 떠올랐다.

"너는 아니다. 나는 네게 관심이 없다. 너는 중요하지 않아."

희미하게 감정이 섞인 쿠요우의 목소리에 아사쿠라는,

"기분 상하는 대답이네. 좋아, 그쪽이 그럴 마음이라면."

칼을 쥔 손이 잔상을 남기며 움직였다. 너무나 순식간에 일어난 일이라 내 눈에 채 들어오지 않은 것도 당연했다. 전에 1학년 5반 교실에서 벌어졌던 나가토와의 이차원 배틀의 한복판에 있었던 나는 이미 알고 있었다. 눈으로 확인할 수 있었던 건 아사쿠라가 손목을 비트는 동작만으로 칼을 던졌고 그 흉기가 거의 광속으로 쿠요우를 덮쳤다는 사실 정도였는데, 눈으로 본 것을 뇌가 인지한 것은 그로부터 몇 초가 더 흐른 뒤였다.

"…위험성이 2단계 상승."

속삭이듯 말한 쿠요우는 안면 바로 앞에서 칼자루를 움

켜쥐었다. 코끝 앞까지 아슬아슬하게 다가온 칼날에 두려워하는 기색도 없었다. 내 위치에서 보면 마치 스스로 얼굴을 찌르려는 것처럼 보일 정도지만 반대다.

"…계속 상승 중."

칼과 그걸 움켜쥔 쿠요우의 팔이 가늘게 떨리고 있었다. 이럴 수가. 아사쿠라가 던진 칼은 붙잡았는데도 불구하고 쿠요우를 찌르려 하고 있었다. 초고속으로 던진 칼에 초고속으로 대응한 쿠요우도 괴물이었지만 아사쿠라는 더욱 무서웠다. 대체 얼마나 많은 운동 에너지가 저 칼에 담겨 있는 걸까. 생각하고 싶지도 않다.

"제법인데."

아사쿠라가 감탄했다는 듯이 말했다.

"가볍게 사전연습을 해본 거긴 했지만 산출한 예상능력 수치를 상회하는 힘을 담은 거였는데. 재미있어질 것 같네."

뒤의 공기가 왠지 모르게 술렁인다. 뒤를 돌아보면 아사쿠라의 머리가 뱀처럼 들려 있을 것 같아 나는 절대로 뒤를 보지 않았다. 하지만 귀를 막을 수는 없었다.

"정보제어 레인지 확대. 공성(攻性) 정보 전개. 터미네이트 모드로 전환. 해당 대싱의 해석을 목적으로 한 한정공간 내에서의 국지적 의사전투 허가를 신청."

아사쿠라의 빠르게 움직이는 입이 아마도 그런 말을 한 것 같다고 생각한 순간, 주위의 광경이 산산이 부서졌다. 풍경화를 모티프로 한 지그소퍼즐 조각을 마구 흐트러뜨린 것처럼 모든 것이 뒤바뀌었고 그 바깥에 있던 것이 모습을 드러냈다. 꿈틀거리는 기하학적 모양으로 가득 찬 아사쿠라의 정보제어 공간이 내 앞에 두 번째로 등장하게 되었다.

"…위험성은 유지."

쿠요우의 하얗기만 했던 안색에 서서히 핏기가 돌기 시작했다. 그 말투도,

"그 인간에게서 떨어져."

얼굴 앞으로 날아온 칼을 잡은 그대로인 것치고는 긴장 감이 없는 목소리였지만,

"너하고는 이야기가 안 되겠어…."

현격히 정상적인 말이었다. 쿠요우는 미친 말처럼 날뛰는 칼을 천천히 얼굴 옆으로 가져갔다. 칼날이 머리카락에 닿지 않을 정도의 거리를 유지한 채 고개를 기울이고서 손을 놓았다. 아사쿠라가 던진 칼은 그 본래의 궤적을 충실히 재현하며 미사일처럼 날아갔고—.

"——!"

나는 또다시, 이젠 집요하다 싶을 만큼 경악했다. 쿠요우의 뒤에 제3의 인물이 살짝 모습을 보였—다고 뇌가 인식한 것도 잠시, 아사쿠라가 던진 칼은 그 인물의 안면을 향해 마하의 속도를 뛰어넘는 속도로 직진했고, 쿠요우의 행동을 그대로 복사라도 한 것처럼 안면을 척살하기 직전에 아슬아슬하게 붙잡혀 진행이 막힌 것이다. 마치 곡예사처럼 칼을 붙잡을 수 있는 실력을 갖춘 사람은,

"키미도리."

이렇게 아사쿠라가 지적했다.

"이런 곳까지 무슨 볼일이 있어서 왔지?"

세일러복 차림의 키미도리 선배는 기하학 공간 속에 묘하게 떠 있었다. 우아한 미소는 학생회장 옆에 있을 때의 모습 그대로다. 이렇게 이상한 세계에서 정상적인 표정을 짓고 있는 건 상관없다만, 그게 오히려 더 이상했다. 미안, 지금의 나는 제대로 된 일본어가 떠오르지 않는 상태야. 키미도리 선배는 칼을 쥔 손을 돌려 칼날을 아사쿠라 쪽으로 향했다.

"일탈행위를 정지시키기 위해 왔습니다. 당신의 행동은 정보 통합 사념체의 총의에 근거하지 않았어요."

"응? 그랬나?"

"네, 허가할 수 없습니다."

"그래? 알았어."

이상할 정도로 아사쿠라는 순순히 동의했다.

"그거 돌려주겠어?"

키미도리 선배가 손을 벌리자 칼이… 이번에는 내 동체 시력으로도 추적이 가능한 속도로 천천히 허공을 날아 돌아온다. 이렇게 생각한 깃도 삼시, 아사쿠라가 짧은 말로 뭔가를 외쳤다.

급가속한 칼이 똑바로 쿠요우의 뒤통수를 덮쳤다. 피할 수 있는 속도가 아니었다. 완전 레이저 수준이다.

"?"

나는 내 눈을 의심했다. 쿠요우의 모습이 갑자기 평면이 됐다 생각한 순간, 눈앞에서 소멸한 것이다.

그래, 말하자면 그곳에 서 있는 건 두께 1밀리미터 가량 되는 쿠요우의 입간판인데 그걸 순간적으로 옆으로 돌린 것처럼 사라져버린 것이다. 거기에 눈이 팔린 바람에, 내가 칼이 날아가는 방향에 생각이 미친 것은 아사쿠라의 손이 똑바로 칼을 잡고 원래 위치, 즉 내 목에 마치 이제부터 찌를 거라고 말하는 듯한 위치에 있는 것을 발견한 단계에서였다. 그 사실을 인식한 직후, 머리 꼭대기에서부터 땀이 쏟아져 흘렀다.

아사쿠라가 잡지 않았다면 이 무시무시한 무기는 날아와 분명히 내 숨통을 끊어버렸을 거다. 엉덩방아도 못 찧을 지경이다.

아사쿠라의 미심쩍어하는 목소리가 말한다.

"탈출한 건가?"

야, 나에 대해서는 아무 말도 없는 거냐.

"아니요."

키미도리 선배가 고개를 젓고 목을 드러내듯이 위를 올려다보았다.

"있어요."

쿠요우가 눈앞에 내려왔다.

무대 천장에 매달린 것처럼 직립부동 자세로 착지한 쿠요우는 한 손으로 아사쿠라의 칼을 쥔 손목을 잡고 다른 한 손을 들어 아무 신호도 없이 휘둘렀다. 어디로?

내 안면을 향해.

"?!"

상황이 너무 정신없이 바뀌어서 정말 지친다. 하지만 이때의 내게 여유라고는 찾아볼 수도 없었다. 무슨 일이 일어나고 있는지 이해한 것은 대개 그 일이 벌어진 다음 이었고, 그게 바로 지금이었다.

고체와 같은 바람이 내 앞머리를 튕기고, 반사적으로 눈을 감아버렸다. 실수다. 황급히 눈을 뜬 나는 다음과 같은 광경을 목도하게 되었다.

쿠요우의 손끝이 내 미간 몇 밀리미터 앞에 정지해 있는 건 아사쿠라가 검은 교복으로 감싼 손목을 잡아 고정한 덕분이라고 해도 과언이 아니었다. 한쪽은 흉기를 쥔 손을 잡고, 다른 한쪽은 수도 공격을 막아 양쪽이 다 막힌 상황이었다. 그리고 나는 생김새는 인간과 똑같지만 그 속은 마인이라 할 수 있는 두 사람 사이에 껴서 바보처럼 오도카니 서 있는 거다. 다시 말하지만 한심하다.

나는 두 번이나 아사쿠라 덕분에 목숨을 부지한 게 되는 거잖아? 잠깐만? 뭔가 이야기가 이상한 것 같지 않아?

"쿠요우."

아사쿠라의 목소리는 비웃는 것처럼 늘렸다.

"너 이 사람을 어떻게 하고 싶은 거야? 죽이고 싶어? 살려두고 싶니?"

쿠요우는 나를 흙을 담은 자루라도 보는 듯한 날카로운 눈으로 째려보다가 눈을 내 머리 옆…, 아사쿠라의 얼굴이 있는 곳으로 짐작되는 방향으로 옮겼다.

"—설문의 의미가 불명확함. 인간이란 무엇인가. 죽인다는 것은 무엇인가. 살린다는 것은 무엇인가."

성대가 아니라 어디 다른 곳에 장치된 스피커에서 들려오는 듯한 목소리로,

"—정보 통합 사념체란 무엇인가. 대답하라."

혼잣말을 하듯 떠들더니 표정을—극적이라 해도 좋을 만큼 바꾸었다.

미소를 지은 것이다.

너무나도 영롱하고 아름다운 미소였다. 감정의 발로라기보다는 고도의 프로그램이 완벽하게 모방한 것 같은 미소이긴 했지만 이런 미소를 본 남자라면 그 어떤 목석이라도 한눈에 반해 상사병을 앓게 될 거다. 나니까 이걸 견뎌낼 수 있었던 거다. 만약 사정을 모르는 타니구치라면 바로 추락했을걸. 나는 해야 할 말을 모두 잃었고, 아사쿠라는 천연덕스럽게 말했다.

"표정이 멋진데, 쿠요우. 하지만 이쯤 해두지. 이 인간의 생사를 포함해 손가락 하나도 너희 천개영역에게 양보하지는 않을 거야."

두 손을 서로 구속한 채 쿠요우와 아사쿠라가 대화를 하고 있다.

—이 녀석들, 대체 무슨 이야기를 하고 있는 거야.

점점 화가 치밀어 올랐다.

참고로 말해두는 건데, 나는 본질적으로 온화한 성격이

다. 얼마나 온화하냐면 말이지, 내 여동생이 내가 아끼던 머플러를 재미 삼아 샤미센의 몸에 감자 그걸 싫어한 샤미센이 본능이 이끄는 대로 이빨과 발톱을 이용해 그 머플러를 단순한 양모섬유 집합체로 바꿔버렸을 때 말이지, 쌍방에 꿀밤 한 대 먹이는 걸로 용서해줬을 만큼 저온성 성질이라 이거야.

그런 내가 화가 났을 정도니 이건 상당한 거라고.

아아, 알았다.

이렇게 벽창호 같은 상황에서 방긋방긋 웃고 있는 녀석은 모두 다 이상한 거다. 그 증거로 여기에 있는 세 사람은 모두 지구산이 아니다. 정상적인 건 나 혼자뿐이다. 그래서 이렇게 겁을 먹은 거지. 그러면 안 되냐.

"─천개영역이란 무엇인가."

인공무능(주9)인 것 같으면서도 극상의 미를 표현한 듯한 미소가 하는 말에는 귀도 기울이지 않고 아사쿠라가 선언했다.

"공성(攻性) 정보에 의한 잠식을 개시."

발밑에서 거품이 일기 시작했다. 부글부글 끓는 소리와 함께 하니 마치 독으로 된 늪 같다. 뒤이어 아사쿠라의 칼이 결정화된 모래처럼 녹아내렸다. 그리고 아사쿠라가 붙잡은 쿠요우의 손목이 창백한 모자이크에 감싸였다. 작고 무수한 육각형이 팔을 따라 엄청난 속도로 퍼지는 것처럼 보인 것도 잠깐, 쿠요우의 몸이 다시 평면화되는가 싶더니 결국에는 하나의 선으로 변했다.

주9) 인공무능: 人工無能. 주로 채팅 등에서 발언하는 키워드에 반응해 적당하게 대답하는 프로그램. 기존의 인공지능 연구와 달리 대화에서 '표상적인 현상만'을 고려해 대화를 시도하려 접근하는 방식이다.

우와아아아아아아앙—.

"큭?!"

귓가에서 특대 사이즈의 소리굽쇠를 때려댄 것 같은 금속음이 메아리치고 나는 반사적으로 눈을 감았다. 하지만 그 음향도 길게 이어지지는 못해 이내 거인의 손이 공중에서 춤추는 음표를 지워버리기라도 한 것처럼 침묵했다.

"……."

내가 조심스레 눈을 떴을 때, 쿠요우는 어디에도 없었다. 내 앞에는 키미도리 선배밖에 없었다. 그리고 뒤에는 무시무시한 여자의 인기척이 여전히 느껴지고 있었다.

눈이 아픈 기하학 모양은 깨끗이 사라지고, 풍경은 원래 도로, 노선 옆을 따라 난 길로 돌아온 뒤였지만, 그런 사실에 일일이 놀라거나 하지는 않았다.

"이번에야말로 도망친 건가?"

뒤에서 들리는 아사쿠라의 목소리에 앞에 있는 키미도리 선배가 대답했다.

"당신이 구축한 정보 방호망은 미지의 집속 데이터에 의해 돌파되었습니다. 현재 마크의 추적 및 현 공간의 복원에 착수 중입니다."

"신체정보의 물리적 차원이동…. 우리와는 다른 단말형태로군. 신청이 필요 없는 거야."

"그녀는 인류 대상 전문 커뮤니케이터가 아닌 것 같군요. 오히려 저희와 대화하기 위해 만들어진 인터프리터 플랫폼일 확률이 높은 것 같습니다. 스즈미야 하루히 씨를 찍은 것도 정보 통합 사념체의 움직임을 탐지하고 추측해서 판단했을 거예요."

"단순한 터미널인 것 같지 않아. 내 공성(攻性) 정보를 디코드하지도 않고 깼으니까."

"논리기반이 다르니까 치명적인 대미지를 주려면 그녀와 연결되어 있는 영역의 알고리즘을 해석할 필요가 있겠어요."

"그건 너한테 맡기겠어, 키미도리. 이걸로 조금은 데이터를 얻을 수 있었겠지? 내 생각인데, 정보 말소는 힘들더라도 하드 단말을 파괴하는 정도라면 가능할 것 같아. 파편을 모아 느긋하게 플랫폼 구조를 해석하는 게 좋을 것 같지 않아?"

"독단전행은 허가할 수 없습니다."

"꼭 나가토처럼 말하네. 하지만 지금의 나가토라면 내 의견에 찬성해줄 거야."

"제가 중단시키겠습니다. 통합 사념체는 허가하지 않아요."

"어머."

아사쿠라는 자못 의외라는 듯이 말했다.

"언제부터 네기 대표사가 되었지?"

"인터페이스로서의 퍼스널 네임 나가토 유키는 자율판단 기준의 일부를 제게 양도했어요. 그것은 그녀의 제안으로 이뤄졌고, 통합 사념체 중앙의사에서 승인되었습니다. 제 행동은 통합 사념체의 총의에 기초합니다."

"총의라고? 속 편하고 보수적인 현상유지론자를 말하는 건가? 아니면 내가 소수파라고 말하고 싶은 거야?"

"양쪽 다예요."

아사쿠라는 타고난 우등생 목소리로 가소롭다는 듯이 웃었다.

"내 행동 패턴은 이전 소속 그대로인데. 아직 수정되지 않았거든."

"당신은 긴급조치인 백업 요원입니다. 저나 나가토 유키의 소속의사가 당신의 필요성을 한정적으로 인정하고 있을 뿐이에요. 위험성보다 유효성이 상회했을 뿐이죠."

"고마워해야 하나? 덕분에 다시 부활할 수 있었네."

"정보결합 해제 권한은 제게 위탁되었습니다."

"너하고 싸워봤자 이길 수 없다는 말이구나. 좋아, 나는 내 의사에 근거해서 행동하는 것뿐이니까. 나가토가 가르쳐줬지. 자율진화의 가능성이 어디에 있는지를 말이야. 키미도리, 넌 모르니? 그녀는 이제 더 이상 단순한 단말이 아니야. 그렇다면 우리도 그렇게 될 수 있을 거라 생각하지 않아?"

생각 안 한다. 나한테는 나가토 한 명으로 충분해. 쿠요우의 공격을 막아준 건 감사하지. 하지만 다시 한번 말하겠다.

나는 나가토로 충분해. 아사쿠라, 너는 필요 없다.

"너무하네."

아사쿠라는 누가 봐도 재미있어하고 있었다.

이 말도 좀 해야겠다. 너희, 내 몸 너머에서 뭘 멋대로 의견 교환을 하고 있는 거냐. 전파 이야기를 계속 들어야 하는 내 생각도 좀 해줘.

"그렇다는데, 키미도리."

그리고 말이야, 이런 곳에 나타나 나한테 칼을 들이댈 여유가 있으면 나가토한테 밥이라도 만들어주러 가봐라. 지난번의 너는 그런 녀석이었다고.

"나쁜 우주인의 마수에서 구해줬는데 그렇게 말하는 건 너무하잖아?"

아사쿠라는 흐뭇하게, 딱히 기분 나빠하는 기색도 없이 말했다.

"아쉽지만 나는 이 형태를 계속 유지할 수가 없어. 원망이라면 저기 있는 우수한 우리 선배와 통합 사념체 주류파한테 해줘. 나가토한테 한 번 부탁해볼래? 그녀가 허락하면 나는 캐나다에서 돌아올 수 있을지도 모르는데."

거절하겠다. 아무리 머리를 굴려봐도 하루히를 납득시킬 만한 거리를 찾을 수가 없으니까. 마음껏 유학이나 하고 있어.

"그래? 아쉬워라."

아사쿠라는 잔물결 같은 웃음소리를 냈다.

"나의 임시활동은 슬슬 끝이 날 때가 됐군. 다시 불러줘. 언제든지 나와줄 테니까. 거기 있는 무서운 언니가 저지하지 않는다면 말이야."

부른 기억도 없었기 때문에 내가 아무 말도 안 하고 있자 아사쿠라의 목소리가 더욱 가까워졌다.

"나와 나가토는 거울의 앞뒷면과 같아. 너는 이해할 수 있을까? 키미도리보다 내가 훨씬 나가토에게 가깝다고. 지금 네 눈앞에 있는 인터페이스는 아무것도 해주지 않지. 방관하는 게 그녀의 일이니까."

귓가에 숨결이 닿는 위치에서 말한다.

"왜 돌아보지 않는 거지? 작별 인사를 할 때 정도는 얼굴을 보여줘야지."

오기로라도 움직일까 보냐. 이런데다 아사쿠라가 정상적인 반장 미소라도 짓고 있어 봐. 나는 두려움을 잊어버릴지도 모른다고. 사람 좋은 미소에 홀랑 속아 넘어가고 말지도 모르잖아. 내 입장에서 보자면 너나 쿄우나 그게 그건데 말이야.

"마지막까지 무례하네. 좋아. 그럼 안녕. 또 봐."

목소리가 사라지고 인기척이 사라진 뒤에도 나는 움직이지 않고 있었다. 이렇게 되면 끈기 싸움이다.

키미도리 선배도 말없이 나를 쳐다보고 있었다. 그 교복 치맛자락이 바람에 펄럭이고 있다는 걸 깨달은 순간, 차단기의 종소리가 부활했고 나는 5밀리미터 가량 날아올랐다. 빨갛게 깜박거리는 불빛과 밑으로 내려오는 안전바. 먼 상공에서 구름은 흘러가고 까마귀는 둥지로 날아간다. 환경이 내는 소리가 원래대로 돌아왔다. 어느새 시간이 움직이고 있었다.

키미도리 선배는 천천히 앞으로 걸어와 나와 절묘한 간

격을 이루는 위치에서 멈춰 섰다. 뭐라도 설명해주지 않을까 하는 약간의 기대는 배신당해서 학생회 서기의 미소를 짓고 있는 입술은 아무리 기다려도 움직이지 않았다.

끈기에서 졌다.

"키미도리 선배."

"네."

"그 녀석은…, 쿠요우란 애는 도대체 뭡니까? 성격이 도무지 파악이 안 되던데요. 말과 행동이 일관되지 않은 건 인간이 아니라서 그린 건가요?"

"천개영역의 행동원리는 이해할 수 없어요. 자율의지가 있는지조차 아직까지 논쟁의 영역을 벗어나지 못하고 있죠. 생명의 개념에 해당하는지의 여부도 미지수입니다."

딱딱한 말투에 몹시 늘어진다. …하아, 그런가요. 그거 참 곤란하시겠네요. 저도 곤란합니다. 하지만요, 일단 여기에서 제가 할 수 있는 말은 말이죠.

"최소한 나가토의 열을 내려줄 수만이라도 없을까요?"

"나가토 씨는 특별임무를 수행하고 있습니다. 천개영역과의 고차원 단계에서의 커뮤니케이션이 그 임무죠."

"나가토는 누워서 움직이질 못하고 있어요. 그게 어디가 임무란 겁니꺼."

키미도리 선배는 나를 보며 미소 짓고 있었지만 사실은 다른 먼 곳을 보는 듯한 눈으로 말을 했다.

"언어에 기대지 않는 고도의 대화예요. 지구인류에는 본질적으로 불가능한 임무죠. 저희들은 처음으로 그들과 물리적인 접촉을 하고 있는 겁니다. 간접적이기는 하지만 상호이해 부전 상태였던 과거의 이력에 비하면 비약적인 진전이에요. 나가토 씨는 그들과의 중계기로서 임무를 다하고 있습니다. 지금도 실천 중이고요. 지켜봐주세요."

"아무리 그래도 그 녀석한테만 떠넘길 건 없잖아요."

어미에 느낌표를 붙이지 않는 데에 매우 큰 노력이 필요했다. 나는 봄바람에 살랑대는 민들레처럼 부드러운 키미도리 선배의 표연한 얼굴을 노려보며 말했다.

"당신이나 아사쿠라로는 안 되나요?"

"그들이 제일 처음에 접촉을 꾀한 것이 나가토 씨예요. 스즈미야 씨와 가장 가까이에 있는 인터페이스. 저도 당연한 선택이라 생각합니다."

그 태연한 대답에 내 머리는 본격적으로 아파오기 시작했다. 그러니까 나가토는 그대로 내버려두란 소린가. 역시 정보 통합 사념체는 못돼먹은 녀석들의 집합체다. 필시 나가토 같은 인재가 파견되어 그 녀석과 처음 만난 건 기적 같은 일이었던 거다. 만약 아사쿠라와 나가토의 역할이 반대였다면, 만약 문예부에 있던 게 키미도리 선배였다면 이런 현재는 도래하지 않았을 거다. 나가토였기 때문이다. 인터페이스라는 단어는 마음껏 해왕성 궤도까지 날아가버리라지. 하루히가 희망한 건 우주인이 아니라 나가토 유키였다고 생각하고 싶어진다. 주류파든 급진파든 모두 어디 한번 하루히 앞에 나와봐라. 그리고 나가토와 같이 저울에 달아보라고. 하루히는 나가토를 가리키며 이쪽이 무겁다고 말할걸.

"용서해주세요."

키미도리 선배는 정중하게 인사를 했다.

"제가 할 수 있는 일은 많지 않습니다. 제게 부여된 제한이 일탈을 방해해요. 그 이외의 것이라면 뭐든 할게요."

온화한 상급생은 나와 엇갈리며 다시 한번 살짝 고개를 숙인 뒤 역 쪽으로 걸어갔다. 뒤따라가봤자 헛수고라는 건 알고 있다. 내 머리로는 이해할 수 없는 일을 우주인들이 하고 있다는 것도 가까스로 이해가 가능한 정도이지만, 이것만은 말해두고 싶다.

"여긴 지구야. 우주인들의 놀이터가 아니라고."

내 목소리는 한 줄기 봄바람에 섞여 사라졌고, 키미도리 선배는 이미 사라진 뒤였다.

다만,

—아주… 재미있는 농담이야….

누구의 것인지는 알아들을 수 없었다. 쿠요우인지, 아사쿠라인지, 키미도리 선배인지, 그들이 아닌 다른 누구의 목소리인지조차 알 수 없었다.

하지만 분명히 어디에선가 그런 목소리가 말을 한 것 같다는 생각이 든 건 내 고막이 귓불을 스치는 바람소리를 인간의 언어로 착각했기 때문은 아닐 것이다.

휴대전화는 언제나 아무 예고도 없이 울어댄다. 이때도

그랬다. 나가토의 맨션으로 무거운 발을 질질 끌며 걸어가던 내 걸음을 멈춘 것은 하루히가 걸어온 전화였다.

『에잇! 너 어디 갔어. 사신이 부르는 목소리라도 들은 거야? 갑자기 나가서 미쿠루가 얼마나 놀랐는지 알아?』

"아아…, 미안. 근처에 있으니까 금방 갈게."

『이유를 말해봐.』

"…저기, 병문안 왔는데 문안선물 사 오는 걸 잊었다는 생각이 들어서. 복숭아 통조림이라도 사 올까 싶었지."

『언제 적 얘기를 하고 그러니. 과일 바구니로 해. 으음, 그렇게 거창한 걸로 안 해도 되겠다. 유키가 입원한 것도 아니니까. 오렌지 주스 사 와. 과즙 120퍼센트인 걸로.』

어디에서 파는지 가르쳐만 준다면 사 가지.

『그럼 100퍼센트로 됐어. 그리고 3분 이내로 돌아오도록. 알았지? 오버.』

일방적으로 끊어도 화는 나지 않는다. 늘 있는 일이니까. 이 녀석의 일방적이고 직설적이며 단순하고 자기 멋대로인 행동은 내 정신을 조금이나마 안정시켜주는 효과가 있다. 스즈미야 하루히는 이래야 한다, 이런 거다. 이렇게라도 하지 않으면 SOS단이라는 바보 조직의 수장은 맡을 수 없다.

나는 역 근처 슈퍼에 들어가 몽유병자처럼 선반 사이를 헤매다가 하루히가 지정한 캘리포니아산 오렌지 100퍼센트 주스 병을 들고 가 계산을 마친 뒤, 내가 생각해도 뚱한 발걸음으로 나가토의 맨션으로 돌아왔다. 오토 록이라서 현관에서 집 번호를 호출하자 하루히가 인터폰으로 문을 열어주었다. 나가토의 집으로 돌아왔을 때에는 하루히가 지령한 시간을 약 2분 초과한 상태였지만 단장님께서는 아무 말도 않고 내가 내민 주스 병을 받아들더니 옆에 있던 아사히나 선배에게 건넸다.

"냉장고에 넣어둬. 부탁할게, 미쿠루."

"알겠습니다."

완전히 명령을 받는 것에 익숙해진 아사히나 선배가 부엌으로 달려갔다. 어떻게 저렇게 귀여울 수가 있을까. 무슨 일이 있어도 보호해줘야 하는 인물 베스트 3에 들어가는 몸짓이었다.

"나가토는?"

"아까 잠깐 눈을 떴는데 다시 잠들었어. 그러니까 침실에 들어가면 안 돼. 자는 얼굴을 보는 건 악취미잖아."

하루히는 입을 파도처럼 일그러뜨리더니 잠시 망설이듯이 4분 연속 쉼표를 새긴 끝에 입을 열었다.

"전에도 이런 일이 있었지? 유키가 열이 나서 우리가 간병을 했던 적이 말이야. 그건 환각이었지만 왠지 지금도 실제로 있었던 일처럼 느껴져."

그거야 현실이었으니까. 집단최면이라고 떠들어댄 건 어디까지나 코이즈미가 날조한 거짓 이론에 불과하다. 그리 쉽게 하루히한테 말할 수 있는 일은 아니었기에 나는 입을 다물었다. 하루히는 뭔가를 염려하듯 말했다.

"그때랑 똑같지? 츠루야의 별장에서 유키는 금방 몸이

안 좋아졌어. 그 증상은 스키장의 추위 때문이었잖아. 지금은 초봄이고 환절기니까 몸이 안 좋아지는 건 흔히 있는 일이긴 해. 꽃가루 알레르기의 일종일 수도 있겠다."

그건 마치 스스로에게 타이르는 것처럼도 들렸다.

"그래, 별거 아닐 거야. 사흘만 지나면 좋아지겠지."

어떤 입으로 그런 소리를 하냐고 핀잔을 주고 싶었지만 어찌하겠나, 그건 내 입이다. 코이즈미의 매끄럽게 돌아가는 혀가 부럽다. 어떤 이상사태에서도 그 녀석이라면 그럴싸한 헛소리 같은 해석을 이끌어낼 수 있을 테니까. 결국에는 염라대왕의 신세를 지게 될 게 분명하다.

닫힌 침실 문에 마치 출입금지 테이프가 쳐진 것처럼 보여 그대로 지나가 거실로 갔다. 코타츠 안에 긴 다리를 쭉 뻗고 앉아 있던 코이즈미가 나를 힐끔 쳐다보았다.

"어디를 다녀온 건가요?"

"폐쇄공간 못지않은 청승맞은 곳에."

"그런 것 같네요."

코이즈미는 코타츠 탁자에 두 팔꿈치를 올리고선,

"스오우 쿠요우와 키미도리 씨의 모습이 관측됐다는 보고가 있었어요."

마룻바닥에 내려놓았던 자신의 휴대전화를 가리켰다.

"그것도 한순간이었던 것 같던데, 당신의 그 안색을 보니 단순한 해후는 아니었나보군요."

"그래."

이젠 누가 아군이고 누가 적인지도 모르겠다. 우주인들

의 목적이 도무지 이해가 안 된다. 쿠요우도, 아사쿠라도, 키미도리 선배도 인간의 모습만 하고 있을 뿐이지 사실 괴물이다. 인간은 가끔 당치도 않은 짓을 하는 녀석이 나오기도 하지만 그래봤자 그것도 무슨 생각을 한 건지 추측할 수 있는 수준이다.

하지만 괴물의 생각은 읽을 수가 없다. 행동 패턴이 너무 제멋대로라서 마치 허접한 RPG의 NPC처럼 느껴진다이 말이다. 밸런스를 무시한 패러미터를 갖고 있으니 더 끔찍하지.

"해결책은 없는 거냐?"

"저희도 전력을 다하고 있습니다. 타치바나 쿄코를 찌르면 뭐가 나올지도 모르지만 추측컨대 기대하긴 어려울 것 같아요. 그녀들 일파와 나가토 씨의 이 증상은 아무 상관도 없는 것이나 다름없으니까요. 타치바나 쿄코 쪽은 손을 잡을 상대를 잘못 선택했어요. 스오우 쿠요우는 이야기가 통하는 상대가 아닙니다. 통합 사념체도 이해할 수 없는 존재를 인류가 이해하려 드는 건 폭거죠."

그럼 미래인이라면 어쩌냐. 후지와라라는 완전 밥맛인 녀석은 적어도 쿠요우에게 두려움을 느끼는 것 같아 보이진 않던데. 제길, 그 녀석을 믿음직스럽게 느끼면 어쩌자는 거야. 후지와라의 목적이 뭔지도 아직 모르는데.

"단순히 스즈미야 씨를 관찰하는 게 목적이 아니라는 건 분명하죠. 그건 어느 쪽 미래인에나 다 해당한다고 볼 수 있습니다. 이 자리에 있는 아사히나 씨한테는 알리지 않은 것 같습니다만."

코이즈미의 눈이 평행이동해 부엌에서 설거지를 하느라 바쁜 아사히나 선배를 보았다. 그 옆에서 하루히도 바쁘게 움직이며 냄비에 든 수프를 그릇에 옮겨 담고 남은 재료를 밀폐그릇에 담고 있었는데.

"결정했어. 유키가 좋아질 때까지 저녁밥을 만들러 오기로 하겠어. 내가 멋대로 그렇게 하는 거니까. 유키가 싫다고 해도 반드시 올 거야."

혼잣말치고는 성량이 지나치게 큰 목소리로 말을 하고선 누구의 동의도 구하지 않았다. 너는 은하에서 제일 제 멋대로인 여자다. 그 특성을 바꾸지 말아다오.

어디선가 여벌 열쇠를 찾아낸 하루히가 그걸로 나가토네 현관문을 잠그고 사금 알갱이를 곱게 챙기듯이 열쇠를 치마 주머니에 쏙 집어넣는다. 나가토가 잠든 708호실을 뒤로한 우리는 나가토의 맨션 앞에서 해산하게 되었다.

"잠시 동안 SOS단은 활동을 쉬도록 하겠어."

하루히는 맨션을 올려다보고서 저녁노을에 물든 하늘에 분노한 듯한 시선을 날렸다.

"유키가 학교에 올 수 있을 정도가 될 때까지 동아리방에는 안 와도 돼. 모이는 곳은 이곳. 유키네 집이다. 미쿠루, 내일도 부탁할게."

"네, 물론이죠!"

고개를 끄덕이는 아사히나 선배의 진지하게 순종적인 모습에 눈물샘이 폭발할 것 같았다. 위험해.

하루히와 아사히나 선배는 솔선해 나가토를 간병할 마음인가보다. 그러면서 단장의 임무니 뭐니 하는 핑계를 붙이지 않는 게 하루히다웠다.

나도 할 수 있는 일이 있을 텐데. 아니, 나밖에 할 수 없는 일이.

한시라도 빨리 집에 돌아가 연락을 해야 할 녀석이 있다. 새로 등장한 관계자 가운데 내가 전화번호를 알고 있는 건 이 녀석밖에 없다.

『미안했다, 쿈. 답장이 늦어졌네. 학원 수업 중이라 전화기를 꺼놨거든. 메시지 녹음해둔 거 들었어. 내일 저녁에 학교 끝나고 보자고? 내일은 학원도 없으니까 음, 4시 반이면 키타구치 역 앞에 도착할 수 있을 거야. 물론 그 세 사람한테도 말해둘게. 이건 내기할 수도 있는데 분명히 올 거다. 네가 나한테 연락을 주길 기다리고 있었으니까. 쿈, 너는 상당히 화가 난 것 같은데 내 생각으로는 오늘내일 중으로 머리를 식혀두는 게 좋을 것 같다. 지금의 네 반응이 그들의 계획의 일환일지도 모르잖아. 아니, 나야 모르지. 하지만 내가 주모자라면 그렇게 할 거라고 생각한 결과야. 응, 그럼 내일 보자. 잘 자, 친구.』

제5장

α-8

이튿날, 화요일.

참으로 드물게도, 괜히 정시보다 일찍 눈을 뜬 덕분에 나는 학교 앞의 심장 터지는 언덕을 느긋하게 걸어가고 있었다. 언제나 바뀌지 않는 등교 풍경에 그다지 신선함은 없었지만, 1학년으로 보이는 학생들이 진지하게 언덕을 올라가는 것을 보니 작년의 내 모습이 떠올랐다. 그렇게 느긋하게 등교할 수 있는 것도 얼마 안 남았지. 다음 달만 되면 바로 지긋지긋해지기 시작할걸.

후아암, 하품을 하며 나는 괜히 걸음을 멈추었다.

왜 그럴까. 특이한 구석이라고는 전혀 없는 하루의 시작인데 묘한 느낌이 든다.

사사키와는 어제의 수상쩍은 만남 이후로 연락 한 통 없다. 없긴 하지만 불과 토요일에 만났으니 그렇게 조급해하면 곤란하긴 한데, 일단 그게 이상하다고 느끼는 사항의 원천일 거다. 조만간 뭔 짓을 해올 게 분명하지만 그게 언제가 될지 모른다는 건 몸이 근질거릴 일이다. 특히 스오우 쿠요우와 무명의 미래인 녀석은 유괴녀 타치바나 쿄코보다 더 무슨 짓을 할지 모르기 때문에 두려운 존재였다. 그러고 보니 전원을 소개하는 장면이었는데 미래남이 인사하길 싫어했던 것도 마음에 걸리는 부분이다.

사사키의 말투로 봤을 때 그 녀석이 또다시 이 시대에 와 있다는 건 분명한데, 한동안은 행동을 할 생각이 없는 걸까. 아무래도 미래인이 생각하는 건 아사히나 선배(대)도 그렇고, 바로 이해하기 힘든 점이 많단 말이야. 지난번에는 타치바나 쿄코가 일으킨 유괴 소동을 방관만 하던 녀석이었는데 그렇다면 이번에는 쿠요우 차례인 건가.

"흐음."

나는 학생회장의 말투를 흉내 내어 보았다. 생각해봤자 진전이 없군. 일단 교실로 걸어가자. 거기에서 단장의 얼굴이라도 보도록 하자. 내 학교 생활은 그렇게 하지 않으면 시작되지 않으니까. 언제부터인지는 몰라도 그런 몸이 되어버렸다.

내가 등산을 재개하는 것과 동시에 누가 등을 툭 두드렸다.

"안녕하세요."

누군가 했더니 코이즈미다.

하교는 몰라도 등굣길을 같이 가게 되는 건 혹시 처음 아닌가?

"여어."

무심히 대답하는 내 옆에 나란히 서며, 동면에서 소생

에 성공한 우주선의 선원이 목적지인 행성 표면을 본 것 같은 미소를 지으며 말한다.

"석연치 않다는 얼굴이신데 무슨 일이라도 있으신가요?"

무슨 일이 있기는, 아침 일찍부터 간이 등산을 강요당하는 중인 나는 지금이나 옛날이나 이런 얼굴이었다. 그보다 네가 쓸데없이 상쾌한 표정을 짓고 있는 이유는 대체 뭐냐. 하루히의 정서불안정의 여파를 제일 많이 뒤집어쓰고 있는 건 너잖아.

"그것 말인데요."

그림으로 그린 듯한 핸섬 보이는 흔들리는 앞머리를 쓸어올리며 말했다.

"다발하던 폐쇄공간의 발생이 갑자기 멈췄거든요. 저로서도 안도하고 있는 참입니다. 스즈미야 씨는 새 단원에 관한 여러 일을 생각하느라 바빠서 무의식중의 스트레스 충동의 발로를 일시적으로 잊어버린 것 같아요."

나는 기가 막힌 심정으로 고개를 저었다. 하루히, 넌 참 단순한 녀석이구나.

"단순한 것 같으면서도 복잡하답니다. 컨트롤이 안 되니까요. 아무래도 키를 쥐고 있는 본인인 스즈미야 씨도 못 하는 일을 평범한 승객인 제가 한다는 건 말도 안 되는 일이죠. SOS단에 가입 희망자가 그렇게 많이 나타나게 될 줄은 저도 예상치 못한 일이었어요."

열한 명의 신입생들이 가엾게 됐지, 뭐.

하루히의 장난감이 되기 위해 입학한 건 아닐 테지만 하루히한테는 절호의 기분전환거리다.

"계속 이렇게 상쾌한 기분으로 있어준다면 고맙겠지만 잘해야 1주일일 겁니다. 어제 동아리방을 찾아온 사람들 가운데 오늘도 문을 두드릴 만한 인재가 몇 명이 있느냐가 관건이에요."

내기라도 할까. 나는…, 그래, 반으로 줄어서 여섯 명이다. 이 속도로 가면 이번 주말이 되면 아무도 안 오게 되겠지.

"타당한 숫자군요. 그럼 저는 다섯 명 이하요."

좋아. 지는 쪽이 주스 사는 거다.

교문을 지나 승강구가 보이는 지점에서 생각하던 게 떠올랐다.

"그런데 코이즈미, 그 녀석들을 내버려둬도 되는 거냐? 쿠요우나 타치바나 쿄코에 아직 이름을 못 들은 미래인 말이야."

"그리고 사사키 씨도—말이죠."

코이즈미는 활짝 갠 봄 날씨 같은 미소를 지었다.

"지금으로써는 아직요. 제 견해로 볼 때 그들은 아직 움직이지도 않고 있습니다. 결탁이 잘 되고 있는 기미도 보이지 않으니 차분히 관찰하고 있는 단계예요."

신발장 앞에서 헤어질 때 코이즈미는 내가 가는 쪽을 가리켰다.

"그들 가운데 열쇠가 될 만한 인물은 미래인일 것 같아요. 타치바나 쿄코는 '기관'이 어떻게 손을 쓰고 있고 신종 우주인은 느긋하게 지구 관광을 하고 있어주면 그만이지만 상대가 미래라면 아무래도 섣불리 움직일 수가 없지요. 타치바나 쿄코만큼 목적이 명확하지 않고 우주인만큼 애매하지 않은 게 아무리 봐도 어중간해서 읽기가 어렵습니다. 저보다는 당신이 더 빨리 알지도 모르겠는걸요."

서서 이야기하긴 뭐하니 방과 후에 보자는 말을 남기고, 무지각 무결석이 신조인 듯한 코이즈미는 서둘러서 자기 실내화가 있는 쪽으로 걸어갔다.

나는 내 신발장 앞에 도착해 일말의 망설임도 없이 뚜껑을 열었다.

안에 들어 있는 건 내 지저분한 실내화뿐, 미래에서 온 통신문은 그 어디에도 없었다.

지금이라면 부조리한 지령에도 따라줄 수 있는 기분이었는데 눈치가 없네, 아사히나 선배(대). 다음에 나타날 때에도 "오랜만이야"가 그녀의 첫마디가 될까.

그날 방과 후, 하루히는 끈으로 묶어두지 않으면 허공에 날아오르지 않을까 싶을 만큼 들뜬 기분을 유지하고 있었다. 궁금해서 미칠 지경이라는 건 나도 공유하는 감정이다. 코이즈미와 내기한 대상이니까 말이야. 단원이 되기를 희망하는 1학년은 몇 명이나 올 것인가. 어제의 일방통행적인 연설을 듣고 이튿날도 찾아오자는 생각을 할 훌륭한 녀석이 얼마나 있을까.

　내가 조금 신경이 쓰이는 건 세탁소에서 막 찾아 온 것 같은 빳빳한 세일러복을 어깨에서부터 쑥 빠질 만큼 헐렁헐렁하게 입은 여학생으로, 어제의 그 반응을 봐선 그 아이만큼은 반드시 올 거라는 예감이 들었다. 스마일 마크의 머리끈 외에는 특징이 없는, 아사히나 선배와는 다른 의미에서 어린 분위기가 나는 소녀는 마굴과도 같은 방에서도 흔들리지 않는 평상심을 단단히 유지하고 있었다. 그렇게 느끼는 건 내가 ㄱ 녀서 얼굴만 기억히고 있기 때문인지도 모르겠다. 그 밖에 1학년에 어떤 애들이 있었더라. 전부 다 얼굴이 생각 안 나는 건 개성적인 외모를 가진 녀석이 없다는 증거이기도 할 거다.

　교칙에는 비교적 빡빡하지 않은 고등학교지만 1학년 때부터 튀는 복장을 하는 예도 적은데다, 가끔 기분 나쁠 정도로 새빨간 양말을 신는다거나 벌써부터 교복을 개조해 교칙에 위반하는 복장을 하는 녀석들도 있긴 하지만 그것도 학생회장 휘하의 풍기단속 부대가 나서기 전까지의 짧은 기간에나 볼 수 있는 모습이다. 하루히는 그 정도로 튀는 애들한테는 눈길도 주지 않을 테고 자기도 그렇게 하겠다는 생가은 머릿속에 들이지도 않겠지만 틀림없이 어중간하게 엇나가는 기분을 맛보고 싶은 경박한 녀석이라면 콧김 한 방으로 거부할 거다.

　하루히의 눈에 드는 건 그런 시건방진 퍼포먼스적인 베이츠형 의태(주10)가 아니라 본질적인 돌파형인 것이다. 그

주10) 베이츠형 의태: 동물 의태의 하나. 경계색이나 주위의 빛깔로 제 몸빛을 바꾸어 자신을 보호하는 현상을 이른다.

것도 보다 깊이 따지자면 내면 혹은 속성에 있다. 예외가 아사히나 선배였는데 결국 그분도 평범한 사람은 아니었으니 그야말로 하루히의 본질을 꿰뚫어보는 힘은 신기에 가까웠다. 새 학기가 시작되어 그 녀석도 1학년 반들을 죽 돌아봤을 테니 지금으로서는 하루히의 심안을 번뜩이게 만드는 1학년은 없었다는 소리고, 결국 하루히의 납치 피해자는 제로란 말이니까 그건 결과적으로 매우 부드러운 느낌의 안도감을 내게 주고 있었다.

하루히가 실행하려 하는 입단시험, 그 시험에서 합격자가 나온다 해도 그 녀석이 일반적이고 평범한 보통사람일 게 결정적이다. 말하자면 내 동료이고 게다가 후배이며, 나는 마침내 하루히가 떠넘기는 수많은 잡일을 통째로 넘길 수 있는 멤버를 얻게 되는 것이다.

말은 그렇게 해도 그다지 기대는 안 하고 있다는 게 진심이긴 하다만.

참고로 수학 쪽지 시험은 고맙다고 해야겠지. 완벽하게 마칠 수 있었다. 하루히가 찍어준 게 모조리 적중해서 시험 관련으로는 오랜만에 편한 기분을 만끽한 게 단장께서 직접 하사하신 지혜 덕분이라는 것도 부아가 치밀 일이지만, 과정에 불평하는 것도 새삼스러운 일이지. 인간에게 불의 유용한 사용법을 가르쳐준 프로메테우스가 비참한 만년을 보냈다는 고사를 되풀이하지 않도록 하루히가 엄중히 주의를 해줬으면 좋겠다.

하지만 하루히를 쇠사슬로 묶어둔다는 건 어떤 신들도

불가능할 거라 생각하지만 말이야.

대체 무슨 바람이 분 건지 방과 후를 알리는 종이 울린 뒤에도 하루히는 전력질주로 동아리방으로 직행하지 않고 교실에 앉아 있었다. 청소당번에게 방해가 되지 않도록 교탁에 자리를 잡고서 나를 부른다.

뭐야, 내일은 쪽지 시험이 없는데 깜짝 시험 정보라도 들었냐.

"신입생들이 동아리방에 모이길 기다리고 있는 거야."

하루히는 능글맞게 웃었다.

"제일 인기 있는 사람은 늦게 오는 법이잖아. 혹은 안 오기도 하고. 처음부터 내가 동아리방에서 1학년들이 하나둘씩 오길 기다리는 것도 번거롭고 좀 그렇잖아. 그렇다면 아예 마지막에 떡하니 등장해서 단장답게 당당히 중역 출근을 하는 게 좋겠다고 생각했지. 그리고 나보다 늦게 오는 사람은 낙제야."

그건 네가 어떻게 조절하느냐에 달린 거잖아. 몇 분 후에 등장하실 생각이시냐. 그 사이에 틀 입장 테마곡은 「불어라 바람, 불러라 폭풍(주11)」이면 되는 기냐?

"그런 부분까지 얽매일 건 없는데, 네가 내놓은 것치고는 좋은 아이디어네. 실수했어. 동아리방에서 카세트를 가져오는 거였는데."

주11) 불어라 바람, 불러라 폭풍: 1971년에 발표된 핑크 플로이드의 앨범 「Meddle」에 수록된 「One of these days」의 일본어 제목. 일본 프로레슬링계에서는 나쁜 레슬러의 입장 테마곡으로 많이 사용되었으며, 일반적으로 캐나다 출신의 프로레슬러 압둘라 더 부처의 입장 테마곡으로도 유명하다. 최근에는 미국의 프로레슬러 키스 워커도 애용하는 곡이다.

쉬는 시간에 입 놀리지 않길 잘했지. 카세트를 짊어지고 하루히의 뒤를 따르는 내 모습을 상상만 해도 눈물이 나온다. 쇼맨십 프로레슬러의 악덕 세컨드도 아니고, 내가 무슨 시키는 대로 다 따르는 복면 레슬러냐.

내가 싫다는 표정을 짓고 있는데 하루히는 교실 시계를 올려다보더니 말했다.

"30분 정도 늦게 가면 충분할 거야. 기다리는 것도 시련의 하나지. 단원이 단장을 기다리게 하는 건 그에 상응하는 양형이 필요한 죄지만 말이야. 듣고 있어, 쿈? 이건 네 얘기를 하는 거라고."

그러니까 늘 벌금형을 감수하고 받아들이고 있잖아. 내 용돈의 반은 사실 너와 아사히나 선배네 위장으로 사라진단 말이다.

"당연한 응보지. 시간은 금이라고. 5분이면 백년의 역사를 거슬러 올라가 고찰을 더 할 수도 있으니까 싼 거잖아."

이제 막 생각이 났다는 듯이 하루히는 가방에서 세계사 교과서를 꺼냈다.

"너, 사회과목 뭐 선택할 거야? 나는 세계사로 정했으니 너도 그렇게 해. 이런 건 빨리 정하는 게 좋거든. 세계사가 얼마나 좋은데. 외우는 단어가 일본사보다 훨씬 더 미적 감각이 뛰어난 게 마음에 들어. 무가 제법도보다 베스트팔렌 조약(주12)이 시적으로 들리잖아."

일본인으로서 있을 수 없는 소리를 한다.

주12) 베스트팔렌 조약: 1648년에 독일 북부 베스트팔렌 지방의 오스나브뤼크에서 독일, 프랑스, 스웨덴 등의 여러 나라가 체결한, 30년 전쟁의 종결을 위한 강화 조약.

"시간을 때우는 김에 1학년 때 배운 부분을 복습시켜줄게. 뭐야. 표정이 왜 그래. 강습료는 단원 특권으로 면제해주겠다니까."

부탁하지도 않은 강습을 듣게 만들려는 게 이상한 일이기 때문에 당연히 내 얼굴로 그에 맞는 반응을 보이는 거다. 마지못해라는 부사는 바로 지금이 써먹을 때 아닐까. 그래서 나는 정말 마지못해 교과서를 꺼낸 뒤 하루히가 떠들어대는 페이지를 펼치고서 고대 메소포타미아로 뇌내 시간을 이동시키게 되었다.

"외우기만 하면 되니까 간단해. 그리고 연표는 크게 신경 쓰지 않아도 돼. 시계열만 머릿속에 넣어두고 이 역사 속의 인물이 이때 무슨 생각으로 이런 일을 했는지에 생각이 미치기만 하면 되는 거야. 예를 들어 피라미드 같은 이해할 수 없는 건물을 만들다니 옛날 사람들은 정말 한가했거나, 자손을 위해 손님을 불러 모을 수 있는 관광자원을 만들어두려고 한 게 분명한 거지."

뭐, 어디에나 자기 멋대로 말을 꺼내 주위에서 아무 말도 못 하게 실행해버리는 기세 하나만큼은 카리스마적인 진행자가 있었겠지. 현재 역사에서 말하자면 지금 내 눈앞에도 있다.

"나는 그렇게 방해되는 건 만들지 않아. 하지만 글쎄다, 졸업할 때까지 SOS단 기념비를 교내 어딘가에 세우고 싶기는 하네. 지금 미리 디자인을 생각해둬야겠다. 무슨 돌이 좋을까. 역시 대리석이 나을까? 화강암도 괜찮을 거야."

꽤나 SOS단의 이름을 역사에 남기고 싶나 보다. 의외로 피라미드도 그런 거 아닐까? 옛날 이집트 사람은 그때를 살았다는 증거를 후세에 남기기 위해 열심히 돌을 나르는 일에 종사했던 게 아니냐 이 말이다.

"그거야, 콘."

하루히의 눈이 아첨을 잘 하는 제자에게 보내는 빛깔로 물들었다.

"역사에는 그런 사고방식이 필요한 법이거든. 주입식 공부보다 훨씬 머리가 가치 있게 되는 거야. 그게 기억하는 계기의 하나가 되기도 하고 말이지. 너도 이제 뭘 좀 이해하는데. 내 덕분으로 말이다."

그래, 그래. 너는 참 잘 가르치는구나. 인정해주마. 학년말 정기시험에서도 큰 도움이 되었지. 하루히가 임시 가정교사를 맡는다는 박사라는 애는 분명히 우수한 아이일 거다. 무심결에 타임머신을 개발할 정도로 말이야.

그 박사 소년이 지금도 남생이를 소중히 키우고 있다는 사실을 나는 일말의 의심도 하지 않았고, 하루히에게 보고하지도 않았다. 거북이한테 왜 그런 이름을 붙였는지 알고 싶기는 하지만 하루히를 통해 물어볼 일은 아니지. 언젠가 어디에서 보게 된다면 물어볼 수 있을 거다.

SOS단에서 가장 공부를 안 하는 나에게 하루히는 단장으로서의 위엄과 부하를 생각하는 의협심을 갑자기 자각했는지 담임 오카베 이상 가는 열의로 면학의 길을 벗어나지 않도록 마음을 쓰는 것처럼 보였다. 이런 경우 교육에 열심이기만 한 체육교사는 도움이 안 되긴 해.

하지만 세계사의 시간외 보충을 청소 중인 교실에서, 그것도 교단에서 마주보고 선 자세로 듣고 있는 나의 지금 입장도 상당히 미묘한 학습 방식인 거 아닌가? 쉴 새 없이 떠들어대는 하루히의 말을 일방적으로 받아들이며 교과서에 실린 고유명사에 빨간색 마커로 줄을 긋고만 있어서는 더더욱 시키는 대로 하는 것밖에 안 되는 건데, 그건 결국 이게 얼마나 나 자신이 무력한가를 간절하고도 깍듯하게 알려주고 있는가 하는 것을 사실 그대로로서 받아들이는 수밖에 없다는 말이다.

어설프게 우수한 녀석이 적극적으로 공격해왔을 때 가없는 무능력자는 고분고분 고래 뱃속으로 바닷물과 함께 쓸려 들어가는 수밖에 없는 것이고, 조만간 나는 하루히의 뱃속에 서서히 녹아들어가지 않을까 싶다.

지금으로서는 하루히의 위장을 거쳐 녀석의 몸의 일부가 되고 싶지는 않기 때문에 나는 확고한 자신을 드러내기 위해 나 자신을 위해 어쩔 수 없이 세계사 지식을 주입하는 작업에 함께하고 있었다.

"시험에 나오는 지명이나 인명은 거의 다 정형적이니까 그것만 외워두도록 해. 낯익은 이름을 반쯤 감으로 써도 높은 규모의 확률로 해결이 되니까. 제일 좋은 건 역사를 좋아하게 되는 건데 너한테는 기대하지 않아. 어차피 너는 공부에 관련된 대부분의 것을 외우는 능력이 결여되어 있는 것 같으니까. 다음에 유키한테 부탁해보는 건 어때? 재미있는 역사소설을 추천해줄지도 모르잖아."

그 녀석의 장서에 역사물이 있었나. 신화 같은 건 있었던 것 같긴 하더라만.

"계기는 그런 거면 돼. 관심을 가진 걸 더 알고 싶어하는 건 사람 사는 세상의 상식이니까. 뭐든 좋으니까 당당하게 나는 이런 장르의 마니아라고 단언할 수 있을 정도의 지식을 가지는 게 선결 과제지. 알겠어? 이 시기가 인생에서 최대로 중요한 기간이야. 왜냐하면 이 시기에 열심히 매달려 얻은 지식은 언제까지나 머릿속에 남게 되니까. 선인이 그런 말을 했지. 아무튼 그게 진로를 정하는 경우도 있다 이거야. 인간의 뇌세포가 제일 활성화하는 건 십대 중반이거든. 지금 여러 가지로 관심의 대상을 가져두지 않으면 나중에 가서 후회하게 될 거다."

하루히는 마치 10년 후에서 온 어른 같은 의견을 늘어놓으며 내게 세계사 담론을 펼쳐 보였고, 그것은 수업이라기보다는 소소한 단편적 지식 같은 에피소드이긴 했지만, 세계사 교사의 컨베이어 벨트식 수업 흐름보다는 훨씬 재미있으면서도 머릿속에 쏙쏙 새겨졌다는 건 역시 하루히에게는 무지한 자에게 지식을 주는 재능이 있다는 말인지도 몰랐다.

철저한 사령관 타입의 성격을 갖고 있으니 역시 단장직함은 그냥 폼이 아니었다. 그 구심력은 역대 어떤 총리 대신보다 위일 거다. 다만 그다지 민주적이지도, 문치주의적이지도 않은 것 같긴 하다만.

이렇게 교탁에 선 채로 하루히의 강의를 듣기를 30분, 우리 단장이 빨간 펜을 내려놓은 것은 슬슬 중요한 때가 왔다고 인식할 만큼의 시간이 흘렀기 때문이었다. 이미 교실 청소는 끝난 뒤였고 남겨진 것은 나와 하루히뿐이었다.

"이걸로 충분하겠지."

하루히는 교과서를 가방에 넣었다.

"1학년들도 동아리방에 모두 모였을 거야. 자, 쿈. 멋지게 등장해서 오늘도 다가올 열의와 의욕으로 가득 찬 녀석들의 얼굴을 확인하러 가보자. 내 감으로 볼 때 아마 여섯 명 정도는 탈락하지 않고 남아 있을 거야. 어제의 시험 제1탄은 꽤 쉽게 가줬으니까. 다섯 명 이하는 아닐 거야."

그게 사실이라면 코이즈미가 진 건데 과연 그렇게 일이 잘 풀릴까. 반 정도면 잘된 거고, 그 이하라면 올해 1학년 중에서도 특이한 걸 좋아하는 녀석들은 더욱 적다는 증거가 되는 거다. 그리고 내가 보건대 SOS단에 장난 내지 흥미 위주 이외의 목적으로 동아리방에 왔을 법한 1학년은 확실히 거의 제로에 가깝거든. 아예 제로라면 사소한 잡무에서도 해방되어 평소의 일상풍경이 돌아오게 될 텐데….

하루히의 재촉을 받으며 교실을 나와서는 질질 끌려 동아리방까지 온 내가 보게 된 것은 무관심하다는 얼굴로 독서에 매진하고 있는 나가토, 메이드가 아닌 교복 차림으로 종이컵에 차를 따르고 있는 아사히나 선배, 혼자 트럼프 카드를 펼쳐놓고 신경쇠약(주13)에 빠져 있는 코이즈미와—.

그 자리에 어울리지 않는, 정확하게 여섯 명의 신입생들이었다.

남자 세 명과 여자 세 명.

코이즈미와의 내기에서는 이겼지만 흔희작약(주14)할 수는 없었다. 이거 진짜냐. 설마 이렇게나 기골이 있는, 또는 SOS단에 집착하는 입단희망자가 있다니, 이건 웬만한 방법으로는 안 되겠는데.

그렇게 생각한 것도 단장이 진심으로 만족스럽다는 듯이 가슴을 당당히 펴고 밴드부의 트롬본 연습 소리에 지지 않을 만큼 큰 소리로 이렇게 말했기 때문이었다.

"좋았어. 나는 오해하고 있었다. 십 분의 일 정도가 됐을 거라고 걱정했는데 그렇지 않았군. 올해의 1학년은 장래성이 매우 있구나. 그럼."

하루히는 내게 자기 가방을 던지더니 단장 책상으로 재빨리 이동해서,

"지금부터 SOS단 입단시험, 제2단계를 개시하겠다!"

이렇게 선언하자마자 책상 속에서 시험 감독관 버전 완장을 꺼내 휘둘렀다.

"필기시험이다, 필기시험. 아냐, 그렇게 긴장할 것 없어. 적성시험이나 앙케트 같은 거니까. 직접적으로 합격 여부에 영향을 주지는 않을 거다. 하지만 참고는 하겠지.

주13) 신경쇠약: 우리나라의 기억력 테스트와 같은 카드놀이의 하나. 카드를 모두 엎어서 펴놓고, 같은 숫자의 카드를 맞히도록 두 장씩 젖혀 나간다.
주14) 흔희작약: 欣喜雀躍. 너무 좋아 기뻐 날뜀.

그리고 이 개인정보는 내가 책임지고 관리하겠다. 선생님이나 학생회에 넘기는 짓은 절대로 안 할 테니까 안심하도록. 다른 단원에게도 보여주지 않을 거다."

하루히의 눈동자는 해저화산 같은 열기를 띠고 있었다. 이 녀석의 행동패턴은 마치 간헐천 같다.

"그러니까 콘, 코이즈미와 미쿠루도 일단 모두 방에서 나가도록. 아, 유키는 있어도 돼. 자, 어서 움직여. 1학년들은 간격을 두고 탁자에 앉아라. 어머, 의자가 부족하네. 콘, 빌려 와."

시키는 대로 따를 수밖에 없군. 일체의 간언을 받아들이지 않기 때문에 폭군은 폭군이라 불리는 것이다. 문예부실을 자기 마음대로 쓰길 약 1년, 완전히 자기 집과 같은 의의를 가진 공간으로 삼고 있는 하루히였다. 졸업 후에도 영유권을 주장하지 않도록 학생회장의 노력에 기대하는 바이다.

이리하여 나와 코이즈미, 아사히나 선배는 복도로 내쫓겨서, 닫힌 방문을 모두 제각각의 표정으로 지켜보고만 있었다. 나가토가 남겨진 것은 존재 자체가 누구에게도 방해가 되지 않을 거라 판단했기 때문일 것이다. 하루히는 아직 나가토를 동아리방의 부품 중 하나라고 생각하고 있는 건가.

"물 받아 올게요."

아사히나 선배는 주전자를 소중히 끌어안고서 실내화 소리를 내며 계단으로 사라졌다. 그 하녀 같은 동작 모두를 지켜본 뒤 나는 그나마 시간을 벌 요량으로 가방을 동아리방에 던져놓고 어제와 같은 행동에 나섰다. 즉, 이웃 동아리에서 철제의자를 빌려달라고 부탁하러 가려는 것이다. 이렇게 될 줄 알았으면 어제 빌린 걸 그대로 슬쩍해 둘 걸 그랬잖아.

일단 컴퓨터 연구부로 가려고 발걸음을 옮긴 순간, 코이즈미가 경쾌하게 손을 들며 말했다.

"의자라면 이미 갖다났습니다. 당신과 스즈미야 씨가 오기 전까지 제법 시간이 있었거든요. 미리 주변을 돌아보고 모아왔죠. 저기에 놔뒀는데 못 보셨나보네요."

놀리는 듯한 목소리를 무시하고 냉정히 둘러보니 그 말처럼 용의주도하게 구관 통로 벽에 접어둔 철제의자 다섯 개 정도가 놓여 있었다.

"코이즈미, 그럼 내쫓기기 전에 말을 해야지. 괜히 시간 낭비만 할 뻔했잖아."

"그다지 낭비라고도 할 수 없는데요."

코이즈미는 내 옆으로 슬쩍 얼굴을 갖다 댔다.

"방과 후가 된 후로 저희는 30분 가량을 기다렸다고요. 그동안에 당신과 스즈미야 씨는 뭘 하면서 시간을 보내신 겁니까? 개인적인 의견이지만 흥미가 동하는군요."

마치 화성과 지구가 몇만 년 만에 공전궤도가 일치한 것처럼 신기하다는 얼굴을 해봤자 헛수고다. 아무 일도 없었어. 하루히가 하는 일에 표면적일 뿐인 의미가 있었던 적은 없었잖아.

나는 헛기침을 한 번 했다.

"그 녀석은 늦게 오는 게 일종의 사회적 지위의 자세라고 생각하는 것 같더라고. 일부러 1학년들이 모이기를 기다린 거야. 나는 그 아이디어에 강제로 동참한 것뿐이다."

"그런 것치고는 평소에 역 앞에서 모일 때 하루히 씨가 늦는 비율은 매우 낮은 숫자에 머무르는데요. 마치 당신을 기다리는 일에 심혈을 쏟는 것 같은 기백이 느껴지거든요. 다른 누구를 기다리게 하더라도 당신만큼은 기다리게 하지 않으려는 것처럼 보입니다."

고집부리는 거겠지.

내가 하루히보다 앞설 수 있었던 건 너희 세 명이 결석을 표명한 그때 정도니까.

게다가 결국 또 내가 먹을 걸 샀다고. 그 녀석은 앞으로도 계속 나한테 돈을 쓸 생각이 없는 것 같더라.

"그렇다고 하긴 어렵지 않나요. 단둘이 있으면 아무리 스즈미야 씨라도 계속 돈을 쓰게만 하지는 않을 겁니다. 최소한 더치페이로 나가기라도 할 걸요. 옛날의 그녀라면 몰라도 지금의 스즈미야 씨라면 확실합니다. 한 번 시험해보는 건 어떠세요?"

시험하다니, 어떻게?

"간단하죠. 타이밍을 잘 봐서 스즈미야 씨한테 전화라도 해서 이번 주 일요일에 시간 있으면 같이 외출이라도 하지 않겠냐고 말하기만 하면 충분합니다. 물론 저와 아사히나 씨, 나가토 씨는 무시하셔도 괜찮습니다. 단둘이서 어디든 가면 되잖아요."

나는 잠시 생각하다 말했다.

"너, 그 소리는 나보고 하루히한테 데이트 신청을 하란 말이냐? 제정신이야?"

"아니, 저는 경솔히 데이트라는 단어를 입에 올린 기억은 없습니다만, 당신이 그렇게 느끼신다면 그것도 나름대로 괜찮겠죠. 뭐 어떻습니까. 가끔은 단장의 인품을 더욱 깊이 알기 위해 함께 영화라도 보러 가는 건 어떠신가요? 아니, 아예 SOS단을 떠나 두 사람의 남녀 고교생으로서 일반적인 휴일 활동에 매진해보는 건요? 새로운 발견이 있을지도 모를 일이잖습니까."

열 받게도 코이즈미의 나를 보는 눈은 어미 새가 둥지를 떠나는 아기 새를 바라보는 빛을 띠고 있었고, 나는 당연히 반발했다.

"내가 그런 짓을 하기 시작한다면 위험하다는 경향이니까 오히려 지적을 해다오. 나는 지구의 자전이 멈춘다 해도 그런 짓은 할 것 같지 않다. 그럼 내 머리는 이상해진 걸 테니까 스스로는 깨닫지 못하겠지. 그런 때야말로 네가 나설 차례야. 내가 제정신을 차릴 수 있게 전력을 다해주길 바란다."

"바라신다면요. 다만 제 바람과는 정면으로 대립하는 것 같기도 합니다만…."

코이즈미가 사람 나빠 보이는 미소를 지으며 뭐라고 더 말을 하려는데.

"콘! 의자 멀었어!"

하루히의 굵은 목소리가 실내에서 터져 나왔고, 나와 코이즈미는 일란성 쌍둥이처럼 똑같은 팬터마임 동작으로 어깨를 들썩인 뒤 복도에 꺼내놓은 철제의자로 향했다.

방문을 떠나려는 순간 들려온 것은 전원이 켜진 프린터가 글자를 인쇄한 종이를 내뱉는 덜컹 철컹거리는 소리였다. 뭘 인쇄하고 있는 거야.

그게 무엇인지는 곧 알았다.

- Q1 「SOS단 입단을 희망하는 동기를 알려주세요.」
- Q2 「당신이 입단한 경우, 어떠한 공헌을 할 수 있습니까?」
- Q3 「우주인, 미래인, 이세계인, 초능력자 중 어느 것이 제일이라 생각합니까?」
- Q4 「그 이유는?」
- Q5 「지금까지 있었던 불가사의한 경험을 알려주세요.」
- Q6 「좋아하는 사자성어는?」
- Q7 「뭐든지 할 수 있다면 뭘 하겠습니까?」
- Q8 「마지막 질문. 당신의 의욕이 어떤지 말해주세요.」
- 추신 「굉장히 재미있어 보이는 것을 갖고 와준다면

추가 점수를 드리겠습니다. 찾아보세요.」

슬슬 잉크가 떨어져가는 프린터가 복사용지에 힘겹게 그려낸 문자는 분명히 그렇게 보였다. 필기시험이라.

나와 코이즈미가 철제의자의 반입을 마치고 1학년 전원에게 자리가 배정되어 모든 준비가 갖추어지자마자 하루히는 입단 희망자들 앞에 프린트된 종이를 나눠주었다.

"제한시간은 30분. 글자 수 제한은 없다. 필요하다면 뒷면에도 써도 돼. 커닝은 발견 즉시 낙제니까 자신의 머리로 생각할 것."

그리고 지휘봉을 쭉 내밀었다.

"시작!"

황급히 시키는 대로 따르는 1학년들을 지켜보는 역할은 하루히 외에는 나가토밖에 없었고, 나와 코이즈미는 다시 보기 좋게 동아리방에서 쫓겨났다. 여분으로 인쇄된 입단시험 문제를 한 장 슬쩍해 온 게 고작이었다. 마지막으로 하루히는,

"이거 문에 붙여놔."

반론을 허락하지 않는 말투로 내게 『KEEP OUT!』이라고 난잡하게 쓴 도화지를 떠넘기고는 요란하게 문을 닫았다. 할 수 없이 압정으로 경고문을 붙인 뒤 또다시 복도에 할 일 없이 서 있게 된 나는 손에 든 종이를 코이즈미에게 내밀었다.

"이게 어디가 시험문제냐?"

"글쎄요."

코이즈미는 종이를 보며 턱을 쓰다듬었다.

"시험이라기보다는 앙케트로군요. 질문 내용 자체는 그리 어렵지 않은데요. 답도 간단하고요. 득점을 하기 위해 머리를 굴릴 필요는 없으니까요."

흥미롭다는 듯이 종이를 한 번 툭 친다.

"이건 사고실험이에요. 실험 대상자가 어떤 사고를 해서 어떤 대답을 도출해내는가. 스즈미야 씨는 그걸 가늠하려는 겁니다. 대답 내용으로 회답자의 사색 수준을 파악할 수 있는 일종의 심리 테스트죠. 물론 그녀 자신은 진지한 시험이라 생각하고 있는지도 모르겠지만요."

진지할 거다. 꽤 시간을 들여서 문제를 음미하고 있던 것 같았거든.

나는 코이즈미에게서 종이를 빼앗았다.

"그런데 이런 질문에 뭐라고 대답해야 하루히의 마음에 들 수 있냐? 나는 딱히 대답할 말이 없는데. 좋아하는 사자성어라니, 그런 걸 물어봐서 뭘 분석하려고?"

"그보다 저는 Q3이 신경이 쓰이는군요. 당신은 뭘 고르시겠어요?"

─우주인, 미래인, 이세계인, 초능력자 중 어느 것이 제일이라 생각합니까?

"너무 추상적이잖아."

나는 코이즈미의 탐색하는 듯한 희미한 미소에서 고개를 돌렸다.

"뭐가 어떻게 제일이란 거야. 다 다르잖아. 뭐가 제일 도움이 되냐고 생각하느냐는 질문이라면 그나마 대답할 여지가 있을 텐데."

"호, 뭔가요? 꼭 들어보고 싶군요."

그거야 상황에 따라 다르니까 한 마디로 단언할 수는 없지. 일반적으로 생각한다면 단연코 나가토지만, 나가토는 어찌 되었든 간에 우주인 전체가 무슨 생각을 하는지 모르겠고, 시간이동을 자유자재로 할 수 있다면 어마어마한 부를 쌓을 수 있을 거고, 코이즈미처럼 장소와 기간 한정이 아니라 이해하기 쉬운 예지나 투시나 텔레포트라면 매우 편리할 거고, 현재로써는 일장일단이 있네. 분명한 건 이세계인에 특별한 편리성을 느끼지는 않는다는 건가.

내가 시간을 때울 겸해서 하루히가 만든 입단시험 문제를 들여다보고 있는데 샘물의 요정 같은 아사히나 선배가 무거워 보이는 주전자를 들고 돌아왔다.

"아, 입실 금지인가요?"

"그런 것 같네요."

나는 아사히나 선배의 손을 번거롭게 하는 주전자를 빼앗아 들고 그대로 손에 들고 있는 것도 복도에서 벌을 서는 바보 같다는 생각이 들어 벽 옆에 내려놓았다.

"차를 대접하려고 했는데 물을 끓일 시간이 있을까요…?"

아사히나 선배는 방문을 보며 1학년들을 걱정하는 표정을 지었다. 정말 사랑스럽기도 하지. 항상 갓 탄 차에 집착하는 상급생을 언제까지나 바라보고 싶었지만 30분이나 여기에서 보초를 서는 것도 따분한 일이라 어떻게할까 고민하는데,

"학생식당에 안 가실래요? 식당은 이미 닫혔겠지만 자판기 코너라면 제가 대접하겠습니다."

코이즈미가 제안을 했고, 나와 아사히나 선배는 그 제안을 받아들였다. 이 녀석치고는 제법 괜찮은 제안인데. 특히 후반부에 한 말이 매력적이야.

코이즈미는 내게 가벼운 윙크를 날렸다.

"당신과의 내기에 진 것도 있고 말입니다."

그러고 보니 그랬지.

동아리 건물을 나온 우리 세 사람은 일단 학생식당 외벽에 설치된 자판기로 가 각자 종이컵에 든 음료를 손에 들고 테라스에 놓아둔 원탁에 나란히 자리를 잡았다.

봄의 대명사라 할 수 있는 핑크색 꽃잎에서 푸르른 녹음이 짙어지고 있었다. 생각해보면 작년 이맘때쯤에는 내가 이런 곳에서 이런 사람들과 한자리에 있게 될 거라고는 상상도 하지 못했는데.

내가 달콤한 핫오레를 곱씹듯이 마시고 있는데,

"쿈, 입단시험은 어떤 거였나요?"

손을 데우듯이 홍차 컵을 들고 있던 아사히나 선배의 질문에 나는 주머니에 쑤셔 넣었던 종이를 꺼내서 건넸다.

"이런 거였어요. 정말 하루히가 원하는 인재가 뭔지 전

혀 모르겠다니까요."

"흐음?"

열심히 글자를 읽는 아사히나 선배는 마치 구구단 중 7단을 암기하려고 애쓰는 어린 소녀 같았다. 내가 흐뭇하게 바라보고 있는데.

"별일이네요."

코이즈미가 우아하게 기울이니 종이컵이 마이센 도자기처럼 보인다.

"뭐랄까요, 이 세 명이 모인 게요. 30분이라고는 해도 누구의 방해도 받지 않는 시간을 얻었다는 게 매우 다행입니다."

그리고 더욱 우아하게 미소 짓는다.

"그렇게 생각하지 않습니까?"

생각만 하는 거라면야 생각이야 하지. 시간이동 소동 때 나가토와 아사히나 선배는 몇 번이나 같은 시간을 보냈고, 특히 시간과 관련된 일에서는 코이즈미는 단역 이하의 취급을 받았으니까. 초능력자가 나설 자리가 딱히 있었던 것도 아니고, 기껏해야 꼽등이 사건에서 잠깐 활약한 정도로는 용맹하다 할 수 없지. 유괴 소동 때 '기관'이란 곳이 잘 대처해준 것에는 감사하지만 말이야.

여기에서 앞으로 하루히의 이런저런 일에 관련된 어떤 합의를 미래인인 아사히나 선배와 얻으려고 하는 건가 생각했는데 코이즈미는 애매한 잡담을 시작했다. 뭐라 지적할 것 없는 무난한 대화에 아사히나 선배도 홍차를 홀짝거리며 맞장구를 치고 있었다.

하루히의 불가사의한 능력도, 세계가 어떻게 되네 마네 하는 것도, 적 세력이 무슨 짓을 할지 모른다는 것도 전혀 입 밖에 내지 않는 무난한 학교생활에 관한 이야기였다. 재미있는 반 친구와 선생님이 던지는 가끔 웃기는 개그, 이번에 새로 살 예정인 보드 게임 등, 이건 정말 담소라는 말이 딱 맞는 이야기일 거다.

아사히나 선배도 때로는 방긋방긋 웃고, 때로는 흥미롭다는 듯이 고개를 끄덕거리고 있었는데 그런 모습만 보면 단순히 상급생이 하급생과 함께 잡담을 나누는 것으로만 보였다. 하긴 실제로 우리가 하는 짓은 시간을 때우는 행위이기 때문에 이것이야말로 올바른 시간 활용법인지도 모르겠다.

미래인이니 초능력자니―.

그딴 건 상관없는 거다. 그저 미공인 동아리 활동을 함께 하는 일원들로서 이것이 올바른 모습인지도 모르겠다.

평범하기 때문에 귀중한 시간이란 말이다. 이 순간만큼은 모든 장애에서 해방되어 있었다. 새로운 우주인과 미래인에게 시달릴 일도 없었고, 하루히의 다음 충동에 위협받을 일도 없다. 나가토가 없는 게 아쉽긴 했지만 하루히를 혼자 내버려두는 것도 뭐하고 그것도 겨우 30분이니까.

아무래도 나는 이런 생각을 하게 된다. SOS단이 여섯 명 이상이 된 모습을 상상할 수 없다고―. 나가토나 코이즈미나 아사히나 선배 이외의 인원이 추가되거나, 혹은 그와는 반대로 줄거나 하는 건 상상할 수조차 없다.

만물은 계속 변한다고 말한 게 누구였더라. 왠지 지금은 이의를 제기하고 싶은 기분이 든다. 절대로 변하지 않는 것도 이 세상에는 있다고 말이다. 예를 들어 과거의 기억이 그렇다. 그때 내가 있고 하루히와 다른 사람들이 있었다는 추억은 앨범에 보존한 사진을 보지 않더라도 언제까지고 남아 있다.

아사히나 선배의 즐거워 보이는 미소를 뇌내 저장고에 던져 넣는 작업을 하며 약간 숙연해지는 것도 어쩔 수 없는 일이었다. 3학년이 졸업할 때까지 앞으로 1년도 남지 않았으니까.

하지만 지금 이 시간도 미래에 영원토록 사라지지 않는 시간의 한 페이지로서 나와 아사히나 선배의 마음속에 계속 남게 되겠지.

그래야 한다고 나는 진지하게 생각하며 미지근해진 핫 오레를 단숨에 들이켰다. 코이즈미한테서 얻어 마셨지만 별로 고맙지 않은, 딱히 맛있지도 않은 맛이었다.

하지만 그것도 또 그 나름대로 재미가 있는 거지.

지금의 내게는 그렇게 느낄 만한 여유가 있었다.

30분을 10분 가량 지나서 동아리방에 돌아온 우리가 본 것은 회수한 답안지를 팔랑거리며 넘기고 있는 기쁨에 찬 단장과 투명인간보다 더 투명한 존재로 변해 책을 읽고 있는 나가토, 이 두 사람뿐이었다.

"1학년들은?"

내 질문에 하루히가 대답했다.

"돌려보냈어. 필기시험은 이걸로 끝이야. 합격 여부와 상관없이 내일도 오라고 말해뒀으니까 할 마음이 있는 애는 남겠지."

"합격 여부는 어떻게 정할 건데?"

하루히는 한데 모은 종이들을 책상 위에 툭툭 쳐서 맞췄다.

"이런 시험으로 단원을 바로 정할 생각은 없어. 올바른 답이 있는 문제도 아니고 말이야. 재미있는 문장을 쓴 애가 있으면 참고야 하겠지만."

단지 시험을 보게 하고 싶었던 것뿐인가보다. 단장의 도락에 맞춰주는 건 단원의 임무라고 납득할 수도 있지만 아직 단원이 된 것도 아닌 이들에게 그런 짓을 시키는 건 민폐인데.

"바보야. 나도 다 생각이 있어. 이건 말이지, 시험을 보는 것 자체가 시험인 거야. 인내력을 시험하는 거지. 의욕을 잃은 녀석은 내일 안 올 거 아냐?"

체에 쳐서 골라낸다는 소리인가. 꽤나 그물눈이 큰 체로구나.

"차를 대접하려고 그랬는데요." 아사히나 선배는 1학년들에게 동정적이었다. "벌써 돌아간 건가요오. 아쉽네요."

두 번 다시 아사히나 차를 마실 기회가 없는 입단 희망자들을 생각하니 가엾다는 마음도 들긴 한다.

재빨리 물을 끓이러 간 아사히나 선배를 지켜보는데.

"쿈, 너는 무시험으로 단원으로 받아들여졌으니까 더 고마워하도록."

하루히는 의자 위에 양반다리를 하고 앉았다.

"방심하다간 눈 깜박할 사이에 아랫사람한테 추월당할 거다. 입단시험 최종문제를 통과한 인재가 있다면 분명히 굉장히 우수할 테니까 말이야. 최종 시험은 면접으로 할 생각인데."

빨간 연필을 손에 쥔 하루히는 답안지를 확인하며 때때로 뭐라고 적기도 했다.

"뭐하면 너도 지금부터 단장면접 볼래? 대답 여하에 따라 승진을 고려해볼 수도 있고 취직시험 연습도 될 텐데."

적어도 제대로 된 기업과 관련된 취직활동과는 무관할 것 같다. 만약 하루히가 사장이고 직접 면접을 본다 치더라도 통상적인 문답이 결정타가 될 리가 없을 테니까. 이 녀석의 단장면접이라는 의식을 억지로 주입받고선 장래의 신세를 망치게 된다면 그건 차마 눈뜨고 볼 수 없는 일일 거다.

"사양하겠다."

"그래."

하루히는 기분 상했다는 눈치도 없이 신이 나서 답안지를 보고 있었다. 실제로 그것은 내가 봐도 즐거워 보이는

작업이었다. 그래서,

"하루히, 나도 보여줘라. 애송이들이 어떤 대답을 썼는지 관심 있는데."

"그건 안 돼."

칼 같은 대답이었다.

"비밀유지 의무에 위배되거든. 개인정보이기도 하고, 함부로 보여줄 수는 없어. 이건 내가 정한 거니까 너한테 보여줘봤자 의미가 없다 이거야."

반짝반짝 빛나는 커다란 눈동자로 나를 노려본다.

"특히 흥미 위주인 녀석한테는 더욱 그렇지. 단원 선정은 단장이 할 일이라고."

나는 들었던 엉덩이를 다시 내렸다. 이거 참. 새 단원에 대한 결정권은 단장에게만 있고 우리는 아무 말도 못하게 할 작정인가보구나. 어쩌다 차례로 선발된 나와 나가토 외에 아사히나 선배와 코이즈미는 확실히 하루히가 보장을 한 경우였지.

그런데 오늘 온 여섯 명 중에 몇 명이 하루히의 최종시험까지 도달하게 될까.

"응?"

나는 찻주전자에 뜨거운 물을 따르는 아사히나 선배의 뒷모습을 보다 문득 이런 생각이 들었다. 어제 왔던 게 열한 명, 오늘이 대강 반으로 줄어서 여섯 명인데 그 멤버는 다 똑같은 걸까. 혹시 오늘 처음 온 1학년도 있을지 모른다. 입단 희망자가 다들 발을 맞추어 한날한시에 온다는 보장은 없으니까. 그렇다면 탈락자의 비율은 50퍼센트 이상이 된다.

연상이 묻혀 있던 기억에 연결되었다.

어라? 그 여자애가 아까 있었나? 어제 내 눈이 유일하게 인식했던 기시감이 느껴지던 여학생. 하루히가 바로 퇴실을 요청하는 바람에 필기시험까지 올라온 여섯 명의 얼굴을 천천히 살펴볼 시간이 없었다.

왠지 마음에 걸린다.

코이즈미가 UNO를 꺼내서 섞기 시작했고 나는 딱히 확인할 생각 없이 카드를 나누는 모습을 바라보고 있었지만 답은 나오지 않았다. 마침내 아사히나 선배가 각자에게 향긋한 차 향이 한껏 나는 차가 가득 남긴 찻잔을 나눠주었고 할 일이 없어진 세 사람이 게임을 시작한 뒤로도 내 머리 깊숙한 어느 한곳은 묘하게 무거웠다. 뻔히 알고 있는 대답이 아무리 해도 나오지 않는 시험 종료 30초 전과 같은 이 감각은 대체 뭘까.

은근슬쩍 나가토를 쳐다보았다.

독서에 빠진 문예부 부장은 여전히 의자에서 1밀리미터도 떨어지지 않은 부동의 무반응 상태. 시험 시간에도 이렇게 하고 있었을 거라는 게 쉽게 상상이 가는, 마치 청동상과도 같은 모습은 여전했지만 나가토가 무변화에 무언인 자세를 무너뜨리지 않았다는 건 아무 문제도 일어나지 않았다는 말이기도 하다. 최악의 경우라도 입단을 희망하는 1학년 중에 천개영역인가 하는 낯부끄러운 이름이 붙은 쿠요우와 비슷한 애는 없다는 소리다.

"……."

페이지를 넘긴 나가토는 8분 쉼표 가량 침묵한 뒤 잘못 인쇄된 부분을 발견한 듯 손가락을 멈추고 밀리미터 단위의 움직임으로 눈을 들었다.

물로 막 닦아낸 석판 같은 눈이 나를 보더니 아무 일도 없었다는 듯이 책 위로 돌아간다.

단지 그 동작만으로 나는 안도를 얻었다. 나가토가 동아리방에서 독서에 몰두하고 있는 한, 세계를 만드라고라(주15)로 육수를 낸 수프에 던져 넣는 일이 벌어지지는 않을 것이다. 하루히는 답안을 첨삭하는 작업에 열중하고 있었고, 나와 코이즈미와 아사히나 선배는 함께 게임으로 시간을 때우고 있었다.

진심이든 반장난이든 SOS단이란 곳에 입단을 희망하는 신입생들에게는 미안한 일이지만, 한동안 하루히가 즐기도록 해다오.

가능하다면 내일은 세 명쯤은 와줬으면 좋겠다. 감소율을 고려한다면 타당한 인원인데 단번에 줄면 하루히도 재미없겠지. 최소한 이번 주말까지는 버텨줬으면 하는 바람이다.

β-8

이튿날, 화요일.

주15) 만드라고라: mandragora, 맨드레이크(mandrake)와 동의어로 가짓과의 초본. 주로 마취제에 쓰이는 유독성 식물로, 특히 뿌리에 신경독이 포함되어 있다. 과거에는 마법의 힘이 있다고 보았으며, 뿌리의 기괴한 생김새로 인해 땅에서 뽑으면 비명을 지르고 그 비명을 들은 사람은 미쳐서 죽는다는 전설이 있다.

머리의 구조란 참 잘 되어 있어서 처절할 정도로 잠을 잘 못 이뤘는데도 불구하고 느긋하게 잠이나 자고 있을 때냐는 걱정만 앞선 탓인지 정해진 시간보다 일찍 눈이 뜨인 덕분에 나는 학교 앞 심장 터지는 언덕을 느긋하게 올라갈 수 있게 되었는데, 심정적으로 딱히 마음 쓰지 않고 성실하게 언덕을 올라가는 1학년들과 섞여 별 새로울 것도 없는 등교 풍경에 녹아들며 평소보다 빠른 걸음으로 학교 정문을 통과했다.

이대로는 마음이 너무 무거워. 최선책은 당장 짐을 내려놓는 것이고, 그 첫수로 일단 하루히에게 그다지 유쾌하지 않은 말을 해야 한다.

교실에 도착하고 보니 하루히의 자리는 비어 있었다. 아무래도 너무 일찍 왔나 보다. 하고 싶은 말은 무수히 많지만 꺼낼 수 있는 말이 이렇게 적다는 건 어휘 이전의 문제인 것 같다. 아사히나 선배의 심정이 지나칠 정도로 잘 이해가 됐다. 말로 표현할 수 없는 걸 어떻게 설명하란 거냐. 보디랭귀지로? 그림으로라도 그리라고?

둘 다 싫다. 그런 건 설명하지 않아도 되게 해야 한다. 그러니까 나가토가 우리의 일상생활에 복귀한다면 모두 다 원만히 해결되는 것이다. 그날이 빠르면 빠를수록 좋은 거고, 당연한 소리겠지만 나가토의 열이 오래 가면 그만큼 하루히의 머릿속에 의혹이 계속 쌓여 조만간 해결책을 찾아 하루히다운 다음 사태를 일으키지 않으리란 보장이 없다.

예를 들어 나는 모든 것을 리셋해 고등학교 1학년 입학식부터 다시 시작하게 만든다 해도 전혀 이상하게 느끼지 않을 거다. 등산을 하는 도중에 갑자기 출발지점으로 다시 끌려가는 건 사양하겠다. 잘 처신할 수 있을지 자신도 없고, 나는 모든 것을 다 포함해서 현재의 우리가 마음에 든다. 가까스로 여기까지 왔는데 지난 1년을 없던 일로 만드는 건 참을 수 없는 일이다. 골인 지점의 테이프는 모두 다 함께 끊어야지.

"아아, 그런 거구나."

딱딱한 의자에 앉는 순간 내 두뇌가 깨달았다. 내가 생각해도 참 묘하게 초조한 기분에 사로잡혀 있다고 생각했고, 그렇게 생각하고 있다는 자체를 스스로 분석할 수 있는 내 자신에게도 감탄하고 있는데, 그러니까 나는 내 가까이에 있는 친한 사람이 빠져서 없어지는 걸 두려워하고 있는 것 같다. 뒤돌아보면 짐작이 가는 일투성이다. 하루히가 사라져서 허둥대던 건 세계 자체가 뒤집혀 있었기 때문이라 너그러이 보더라도 아사히나 선배가 눈앞에서 유괴되거나 나가토가 학교에 안 오거나 할 때마다 내 심장이 바빠졌다. 이 한 가지만 보더라도 상황증거로 한없이 블랙이다.

그와 같은 이론일 거다. 만약 1년이라는 시간이 되감긴다면 나는 하루히의 진기한 자기소개를 듣는 것에서부터 시작해야 할 거고, 그때의 내가 치기 어린 변덕을 부려 하루히한테 말을 걸 마음을 가지게 될지 확률은 반반이다.

그리고 실행에 옮길지 여부를 본다면 그야말로 그건 우연의 산물이며 그에 따라 엉터리 스즈미야 하루히인 타니구치의 악연과 접점 없이 1학년 5반에서 생활했다면 목덜미를 잡혀 문예부실에 끌려가지도, 나가토와의 접점이 생기지도, 나가토의 얼굴에서 안경이 사라지지도, 아사히나 선배가 납치되지도 않았을 거고, 코이즈미도 전학 오지 않고, 외딴섬의 위장살인이나 바보 같은 영화촬영과도 아무런 인연 없이, 아득한 시간의 흐름에 몸을 맡긴 채 아무것도 하지 않고 아무 일에도 휘말리지 않고 조용하고 따분함만을 추구하며 평범하게 2학년이 되었을 가능성도 있었다.

하지만 그건 어디까지나 가능성일 뿐이고 결과가 나오고 만 지금에 와선 아무 의미도 없는 확률 0퍼센트인 일에 불과하다. 이뤄지지 않은 사실은 아무리 뒤집어 관측하려 해도 '없다'에서 '있다'로 변하진 않는 법이지.

새삼 어느 쪽이 더 좋았을까 하는 질문은 하지 마라. 너무나도 명백한 회답이라 머뭇거릴 여유도 없었거든.

그렇다면 책임은 져야지. 나만이 할 수 있는 일은 다른 어느 누구에게도 맡길 수 없는 거고, 내가 할 수 없는 일은 달리 할 수 있는 사람한테 맡기는 거다. 지금까지 그렇게 해왔으니까 앞으로도 그렇게 할 거야. 코이즈미의 조리 있는 해설에 기대지 않더라도 이 정도의 계산은 할 줄 안다.

작년 츠루야가의 스키장에서 나가토가 쓰러졌고, 코이

즈미가 두뇌를 풀가동해 활약했지. 이번에는 코이즈미도 다른 일로 버거울 거야. 모습을 드러낸 변칙적인 지구외 생명 쿠요우를 막을 만한 능력이 있다면 벌써 애저녁에 했을 거다.

그리고 나가토는 아직까지 정보 통합 사념체의 칙명으로 나와 하루히의 역정을 살 만한 사태에 빠져 있다. 타개할 수 있는 사람은 하루히를 제외하면 나밖에 없다.

지금까지 나가토에게는 많은 빚을 졌다. 이쯤에서 갚아두지 않으면 지구 인류로서 체면이 서질 않아. 칼을 휴대한 아사쿠라나 신출귀몰한 키미도리 선배의 도움은 절대로 빌릴 수 없지. 그리고 나한테는 중학교 때부터의 친구, 좀 독특하기는 하지만 관계자 가운데 누구보다도 상식적인 사사키가 있다. 그 어떤 달콤한 말에도 사사키라면 흔들리지 않을 거다. 나는 신뢰하기에 충분한 시간을 그 녀석과 함께 보냈다. 하루히로 하여금 독특하다는 말을 하게 했고, 나도 어렴풋이 그렇게 생각했던 중학교 때부터 알고 지낸, 자칭 내 친한 친구다. 남자니 여자니 하는 성의 차이에서 오는 구분이란 참으로 시시한 거다. 나는 그 녀석에게 생물학적인 격차를 느낀 적이 없고, 사사키도 말과 행동이 항상 그렇다는 듯이 일관되었다.

연하장을 보내놓길 잘했지. 사사키, 저번 동창회에선 서로 웃는 얼굴로 봤잖아. 사사키라면 모든 문제를 없는 걸로 치고 중학시절의 교우관계로 돌아갈 만한 연기력이 있다. 그 점만은 누구보다도 신뢰할 수 있었다.

이제야 실감이 나는구나. 사사키, 너는 분명히 나의 절친이다. 10년 후에 마주친다 해도 "헤이, 콘" 하고 가볍게 인사를 하며 말을 걸어올 만큼의 희소가치가 있는 인간이다. 타치바나 쿄코나 후지와라의 유혹에 흔들리지 않을, 두 발로 단단히 지구를 디디고 선 상식인이다.

　타치바나 쿄코는 코이즈미의 적. 후지와라는 아사히나 선배의 적. 쿠요우는 나가토의 적. 하지만 사사키는 내 적이 아니다. 그 녀석과 나는 오랜 사이고 중학교 동창, 그 이외의 아무것도 아니다. 타치바나 쿄코와 후지와라, 그리고 쿠요우, 고른 상대가 안 좋았어. 내가 아는 사사키는 그리 쉽게 감언에 넘어가 농락당하는 순박한 지구인이 아니라고. 나보다 더 꼬였고 하루히를 뛰어넘는 상식론의 신자란 말이다.

　그렇게 정하고 나니 나는 정신의 안녕을 되찾을 준비를 마치고 하루히가 오기를 기다리기로 했다.

　수업 시작을 알리는 예비종이 울려도 아직 나타나질 않는, 웬일로 지각 직전인 스즈미야 하루히의 빈자리를 기척만으로 느끼며 나는 묵묵히 칠판을 쏘아보고 있었다.

　침대에서 눈을 떴을 때부터가 아니라 시작은 이제부터두래할 것이다. 평일의 습관, 하루히가 내 뒷좌석에 오고 내가 돌아본 순간, 그게 하루의 모든 시작을 알리는 양식미가 된 지 오래다.

　그리고 오늘은 내 스케줄 수첩에 따르면 지금까지 없었던 기나긴 하루가 될 것 같다.

기다려라, 나가토. 네 병은 우리가 어떻게든 해줄게. 철저하게 공격해야 할 것은 다름 아닌 천개영역이라는 곳의 플랫폼인지 뭔지 하는 스오우 쿠요우였다. 미래인은 덤으로 쳐도 될 거야.

내가 답지 않게 속으로 결의를 다지고 있는데 조회 시작을 알리는 종이 울렸고 하루히가 교실에 모습을 나타낸 것은 종소리가 끝나기 직전, 담임 오카베와 거의 동시였다. 교사와 다른 점은 교실 뒷문으로 느릿느릿 들어왔다는 점, 그다지 쾌활하다고 하기 힘든 표정을 짓고 있다는 점 정도다.

하루히는 자기 자리에 앉을 때 내 시선을 알아차리고 눈짓을 보냈다. 교복 주머니에서 열쇠를 꺼내 살짝 흔들더니 바로 집어넣는다. 그 동작만으로 충분했는데,

"유키를 보러 갔다 왔어."

조회가 끝나고 1교시 수업이 시작되기 전에 하루히는 해설을 해주었다.

"아침밥을 만들어주려고 맘대로 안에 들어갔지."

"어땠어?"

"유키? 자고 있었어. 내가 방을 열어보니까 깨어서 잠시 눈을 마주봐줬더니 안심을 했는지 다시 잠들더라. 깨우기도 뭐해서 밥만 만들어놓고 나왔지. 으음, 열은 별로 없어 보이던데. 그래도 가끔은 푹 쉬는 것도 필요하긴 해."

"그래."

하루히는 작게 한숨을 쉬었다.

"유키가 자는 모습을 보고 있으니까 뭐랄까, 막…, 이렇게 말이야…."

잠시 망설이더니 하루히의 목소리가 한 단계 낮아졌다.

"이상한 의미로 받아들이지 마. 그만 확 끌어안고 싶어지더라. 그렇게라도 안 하면 사라져버릴 것 같았거든. 그럴 리가 없는데 왜 그런 기분이 들었을까."

하루히는 턱을 괴고 옆을 보았다. 불안한 게 아니라 꼭 화난 것 같은 얼굴이었는데 왠지 모르게 나까지 근질거리는 기분이 드는 건 마치 하루히의 속내를 다 들여다본 것 같은 기분이 들어서다. 기분 탓이겠지만 말이다. 만에 하나라도 하루히를 끌어안을 것 같게 되었기 때문은 절대로 아니라는 건 말할 필요도 없는 일이겠지만.

하지만 근원적인 요인은 어찌 되었든 간에, 나와 하루히의 견해가 일치한 건 확실한 것 같다. 아사히나 선배와 코이즈미도 그럴 거다.

건강한 나가토… 라는 표현도 좀 이상하지만, 아무튼 침대에 힘없이 누워 있는 나가토는 그리 오래 보고 싶은 모습이 아니었다. 그 녀석이 있을 곳은 문예부실이 딱이다. 동아리방에서 숙식을 해도 좋을 정도다. 그곳에는 그럴 수 있을 만한 설비가 갖춰져 있으니까. 나가토가 빠진 문예부실이란 예수가 없는 최후의 만찬장 같은 거다.

그런데 나는 하루히한테 꼭 해야 할 말이 있었다. 어쩌면 하루히의 바보 같은 얼굴을 볼 수 있을지도 모르는, 그

고백을 하려고 하는데 생물 선생님이 도착해 나를 방해하셨다.

다음 쉬는 시간까지 수십 분간 꽤 오랜 주관적 시간을 보내게 해줄 것 같군. 말 하나를 내뱉는 것이 이렇게 무겁게 느껴지는 건 말이 가진 무게와 상관관계가 있기 때문이다.

전혀 관심이 동하지 않는데다 머릿속에도 남지 않는 수업이 끝나자마자 나는 재빨리 뒤를 돌아보고 단장에게 의견을 타진했다.

"할 말이 있는데."

"뭔데?"

하루히는 눈썹을 치켜 올렸지만 내 표정을 보고 눈이 살짝 커졌다.

"여기에서 할 수 있는 말이야? 비밀 이야기라면 옥상이나 비상계단으로 자리를 옮겨도 되는데."

"그 정도는 아니야. 너 오늘 오후에도 나가토한테 갈 생각이지?"

"물론."

"그거 말인데, 나는 아무래도 못 갈 것 같아. 볼일이 좀 생겼거든. 나가토가 걱정되긴 하지만…."

어떤 반응을 보일지 내심 불안해하고 있었는데 하루히는 눈썹과 눈의 크기를 원래 상태로 되돌렸다.

"흠, 그래."

턱을 손가락으로 잡으며 잠시 생각에 잠기더니.

"무슨 이유야? 또 샤미센한테 탈모증이라도 생겼어?"

나는 주춤거렸다.

"아니, 그런 건 아니야. 잠깐 볼일이 좀…, 그게, 뭐랄까…."

돌발적인 헛소리를 던지는 재주가 결여된 내가 말을 흐리자.

"그래, 알았어. 네가 있으나 없으나 비슷하니까. 그리고 너무 다 같이 자주 드나들면 유키도 곤란할 거야. 식사 준비라면 나하고 미쿠루 둘만으로 충분하고. 최악의 경우에는 나 혼자서도 할 수 있겠지."

그리고 더욱 생각에 잠긴 표정을 지었다.

"그래, 그렇구나. 그쪽은 그 나름대로 마음에 걸리니까, 그래. 응, 그렇네."

다른 회로로 통하는 단추를 눌러버렸나보다.

"어느 쪽도 방치할 수 없겠는데."

그렇게 중얼거린 하루히는 자기 머릿속으로 결론을 내렸는지 힘차게 고개를 끄덕이더니 얼굴을 가까이 가져왔다.

"넌 오늘은 안 와도 돼. 그리고 코이즈미도. 유키네 집에는 나랑 미쿠루 둘이서 갈게. 목욕도 안 했을 테니 몸을 닦아줄까 하는데 남자애가 있으면 방해가 되잖아. 걱정 마. 가벼운 감기일 거야. 그럴 때에는 안정을 취하는 게 제일이지."

다시 의자에 앉던 하루히는 생각을 바꿨는지 다시 벌떡 일어났다.

"코이즈미한테 말해둬야겠다. 부단장에게 떠넘기는 건 내키지 않지만 생각해보면 적임자니까. 역시 이쪽은 이쪽 나름대로 무시할 수 없겠어."

수수께끼 같은 말을 한 하루히는 뭔가가 떠올랐을 때 짓는 미소를 지으며 교실을 뛰쳐나갔다. 빠른 전환과 발 안에서 실행까지의 속도는 소립자 수준이구나.

정어리 떼를 향해 돌격하는 병코돌고래와 같은 뒷모습을 배웅하며 한숨을 쉰 내가 다시 앞으로 눈을 돌리는데 타니구치의 능글맞게 웃는 얼굴과 시선이 충돌을 일으켰다.

"여어, 쿈. 스즈미야와 심각하게 무슨 의논을 그리 하시나? 드디어 독신 생활을 청산할 마음을 먹은 거냐. 이 배신자."

무슨 이야기인지 이해가 안 가는데. 일단 내가 청산하고 있는 건 소비세 정도다.

내가 손을 휘이휘이 젓는 게 보이지 않을 리가 없을 텐데 타니구치는 크케케 하고 마치 괴조 같은 소리를 냈다.

"스즈미야와 1년이나 사귈 수 있는 건 이 세상 어디를 찾아봐도 너밖에 없을 거다. 최장기록을 가볍게 갱신했다 이거야. 이참에 그냥 쭈욱 이어가보지그래. 쿈, 너한테는 별종과 정상적으로 어울리는 재능이 있다. 다른 사람도 아닌 내가 하는 말이니까 틀림없어."

네 해답은 언제나 틀린 것투성이잖아. 모든 교과의 답안지가 그 사실을 말해주고 있다고.

"그거야 너도 마찬가지잖아. 공부만이 재능이 활약할 수단은 아니잖냐."

그런 말은 다른 장점이 있는 녀석이 하는 말이지. 그것도 결과론으로 정해지는 거고. 아직 아무것도 이룬 게 없는 우리가 말해봤자 현실도피에 불과한 거 아니냐?

"그럴지도 모르지."

타니구치는 언제나 그렇듯 천연덕스럽게 내 어깨에 손을 얹었다.

"그런 나도 단번에 알 수 있는 문제가 있다 이거야. 너한테는 스즈미야가 어울린다. 아사히나 선배와는 영 아니야. 그러면 된 거 아니냐. 응?"

뭐가 "응?"이야.

나는 타니구치의 손등을 꼬집었다.

"그보다 너는 어떤데? 새로 꼬셔볼 여자는 생겼냐?"

"그건 느긋하게 생각할 거야. 여름까지는 아직 시간이 충분히 있으니까. 일단은 골든위크지. 단기 아르바이트 자리라도 찾아서 만남의 기회를 만들어볼 생각이다. 그러면 너희에게 주실 것이요."

타니구치는 정말 바보처럼 한 손을 하늘로 뻗었다.

"바보냐."

내 대답은 더할 나위 없이 타당한 말이었을 것이다. 이

것 외에 다른 형용사는 없을 만큼. 너 작년에도 똑같은 말 하지 않았냐? 그 결과는 어땠지. 내 기억에는 한없이 0이 줄지어 섰던 것 같은데 말이다.

뭐, 괜찮아, 타니구치. 또 한 반이 돼서 다행이라는, 기계화 보병연대의 포위전에 참호 파는 삽밖에 가진 게 없는 전선 지휘관과 같은 기분을 추인(주16)하지 않아도 됐으니까. 타니구치와의 이런 바보 같은 대화가 지금의 내게는 얼마나 편안한 것이었는지, 말로는 조금 설명하기 어려울 것 같다. 역시 반드시 가져야 할 건 나와 같은 수준의 친구다. 하긴, 서로 이 녀석만큼 어리석은 녀석은 없다고 생각하고 있을 테지만 그걸로 충분하다. 과거의 나 자신이 얼마나 바보였는지는 스스로가 제일 잘 알고 있는 법이니까.

만약 모르는 녀석이 있다면 그 녀석은 공전의 천재이거나 허영심으로 정신을 무장한 코끼리거북 수준의 장갑을 가진 생명체일 거다.

하루히가 코이즈미에게 뭘 알리러 갔던 것인지는 점심시간에 판명되었다

도시락을 먹은 뒤에 화장실로 가던 나를 마치 잠복이라도 하고 있었다는 듯이 벽에 기대 서 있던 SOS단 부단장은, 얼굴을 마주하자마자 이렇게 말했다.

"보고할 게 두 가지 있습니다."

주16) 추인: 追認 지나간 일을 소급하여 그 사실을 인정함.

팔짱을 낀 팔 사이로 손가락 두 개를 내민 코이즈미의 얼굴은 강수확률 0퍼센트를 확신한 기상 예보관처럼 맑게 개어 있었다.

"하나는 굳이 구분하자면 좋은 뉴스, 다른 하나는 구분하자면 좋지도 나쁘지도 않은 뉴스입니다."

그 아무래도 좋은 것부터 말해봐라.

"스즈미야 씨로부터 동아리방에서 대기하라는 명령을 받았습니다."

하루히가 너한테 근신을 명한 근거가 뭔지 모르겠는데. 내가 모르는 어느 궁전에서 칼부림 사태라도 벌어진 거냐.

코이즈미는 자연스럽게 받아넘겼다.

"간단하게 말하면 자리를 지키는 거죠. 방과 후에 어느 정도의 시간을 동아리방에서 지내라는 말씀이셨습니다. 그 방을 비워둘 수는 없다고 하더라고요."

왜? 원래 주민인 나가토가 없고 단장인 하루히도, 메이드인 아사히나 선배도 없는 방인데. 이용가치라고는 기름매미가 탈피한 껍질만큼도 없을 거 아냐.

"아, 잊으셨어요? 부원 모집 전단지는 아직 건재하답니다. 철거되지 않았어요."

…그게 있었구나.

"신입생 가운데 눈치 빠르고 특이한 걸 좋아하는 학생이 SOS단을 지향하지 말란 법은 없으니까요. 오히려 스즈미야 씨는 그걸 바라는 것 같더군요. 안 오면 또 안 오는 대로 낙담하겠죠. 하지만 지금은 그럴 때가 아니라 그 부분에 대한 우선순위는 하위에 놓여 있는 것 같습니다만."

나가토가 그렇게 되었고 하루히는 오늘 아침도 집까지 쳐들어갈 정도로 열의를 쏟고 있으니 신입단원에 신경 쓸 때가 아니긴 할 거다.

"바로 그렇습니다. 하지만 입단을 희망하는 1학년이 아주 없지는 않을 가능성을 포기하지도 않은 것 같더라고요. 단장다운 배려가 아닙니까. 당신에 비해 매우 냉정한데요."

비아냥대는 거라면 좀 더 못되게 말해야지.

"솔직한 감상을 말한 것뿐입니다만. 그래요, 당신은 당신 나름대로 올바른 거죠. 너무 올바르기 때문에 경정직행(주17)한다고나 할까요. 안타깝게도 당신의 신조를 부정하는 사람은 악의 수하나 적의 첩자라는 낙인이 찍히게 되겠죠. 그만큼 당신은 정당합니다."

칭찬받는다는 기분이 안 드는 건 일상이 마일드 스마일 녀석의 입이 내뱉는 말이라서 그런 건가.

내 굶주린 안경카이만(주18) 같은 눈을 신경도 쓰지 않은 채 코이즈미는 첼로를 연주하는 듯한 목소리로 말했다.

"좋은 정보도 전해드리죠. 스즈미야 씨가 지금까지 매일 밤마다 발생시켰던 폐쇄공간과 '신인' 말입니다만, 이게 갑자기 잠잠해졌습니다. 예측수치를 가지고 역산한 결

주17) 경정직행: 徑情直行. 예절이나 법식 따위에 얽매이지 않고 곧이곧대로 행동함.
주18) 안경카이만: 악어목 엘리게이터과에 속하는 파충류. '카이만'은 카리브 해 지역 원주민의 말로 악어를 뜻하며, 눈 사이의 골성융기 때문에 마치 안경을 쓴 것 같은 모습에서 안경카이만이라고 한다.

과, 당분간 잠잠할 거라고 보장할 수 있겠어요. 저도 어깨의 짐을 하나 내려놓았습니다. 특별근무 수당을 받는다 해도 수면부족은 해소되지 않으니까 이건 경과 경향으로 볼 때 기뻐해야 할 사태죠. 어디까지나 개인적인 견해에 불과하지만요."

하루히가 폐쇄공간을 마구 만들어댔던 건 사사키와 만난 그날부터라고 했지. 그게 갑자기 감소했다는 건 사사키 이상으로 신경이 쓰이는 일이 하루히한테 있었다는 말이잖아.

"말할 것도 없이." 코이즈미는 사무적으로 말했다. "나가토 씨 일이죠. 스즈미야 씨의 의식은 나가토 씨가 학교에 등교할 수 없다는 이상사태에 쏠려 있는 겁니다."

더욱더 '신인'을 날뛰게 해도 좋을 정도 아냐. 하루히가 나가토보다 사사키한테 무게를 두고 있다고는 생각할 수 없다고.

코이즈미는 마침 잘 얘기했다는 듯이 수긍하며 말했다.

"개인에 관해 살펴보자면 스즈미야 씨는 나가토 씨를 걱정하고는 있지만 짜증이 나지는 않았기 때문입니다. 당신이 사사키 씨와 필요 이상으로 우회하지 않는 한 이 소녀는 어디까지나 당신의 과거 지인일 뿐이니까요. 그에 비해 나가토 씨는 지금까지도, 지금도 그리고 앞으로도 SOS단의 중요한 동료이니 우선순위는 비교도 되지 않을 수준이죠."

그런 건 이미 알고 있어. 하루히는 나가토에게 상당히 신경을 쓰고 있었다. 그건 겨울, 스키장에서 있었던 사건을 통해 확실하게 배웠다.

나는 회고적인 기억을 불러내 눈보라 속의 환상의 저택으로 생각을 달리게 했다. 그때 누구보다 쓰러진 나가토를 걱정하는 행동을 보였던 것은 하루히였다. 단장으로서의 사명? 바보 같은 소리다. 하루히는 그런 녀석인 거다. 약해진 인간의 옆을 결코 그냥 지나치지 못한다. 더군다나 그게 오랜 시간을 함께 보낸 동료라면—.

나를 과거의 기억에서 불러낸 것은 역시 감상적인 생각과는 인연이 없어 보이는 코이즈미의 목소리였다.

"예정에는 없었지만 개인적으로 세 번째 보고를 해도 될까요. 솔직히 말하자면 당신은 나가토 씨에게 너무 지나치게 감정을 쏟고 있어요. 겨울 이후로 그 점은 특히 현저해지고 있고요."

뭐 불만 있냐, 응?

"아니요. 나가토 씨는 그만큼 신뢰할 만한 가치가 있는 분이니까요. 그녀가 기능부전에 빠진 지금의 상황은 당신에게 있어 받아들이기 어려운 일일 겁니다. 하지만 나가토 씨한테 너무 신경을 쓰는 바람에 주위가 안 보이게 된다면 그야말로 본말이 전도되는 거죠."

나가토가 지엽말절(주19)이라는 말을 하려는 건 아니겠지.

"그것도 아닙니다. 생각해보세요. 나가토 씨가 그런 상

주19) 지엽말절: 枝葉末節. 중요하지 않은 사항이나 하찮고 자질구레한 부분을 말하는 사자성어.

태가 된 건 지구외 생명체 간의 이해할 수 없는 사정 때문이죠. 미래인과 초능력자 그룹은 관여하지 않았고, 사실 관여할 수조차 없습니다. 하지만 그 대립구조를 제3자가 이용할 수는 있을 겁니다."

화장실 앞에서 할 만한 이야기는 아니지만 코이즈미는 태연한 얼굴로 말을 이었다.

"일반적으로 생각해볼 때 미래인이라면 과거에 일어난 사건을 알고 있을 겁니다. 그러니까 아사히나 선배는 평범한 미래인은 아닌 거예요. 그녀의 특수성은 바로 그 한 가지에 있습니다. 그 무지라는 속성에 어떤 의미가 숨어 있는지는 알 수 없지만 이해가 안 되는 것도 아니죠. 아사히나 씨보다 더 미래에 있는 사람이 본다면 과거인인 우리들에 대한 디코이(주20)로 써먹을 수 있으니까요."

전에도 그런 소리를 했지.

"아시겠습니까? 나가토 씨의 불가항력적인 활동제어가 기정사실이라는 걸 미리 알고 있었다면 바로 그 타이밍에 움직일 수가 있다 이겁니다. SOS단에서 최대의 능력을 자랑하고, 또 당신의 신뢰를 확실하게 얻고 있으며 당신도 나가토 씨의 신뢰를 얻고 있어요. 그리고 당신은 아사히나 씨의 적대자를 자신의 적이라고 인식할 테니 당신이 그렇다는 건 결국 나가토 씨도 그렇다는 겁니다. 누구보다도 미래인이 개입하길 원치 않는 것은 정보 통합 사념체의 TFEI, 그중에서도 우리들이 사랑하는 동료인 나가토 씨 말고는 없습니다."

주20) 디코이: decoy. 사냥감을 유인할 때 사용하는 유인용 새.

나가토가 움직일 수 없는 지금이 미래인 녀석—후지와라 어쩌고의 기회라는 소린가.

하지만 무슨 꿍꿍이인 거지?

"그건 모르겠습니다."

코이즈미는 질문을 던지는 듯한 미소를 지었다.

"당신이 밝혀주시지 않을까 막연하게 기대하고 있긴 합니다만."

좋아. 네 기대에 부응할 수 있을지는 오늘의 내 분발 여하에 달려있을 것 같다. 코이즈미, 너는 동아리방에서 오지 않을 사람이나 기다리고 있도록 해라. 하루히와 아사히나 선배는 나가토 간병에 전력을 쏟는다는 업무가 있지.

그렇다면 나는 내 일을 하고 오마.

"이건 보고가 아니라 개연성이 낮은 제 추측이기도 합니다만…."

코이즈미는 말을 해야 할지 고민스럽다는 표정으로 주저했다. 그 얼굴에서 진지한 분위기를 읽은 나는 턱을 치켜 올리며 재촉했다.

"아까 말한 '신인'의 출현 소실이 조금 마음에 걸려요. 스즈미야 씨가 그쪽에 신경 쓸 여유가 없다는 건 하나의 해석이지만 저희는 큰 오해를 하고 있을지도 모릅니다."

그게 무슨 소리야? 사라진 척해놓고 어디로 수행이라도 하러 떠났다는 거냐? 그 파랗게 빛나는 다이다라봇치^(주21)가.

주21) 다이다라봇치: 일본 각지에서 전승되어 오는 거인.

"비슷한 건지도 모르죠. '신인'은 다가올 무언가에 대비해 지금은 얌전히 숨을 죽이고 에너지를 축적하는 데에 전념하고 있는 게 아닐까 하는 의혹을 씻어낼 수가 없어요. 저 혼자만의 지나친 기우일 거라 생각은 하지만 예감이라면 아무래도 그런 예감이 들어서요."

기를 모으는 상태라 이건가. 설마. 그 파랗게 빛나는 괴물에게 그럴 만한 지능이 있을 것 같지는 않은데. 소년만화의 수행 모드도 아니고 말이야.

"네, 제 지나친 추측이겠죠. 어차피 '신인'이 나타날 때가 되면 저희도 동시에 소환될 테니 그때가 오면 금방 알게 될 겁니다."

코이즈미는 미소를 짓고서 멋진 포즈로 우아하게 앞머리를 튀겼다. 화장실 입구에서 남자 둘이 서서 긴 이야기를 나누고 싶은 마음은 없었기에 나는 재빨리 코이즈미에게 작별을 고하고 씩씩하게 교실로 돌아갔다.

그리고 그제야 잊고 있던 본래의 목적을 떠올리고 다시 화장실로 돌아갔는데, 그게 뭐 어때서. 멍청하다는 비난은 얼마든지 감수할 수 있다. 아무리 나라도 점심시간에 화장실에 갈 정도의 여유는 있다 이거야.

없어진 건 방과 후로, 그것도 사사키 일행과 합류하고 나서부터였다.

학교 건물 내의 모든 스피커가 오늘의 영업종료를 알리는 종을 울리는 것과 거의 동시에 하루히는 가방을 손에 들고 교실에서 달려 나갔다. 목표는 3학년들이 모여 있는 곳, 아사히나 선배의 교실일 거다.

나가토의 집 근처까지는 나도 같이 하교할 수도 있었는데 이래서는 내가 나설 자리는 없어 보였다. 하루히의 머릿속에는 잠옷 차림의 나가토밖에 없는 것 같으니까.

특히 요리에 관해서는 의심할 여지가 없는 실력을 갖고 있고 남을 돌보기를 좋아하는 건 내 경험을 통해서도 확실한데다 아사히나 선배와의 용모 단정한 콤비이기도 하니 일상방면의 담당은 이 믿음직스러운 단장에게 맡겨둬도 아무 문제가 없을 거다. 적어도 나가토의 증상 중에 공복으로 인한 뭔가가 추가될 일은 없을 거다. 그리고 문제는 그게 아니라는 것이 바로 내가 어떻게든 처리해야 할 문제였다.

그럼 누구를 다그쳐야 할까. 정보 통합 사념체도, 천개영역이란 곳도 내 손이 닿지 않는 곳에 있다. 이럴 때에는 파스칼의 법칙이지. 어느 한곳을 누르면 그 압력은 확실히 다른 어딘가로 전해진다.

다음으로는 이렇게 씨르느냐인데.

오랜만에 혼자 언덕길을 내려가며 나는 애써 냉정해질 수 있게 의지를 굳히는 데에 집중했다. 우주인에게는 말이 통하지 않는다. 미래인과는 진지하게 마주보고 대화할 수 있을 것 같지가 않다. 타치바나 쿄코 정도인가. 사사키를 통해 어떻게든 할 수 있을 것 같은 건.

귀가를 서두르는 학생들에 섞여 나는 동아리방으로 마음을 돌렸다. 지금쯤 코이즈미가 수호자처럼 혼자 시간을 때우고 있겠지. 어쩌면 하루히의 전단지를 보고 찾아 들어온 1학년을 상대하고 있으려나….

단원이 각자 행동을 하고 있어도 일동이 언젠가는 반드시 돌아갈 장소다. 잘 보전해다오, 부단장. 신입단원 희망자가 오면 정중하게 돌려보내고. 젊은이의 인생을 아깝게 망칠 건 없으니까 말이야.

묵묵히 걸어가는 언덕길은 참 길었다. 평소의 배 정도는 걸리지 않았나 싶을 정도의 주관적인 시간이 흐른 뒤, 나는 정차해뒀던 애마에 올라타 키타구치역으로 몰고 갔다. 사사키와 만나기로 한 시간까지는 아직 여유가 있는데 타고나길 궁상맞게 난 탓인지 괜히 서두르게 되는구나. 왜 시간이란 놈은 어디에 저축해둘 수가 없는 걸까. 이런 시간을 아침으로 돌려 쓰면 하루는 보다 뜻 깊어질 거라 생각해 마지않는 바이다.

다만 나는 하루히만큼 시간을 엄격하게 대하진 않는다. 그 녀석은 매일을 유쾌한 기억으로 가득 채워 영구히 기억해두려는 변태라 치고, 스스로를 그리 비정상적이지는 않다고 보는 나는 목적지 주위를 빙글빙글 돌며 할 일 없이 시간을 소비했고, 약속한 4시 반 10분 전이 되어 역 앞에 내려섰다. 미안하지만 자전거는 근처에 세워두겠다. 이 시간이라면 시의 촉탁직원인 철거 작업원이 올 리도 없을 테니까.

잠시 기다리자 역에서 흘러나오는 인파 속에서 이 근처에서는 보기 힘든 교복을 입은 동창생의 느긋한 미소가 나를 향해 흘러왔다. 시원스러운 걸음걸이는 보고 있자니 절로 기분이 좋아진다. 그건 보기에도 성격 좋아 보이는 분위기를 풍기기 때문일 테고 나는 그게 사실이라는 걸 알고 있다. 사사키는 나보다 만 배는 잘난 인간이었다.

절친이라 불리기가 미안해질 정도로 말이다.

"헤이, 콘. 기다렸어?"

그렇지도 않다. 시계의 긴바늘이 바로 아래를 가리키기까지는 아직 몇 분이 남았다. 시간 전에 왔는데 벌금을 부과하는 여자는 한 명으로 충분하다고.

사사키는 눈과 입이 아름다운 곡선을 그리는 미소를 지었다.

"사실은 기다리게 했나보네. 하지만 피장파장인 걸로 타협하자. 네가 낭비한 시간은 내 주관적 시간과도 일치하니까 말이야."

무슨 의미야?

"단순한 거야. 사실 나도 30분 전쯤에 도착한 전철을 타고 왔거든. 우연히 학교가 일찍 끝나서 말이야. 그래서 일찍 돌아온 것까지는 좋았는데 30분이란 어디에서 때우기에도 애매한 시간이잖아. 그냥 기다리는 것도 재미가 없고. 뭘 할까 생각하는데 네가 자전거를 타고 달리는 게 보이더라고. 깊이 생각에 잠긴 얼굴이기에 말을 걸기도 좀 그래서 그냥 구경하고 있었지. 용케도 질리지 않고 달리는구나 감탄했어. 그렇게 사이클링이 좋아?"

싫어질 이유가 없잖아. 이 자전거는 오랫동안 고락을 함께한 파트너인걸. 그리고 나는 가만히 있는 것보다 몸을 움직이는 편이 머리가 잘 돌아가거든. 시험 점수가 나쁜 건 책상에 달라붙어 있어야 하기 때문일 거야.

"실기에 맞는구나. 의외로 학자도 어울릴지도 모르겠네. 응, 네 말이 맞아. 목욕이나 산책을 하는 중에 생각이 잘 떠오르는 건 기계적인 신체의 움직임에 뇌가 따분함을 느껴 다른 것을 생각할 여지가 생기기 때문이지. 몸을 씻는 작업은 순서화되어 있으니까 반쯤은 무의식중에도 할 수 있잖아? 아무것도 하지 않고 생각에 열중하는 것보다 보다 효율적으로 머릿속이 정리돼. 일상 업무는 절대로 즐거운 건 아니지만 진행 방향이 정해진 전철을 탔기 때문에 풍경을 즐길 정신적 여유도 생기는 법이야. 사람에 따라서는 헛되기만 한 시간이라 느낄지도 모르지만 나는 시간은 돈인 인생에 진정한 행복은 없다고 생각해."

뒷받침을 해줄 마음은 안 들지만 그럴싸하기는 했다.

"비슷한 경우로 말이지, 콘. 나는 항상 어딘가에 도망칠 길을 마련해놓고 있어. 아무리 힘든 때라도 여차하면 어떻게든 될 거라는 생각을 갖고 있지. 그래서 작은 모험을 할 수 있는 거야. 공포영화나 제트코스터 같은 거라고나 할까. 그 시간은 반드시 끝나지. 형태가 있든 없든 이 세상에 영원한 건 없어."

현재로선 딱히 영원을 바라지 않는 나는 사사키의 말을 반쯤 흘려듣고 있었다. 여기에서 오래 이야기를 하다간 내가 뭣 때문에 나가토네 집에 가는 걸 빠지고 왔는지 이유가 묻혀버릴 것 같았다.

나는 주위를 둘러보고 사사키의 친구들이라 하기에는 조금 꺼려지지만 달리 뭐라 불러야 좋을지 애매한 세 명이 보이지 않는 것을 확인했다.

"그 녀석들은 어디에 있어?"

"벌써 와 있어. 커피숍에서 기다리고 있다고 연락이 왔는데. 30분이나 전에."

사사키는 이웃집 아줌마한테 외출 인사를 하는 듯한 말투로 말하더니 가벼워 보이는 가방을 고쳐 메고 내 얼굴을 비스듬히 살펴볼 수 있는 각도로 고개를 숙이더니 고교야구의 알프스 스탠드(주22)까지 모교를 응원하러 가려는 여고생 같은 시원스런 목소리로 말했다.

"그럼 가볼까?"

물론이지. 나는 그걸 위해 여기에 온 거니까.

그건 나 자신의 존재의의를 건 투쟁을 향한 선언이기도 했다. 모든 것은 세계의 안녕을 위해. 하루히의 무의식 스트레스를 없애고 코이즈미의 수면부족을 별개로 한 '기관' 암약의 감소 추진, 나아가 아사히나 선배의 내면적 고뇌를 경감시키고 나가토의 건강상태를 부활시킨다.

모든 것은 내 말재간에 달려 있었다. '기관'과 대립해 사사키를 신으로 받들려 드는 헛다리들아. 행동지침이 일정

주22) 알프스 스탠드: 효고 현 니시노미야 시에 있는 고시엔 구장의 내야석과 외야석 사이에 있는 관람석.

하지 않은 것치고는 나가토를 쓰러지게 만든 어쩌고 영역
이라는 웃기지도 않는 명칭이 붙은 E.T. 자식들의 두목
녀석. 일부러 미래에서까지 찾아와 가면 밑에서 웃고 있
을 법한 어릿광대 노릇을 하고 있는 홋케후지와라(주23) 씨
의 후예 같은 일그러진 입술을 가진 미래인.

이곳이 승부의 갈림길, 텐노산(주24), 세키가하라(주25),
적벽대전이라는 건 이미 자각하고 있다. 나는 거대한 역
사의 조류 속에 있는 것이다. 몸이 두 개라면 사나다(주26)
가문처럼 분산배치라도 하겠지만 안타깝게도 현재 내가
가진 육체는 하나밖에 없다. 단단히 각오를 해야 할 거다.

누구에게서도 도움을 기대할 수는 없다. 코이즈미는 동
아리방을 지키고 있고, 하루히는 나가토네 집으로 직행,
아사히나 선배는 원래 여기에 있어서는 안 되는 존재다.
아사히나 선배(대)의 미래통신이 결국 없었다는 말은 지
금의 아사히나 여신님은 관여할 수 없는 역사적 사실인
것이다. 만약 만에 하나 은근슬쩍 키미도리 선배가 개입
하거나 아사쿠라가 다시 부활한다 해도 나는 그런 걸 "필
요 없다"는 짧지만 감정이 담긴 말로 배제할 생각으로 가
득 차 있었다. 되풀이할 필요가 있다면 얼마든지 말해주
지.

이곳은 지구이고, 지구는 우리 지구인의 것이다.

주23) 홋케후지와라: 北家藤原. 우대신 후지와라 후히토의 차남 후지와라 후사사키의 차남을
시조로 하는 가계. 후지와라 4가 중에서 제일 번영을 이루었다.
주24) 텐노산: 天王山. 교토와 오사카 경계에 있는 산. 토요토미 히데요시와 아케치 미츠히데가
야마자키에서 싸웠을 때 이 산의 점령에 따라 승패가 갈린 데서 승부처, 승패의 갈림길을 비유
하는 말로 쓰인다.
주25) 세키가하라: 기후 현의 지명. 세키가하라에서 벌어진 전투로 토쿠가와 이에야스가 토요토
미군의 이시다 미츠나리에게 승리하여 천하의 실권을 쥐게 된 데에서 운명이나 승부가 결정되
는 중대한 싸움. 고비를 비유하는 말로 쓰인다.
주26) 사나다: 眞田. 시나노국(현재의 나가노 현)의 호족.

누구 하나에게 소유권이 설정되어 있지 않다고. 게다가 하루히는 지구연방정부의 최고평의회 의장도, 무엇도 아니란 말이다.

하루히에게 얹혀 있는 속성, 그것은 현립 키타고교의 미인가 조직, SOS단 단장이라는 것 외의 그 이상도, 그 이하도 아니라 이거다.

그 녀석의 고등학교 1학년 초기부터 변함없는 데이터이자 그게 가장 큰 내용증명이지. 예전에 하루히는 이렇게 말했다.

―이런 건 저지른 사람이 이기는 거라고!

새삼 생각해주마. 하루히, 너는 대단해. 형태를 갖추기 전에 일단 형태를 잡는 방법을 선언한 거니까. 하물며 자기가 말한 대로 조직이 결성되었으니 코이즈미가 소극적으로 말한 하루히=신 이론이 신빙성을 더해 내 마음에 꽂힌 것도 이해가 되는 이야기다.

믿느냐 마느냐는 또 별개 문제고.

하지만 믿는 것만 놓고 보면 교회에서 참회하거나 성수를 뿌린 적이 한 번도 없는 나조차 있지도 않은 신에게 매달리고 싶어지는 법이다. 가끔 새전을 바치는 근처의 허름한 신사라도 상관없다. 백중날(7·27)에 경을 읽으러 오는 무슨무슨 종파인지는 도통 알 수 없는 스님이라도 상관없다.

절을 해서 모든 일이 잘 풀린다면 그것만큼 편한 건 없을 테고, 그렇게 한 결과 고난의 길이 조금이나마 가벼워

주27) 백중날: 불교에서 하안거의 끝날인 음력 칠월 보름에 승려들이 재를 설하여 부처를 공양하는 날.

진 기억은 철이 든 이후로 단 한 번도 없다는 경험을 쌓아 온 나는 그래도 삿갓지장(주28)에게 비는 것을 추천했다. 타력본원(주29)의 결실은 의미가 없는 것은 물론이고 본인에게도 도움이 안 된다. 눈앞에 있는 강고한 벽은 「은원(恩怨)의 저편에」(주30)처럼 자력으로 조금씩이나마 깎아내야 하는 거다.

우선은 그 첫걸음이다. 나가토가 누워 있고 쿠요우뿐만 아니라 아사쿠라와 키미도리 선배까지 튀어나온 상황이다. 모두 지구라는 무대에서 관객도 없이 전투 섞인 연극을 연기하고 있다. 유일한 객석에 앉아 있던 게 나고, 일단 보고 만 이상 아무 말 하지 않고 넘어갈 수는 없는 노릇이었다.

그 발단을 이루는 게 나가토의 건강이 나빠진 것이라면 더욱 그렇다. 하루히가 인내의 한계에 달하기까지 이런 우주적인 사태를 평화리에 해소하는 건 내 역할이다.

타치바나 쿄코는 말했다. 힘을 가져야 할 진정한 인간은 사사키라고.

후지와라는 말했다. 힘을 가진 자는 누구라도 상관없었다고.

스오우 쿠요우는 말했다. 흥미가 있는 건 나도, 하루히도 아닌 정보 통합 사념체의 인터페이스라고.

멋지게 제각각이다.

주28) 삿갓지장: 일본의 옛이야기. 가난하지만 마음씨 착한 노부부가 길가의 지장에게 삿갓을 씌워주자 지장들이 그 은혜에 보답한다는 이야기.
주29) 타력본원: 他力本願. 아미타불의 본원. 곧 아미타불이 중생을 구하려고 세운 발원에 기대어 성불하는 일. 비유적으로 다른 이에 기대어 일을 성취함을 이르기도 한다.
주30) 은원의 저편에: 1919년에 발표된 키쿠치 칸의 단편소설. 에도 시대 후기에 부젠국(현재의 오이타현) 야마쿠니 강 연안의 야바 계곡에 굴을 뚫어 교통을 편리하게 만든 실존했던 승려 젠카이에 대해 쓴 소설이다.

조금만 더 시간이 있었으면 좋을 텐데. 그랬다면 그 녀석들은 가짜 SOS단으로서 에치고의 비단도매상이라고 칭하며 전국을 떠돌아다닐 여유를 가질 수 있었을지도 모르지(주31). 하지만 안타깝게도 지금은 태평한 에도 시대가 아니라 고도정보화 사회인 현대다. 아욱꽃 가문(주32)에 그리 권력적인 가치가 있을 리가 없잖아.

게다가 주위는 어디를 둘러봐도 제대로 된 인종 외에는 나의 성실한 아군이라 말하기 힘든 상황이다. 아사쿠라는 칼과 함께 부활을 하지 않나, 키미도리 선배는 뭐가 어느 쪽으로 기울어도 두목한테 보고만 하고 있고, 쿠요우는 내가 죽든 살든 아무래도 재미있다고 생각할 기계인형에다 미래인 후지와라는 이 시간의 뭘 알고 있는지 늘 여유에 찬 조소를 숨기려 들지 않는다. 적어도 필사적인 게 느껴지는 건 타치바나 쿄코밖에 없는데 그것도 대충 보기에 최소 세력이다. 코이즈미가 지휘하는 '기관'에 보기 좋게 이용되는 게 고작일 거다.

역시 이 녀석밖에 없어.

코이즈미에게는 수수께끼 존재, 아사히나 선배(대)에게는 시간적 접합, 나가토에게는 진화의 가능성에 대한 열쇠.

즉 그건 바로 나다. 그리고 나는 내 자신이 누구인지 전혀 알지 못하고 있다. 다소 특수한 학창시절을 보내는 고등학생이라는 건 인정하는 바이지만, 그렇다고 해서 특별

주31) 미토(현재의 이바라키 현)의 번주인 토쿠가와 미츠쿠니가 세상을 바로잡기 위해 일본 각지를 돌아다녔다는 이야기 「미토코몬」에서 주인공 미토 코몬은 은퇴한 비단 도매상으로 하인들을 끌고 각지를 유랑하는 설정으로 나온다. 미토 코몬은 토쿠가와 미츠쿠니의 별명이다.
주32) 아욱꽃 가문(家紋): 토쿠가와 가문의 문장.

한 인종인 건 아냐. 어느 날 하루히가 내 목덜미를 잡아채 뒷자리에 뒤통수를 부딪칠 때까지 나는 어디에 내놔도 부끄럽지 않은 일반적이고 보편적인, 일개 현립고교의 학생이었다.

뭔가 어떻게 돼서 이렇게 되려 하고 있다. 내가 가는 곳은 어디인가. 하루히와 함께 계속 걸어갈 것인가, 아니면 어디선가 방향을 바꾸게 될 것인가.

그건 나와 사사키가 가려는 친숙한 커피숍에서 결정될 것이다.

여기에서 문제다. 이미 스스로의 길을 개척했고, 일단은 그 길에 매진해야 한다고 결의했지만 사실은 조금 더 편한 샛길을 발견했을 때 과연 어느 쪽을 선택할 것인가.

고난으로 가득 찬 초지일관인가, 부담이 적은 샛길인가.

내게 던져진 것은 바로 그런 양자택일 문제였다.

친숙한 커피숍, 벽 쪽 자리에 먼저 와 있는 세 명의 손님이 각자 다른 얼굴로 앉아서 기다리고 있었다.

거짓이라 해도 그나마 상냥한 인상을 주는 건 타치바나 쿄코뿐, 후지와라는 여전히 냉소가 어린 살짝 무뚝뚝한 얼굴, 쿠요우는 심지어 속눈썹 하나, 시선 한 줄기도 움직이지 않고 있었다. 어제 아사쿠라와 키미도리 선배를 상대로 대난투극을 벌였으면서 아무 일도 없었다는 듯이 광물 같은 스톱모션으로 얌전히 앉아 있다니 대단한 배짱인 건지, 그런 걸 느끼는 신경조차 없는 건지 모르겠다.

"흥."

나는 콧김을 한 번 내뱉은 뒤 의자에 앉기 전에 재빨리 가게에 앞치마를 두른 선배가 없는지 확인하는 데에 눈알을 움직이는 모든 근력을 구사했지만, 유시계(有視界) 내의 범주에는 아무래도 없는 것 같았다. 투명하게 변하지 않았다면 아르바이트 근무표에서 빠졌나보다. 아니, 그럴 리가 없지. 어딘가에 있을 거다. 이렇게 또 우리가 어색한 모임을 갖고 있는데. 관찰하지 않을 리가 없다.

그래도 상관없어. 아사쿠라가 나대는 것보다 키미도리 선배가 분위기 파악 못 하는 미소를 지으며 서 있는 편이 더 나으니까. TOW(주33)와 섬광 수류탄 정도의 차이긴 하지만 마구잡이로 살상병기를 꺼내 내게 들이대지 않는 만큼 그 온화한 선배는 과거의 같은 반 친구보다 사려 깊다고 할 수 있었다. 그렇게 빈번하게 이성인들의 배틀 필드에 휘말리고 싶지는 않거든.

"여기예요, 여기."

타치바나 쿄코가 허물없이 손을 흔들며 맞은편 좌석을 가리켰다.

"거기 앉아. 잘 와줬네. 고마워."

그리고 사사키한테도 인사를 한다.

"이 사람을 끌고 와줘서 고마워요, 사사키 씨. 감사할게요."

주33) TOW: Tube-launched, Optically-tracked, Wire-guided의 머리글자로 미 육군의 대전차 미사일.

"됐어."

사사키는 안쪽 자리에 앉으며 말했다.

"사양하겠다는 말보다는 거절하겠다고 해야 하나. 내가 전화 안 했어도 언젠가 콘과는 여러 차례 회합을 가져야 하는 거 아니었어? 그렇게라도 안 하면 영원히 우리는 평행선을 유지한 채 존재해야 하니까. 아니야?"

마지막 의문형은 후지와라를 향해 던진 것 같았다. 그리고 미래에서 온 사자는,

"흥."

마치 나를 흉내라도 내듯 웃지도 않고 콧방귀를 뀌었다.

"그럴지도 모르지. 하지만 너 그리고 너도."

내 안면을 쓰다듬듯이 흘낏 쳐다본다.

"스스로를 너무 과대평가하지 않는 게 좋을 거다. 이건 충고가 아니라—, 하, 경고야. 얼굴을 맞대고 대화를 하다니 내가 보기엔 시시한 작업이라고. 우리하고는 보유하고 있는 지식도, 인내력도 큰 차이가 있으니까."

나는 화를 내기 전에 미심쩍어했다. 왜 이 녀석은 이렇게 사사건건 내 분노를 부채질하는 소리만 해대는 거지. 그러는 게 무슨 이점이 있나? 나를 이쪽 진영으로 끌어들이려고 하는 거라면 좀 더 다른 수를 강구해도 될 텐데, 후지와라의 말투는 너무 솔직하고 정직했다. 이 정직함은 아사히나 선배와 일맥상통하는 점이 있었다. 혹시 미래인은 다 이런 건가.

하지만 그런 내 가슴에 생겨난 일말의 망설임도,

"그럼 네가 앞으로 어떻게 하고 싶은지 들어보도록 할까. 강력한 방패를 잃은 기분은 어때? 뭐든 네 말대로 따르던 에일리언 단말은 지금은 움직이지 못하지. 자, 어떻게 너희 자신을 지킬 거냐? 내가 바라는 대답은 그거 하나야. 방파제를 잃은 취약한 항구가 폭풍우 치는 밤에 어떻게 될지 어디 한 번 구경하고 싶군."

후지와라의 말과 신경을 긁는 말투 때문에 물거품으로 돌아갔다. 이 자식, 그렇게 철저하게 내게 시비를 걸 작정이라 이거로군. 푼돈 범위 내에서 허용되는 수준이라면 지금 당장 부르는 값대로 돈을 치르고 탁자를 부숴줄까. 내가 있지도 않은 장갑을 던지려고 반사적으로 손을 어루만지는데.

"콘, 일단은 앉아봐. 정말 너다운 정의감의 발로이긴 한데 행패를 부리는 건 간과할 수 없는 일이지. 물론 너뿐만 아니라 여기에 있는 다른 사람들도 모두 다 그래. 이래 봬도 나는 성미가 느긋해서 실제로 2년에 한 번 정도만 화를 내는데 그렇게 되면 내 자신도 좀 무서워질 정도거든. 마침 마지막으로 분노를 느낀 게 2년쯤 전이었지. 지금의 나는 그 기록을 갱신하는 데에 도전하고 있으니까 오늘로 리셋되지 않도록 해줬으면 참 좋겠어."

평소와 똑같은 온화한 음계였지만 나는 사사키의 말을 따랐다.

사사키가 화를 내는 건, 울거나 슬퍼하는 것과 마찬가

지로 본 적이 없고, 앞으로도 보고 싶지 않다. 미소가 제일 잘 어울리는 얼굴이라 생각하는 건 하루히나 아사히나 선배에 한정된 이야기는 아니다. 코이즈미는 조금 더 미소를 자제해야 하고, 나가토는 반대로 표정을 완화시켜야 하지만 코이즈미는 몰라도 나가토를 그렇게 만들려면 확실히 여기에서 후지와라와 격투를 벌여봤자 아무 해결책도 안 나올뿐더러, 꼭 어떻게든 해야 한다면 그 상대는 미래인이 아니라 우주인이다.

그렇게 생각하며 노려보는데.

"_____."

쿠요우는 멍한 얼굴로 내 뒤의 5미터쯤 떨어진 허공을 눈도 깜박이지 않고 가만히 응시하고 있을 뿐, 아무런 반응이 없었다. 내 시신경을 의심하지 않을 수가 없었다. 스오우 쿠요우가 SOS단에 무해할 리가 없다. 정신 차려, 이 인간아.

이 녀석 때문이다.

나는 플라잉 더치맨(주34) 같은 쿠요우를 주의하면서 최대한 응시했다. 면적이 지나치게 큰 머리 양과 늦은 오후의 커피숍에서는 눈에 띄기 십상인 여학교 교복. 아니, 어디에 있어도 이 녀석의 모습은 분명히 시선을 끌 것이다.

그런데 여기에 있는 건 실체가 아니라 3D 홀로그램이 아닐까 싶을 만큼, 마치 심야에 방송되는 움직임이 없는 지역방송 CM처럼 존재감이 희박한 모기 행세를 하는 게 화가 난다. 나가토가 쓰러져 있고 이 녀석은 이렇게 팔팔

주34) 플라잉 더치맨: flying dutchman. 희망봉 근해에 출몰한다고 하는 네덜란드의 유령선 혹은 그 배의 선장.

한 건 부조리 이외의 단어가 떠오르지 않을 지경이다. 함께 쓰러졌다면 조금은 생각해줄 수도 있겠지만 이런 배려라고는 없는 모습이 정말이지 미지의 에일리언이다. 정보통합 사념체의 휴머노이드 인터페이스란 게 어떤 의미를 가지는지 아직까지도 모르겠지만 나가토나 아사쿠라나 키미도리 선배는 각각 인간적인 느낌이—그나마 있었다.

나가토에 관해서는 새삼 해설할 것도 없겠지. 아사쿠라도 사사건건 칼을 꺼내드는 것 말고는 주위에서 흔히 보는 항간의 고등학생 이상으로 반장으로 잘 어울렸고, 키미도리 선배는 애매하긴 하지만 고등학생의 일상생활에 잘 녹아들어 있다. 둘 다 최소한의 배려인지 인간 행세를 충실하게 하고 있었다.

쿠요우한테는 그런 기개가 없었다. 호모사피엔스가 어떤 생명체인지 이해하지 못하는 게 아닌가 하는 느낌마저 들었다. 투명인간보다 존재감을 주장하지 않는다. 이 녀석이 걸친 여학교 교복 안은 텅 비어 있지 않을까. 옷을 입고 있다기보다는 옷에서 목과 손발이 돋아난 것 같다는 느낌을 받았다. 그런 느낌이 드는 건 나 혼자뿐인 것 같지만 그거야 내가 알 게 뭐냐 이거지.

그러니까 영 기분이 나쁜 인상밖에 없다. 이게 그나마 인류의 상식범위 안에 드는 반응을 보여준다면 나도 그 나름대로 행동을 하겠지만 아무튼 상대는 나가토조차 디스커뮤니케이션을 표명하는 인간의 지혜를 초월한 인간 외 인형이고 행동을 읽을 수 없는 녀석만큼 대처하기 어

려운 건 없다. 특히 여기에 견주어 말하자면 하루히 이상
으로 행동예상이 불가능한 상태니까.

내 최대한의 적의 아우라를 감지했는지 어땠는지,

"＿＿＿＿＿＿＿＿."

쿠요우는 냉동 직전의 나우만 코끼리(주35)보다 완만한
움직임으로 두 눈의 초점을 내게 맞추더니 화석과도 같은
입술을 살짝 움직여,

"―어제는―고마웠다―."

곤충 번데기가 내는 듯한 목소리로,

"―이건… 감사 인사…."

덧붙이듯이 그렇게 말했다.

설마 고맙다는 말을 듣게 될 거라고는 생각지 못한 나
는 말문이 막힐 수밖에 없었고, 철저하게 무시하고 있는
후지와라와 신기하다는 표정을 짓고 있는 타치바나 쿄코,
재미있다는 듯이 미소 짓는 사사키도 아무 말도 하지 않
았기 때문에 거북한 침묵이 우리들의 한 모퉁이에 고형으
로 응고되었다. 들리는 소리는 커피숍의 스피커가 연주하
는 클래식 음악과 다른 손님들이 내는 헛기침 같은 소란
뿐….

이게 어떻게 된 걸까.

내가 고민할 것도 없이 이대로는 일이 안 풀릴 거라 판
단했는지,

"아, 그러니까."

타치바나 쿄코가 자진해서 진행을 맡았다.

주35) 나우만 코끼리: 홍적세 초기에 중국, 인도, 일본 등 온대에 서식했던 코끼리.

"쿠요우 씨, 어제 무슨 일이 있었어? 으음…, 아, 좋아요. 그건 나중에 물어보도록 하고."

몸을 앞으로 내민 타치바나 쿄코는 부잣집 아가씨 같은 얼굴을 과감하게 내 쪽으로 돌렸다.

"오늘 이렇게 와줘서 고마워. 자꾸 미안해. 하지만 이건 필요한 일이거든요. 내버려둘 수 없는 중요한 회합이죠."

내가 꺼낸 말이야. 네가 말할 것까지도 없다.

"그렇긴 하지만요." 타치바나 쿄코는 진지한 기색을 감추려고 하지도 않았다. "조만간 이렇게 될 건 명백했다고요. 그래요, 우리한테는 너무 늦었다고 할 수 있을 정도죠. 좀 더 일찍 이렇게 되었어야 했는데요. 하지만 우리들에게는 코이즈미 씨 쪽에 대항할 만한 세력의 비호가 없었으니, 뭐."

그렇게 말하며 쿠요우와 후지와라를 보더니 그녀는 잘됐다는 듯이 수긍했다.

"이제야 다 모였군요. 세계를 움직일 수 있는 거대한 힘. 동료라고 하기에는 조금 미덥지 못한 면이 있지만 그래도 공동 투쟁은 할 수 있을 거예요. 그렇죠? ……그렇죠?"

후지와라는 대답이 없었고, 쿠요우도 여전히 고요의 바다에 가라앉아 있었다. 타치바나 쿄코는 한숨을 쉰 뒤 마침 나와 사사키의 물잔을 들고 종업원이 나타난 바람에 입을 다물었다.

"블렌드 두 잔. 따뜻한 걸로."

사사키가 내 의사를 확인도 하지 않고 간단히 주문했고, 나는 학생 알바로 보이는 종업원을 힐끔거리며 키미도리 선배가 아닌 것을 확인했다. 이상하게 생각했을지도 모르겠다. 허둥지둥 계산대로 돌아가는 종업원의 발걸음이 기분 탓인지 빠르게 느껴졌다. 문득 신경이 쓰여 맞은편에 앉은 세 사람의 앞을 보니 타치바나 쿄코와 쿠요우는 둘 다 파르페를 주문했다. 아무래도 상관없는 광경인데 왠지 모르게 틀린 그림 찾기의 마지막 하나같은 이질감이 든다 싶었더니 타치바나 쿄코의 잔은 반 정도 줄어든데다 아이스크림이 이미 녹아서 물이 되어가고 있었는데 쿠요우의 몫은 손도 대지 않는데다 조금도 녹지 않은 상태였다. 이게 어떤 우주적인 퍼포먼스라 해도 이해가 안 간다. 후지와라가 손가락으로 찔러대는 빈 컵이 어떤 액체로 채워졌었는가 하는 의문과 마찬가지로 생각할 마음도 들지 않는다.

타치바나 쿄코가 다시 분위기를 다잡듯이,

"아아, 정리 좀 하죠. 오늘 우리가 이렇게 모인 건,"

나를 보고 살짝 미소를 짓는다.

"당신의 제안을 사사키 씨를 통해 들었기 때문입니다. 우리들에게 하고 싶은 말이 있죠? 거기에서부터 시작하죠. 그럼 말해보세요."

마이크를 건네듯이 손을 내밀었지만 손바닥에는 아무것도 없었다. 나는 있지도 않은 물건을 굳이 받아드는 동작을 하지는 않았다.

"나가토에 대해서야."

나는 쿠요우를 보며 말했다.

"네가 하는 게 어떤 건지는 모르겠다. 가르쳐주지 않아
도 돼. 내 희망은 그 뭔지 알 수 없는 짓을 즉시 중지하란
거다. 나가토에 대한 바보 같은 공격을 그만둬. 알겠냐,
여러 번 말하진 않겠어. 우주인끼리 항쟁하는 거라면 우
주 끝에 가서 해."

"—은하."

쿠요우는 호박 속에 갇힌 고대의 곤충 같은 입술을 움
직여,

"—끝—. …그건—여기—이 별의 위치는—매우 뜸한
…."

열린 냉장고에서 새어나오는 안개 같은 목소리로 말했
다. 이 녀석은 날 바보 취급 하는 건가. 햇살을 받고 샤미
센의 겨울 털이 점점 빠지는 이 계절이 싫다면 태양 한가
운데로 뛰어드시든가.

"—그래도 된다—볼일이 끝나면—."

그럼 끝내라고. 지금 당장.

"_____."

쿠요우는 살짝 고개를 갸웃거리며 눈을 깜박였다.

마치 그게 신호였다는 듯이,

"훗."

후지와라가 역겨운 미소를 지으며 결점이 드러나는 빛

으로 물든 눈을 내게 돌렸다.

"그럼 그렇게 하지. 다름 아닌 네가 한 제안이니까. 아니, 쿠요우한테 하는 말투로 봐선 완전히 명령이네. 지구 외 정보지성을 상대로 싸움을 걸려들다니, 무지에서 나오는 용감하고 야만스러운 행위라 칭찬해줘야겠지? 흥, 그렇게까지 나가토 유키라는 유기탐사 프로브 편을 드는 이유가 네 의식 어디에서 발생하는 건지 연구재료로 삼아보고 싶은데 개인적인 흥미는 나중으로 미루도록 하마."

나와 사사키가 얌전히 있는 걸 기회로 후지와라는 말을 계속했다.

"여하튼, 너는 그 소녀인형이 기능부전이 된 게 용서가 안 된다 이거로군. 그렇게 나온다면 이야기는 간단하지. 잘 들어라, 정보 통합 사념체의 단말에 대한 천개영역의 간섭을 멎게 해주지. 내가 말이야."

만약 거울을 훔쳐본다면 나는 거기에서 사기 지명수배범을 발견했을 때의 표정을 볼 수 있었을 거다.

"못 믿겠어? 그런데 이건 사실이야. 나한테는 이미 자명한 이치지. 천개영역이라는 녀석들은 정보 통합 사념체보다 다루기 쉬운 존재거든. 내 제안을 순순히 받아들여주더군. 그리고 이것두 가르쳐줄게. 이 점에 대해서는 타치바나 쿄코의 찬성도 얻었다. 그러니까 내가 이제부터 말하는 건 여기에 있는 세 사람의 공통된 인식이야. 그럼 바로 너희들에 대한 주문을 언어로 전달하도록 하지."

0.5초 가량 쿠요우를 보고 한쪽을 일그러뜨린 후지와

라의 입이 다음과 같은 말을 빚어냈다.

"스즈미야 하루히의 능력을 저기 있는 사사키에게 완전히 이양한다. 여기에 동의해라. 네가 할 수 있는 건 알았다는 대답뿐이다."

그렇다고 말하고 싶다는 듯이 고개를 끄덕거리는 건 타치바나 쿄코뿐이었다. 쿠요우는 화석이 된 상태로 말차 파르페에 꽂힌 웨이퍼를 응시하고 있었고, 나와 사사키는 나란히 앉아 후지와라의 짜증날 정도로 남을 우롱하는 상판을 바라보고 있었다. 잠시 뒤,

"흐음."

사사키가 검지로 뺨을 긁적이며 말했다.

"후지와라, 그건 며칠 전에 타치바나 씨가 제시한 의견이기도 하잖아. 그때 당신은 힘의 소유자는 누가 되든 상관없다고 하지 않았나? 마음이 바뀐 이유가 뭔지 알고 싶군."

"누구라도 상관없다는 생각은 지금도 여전해."

후지와라는 가늘게 뜬 눈을 옆으로 돌렸다.

"상황은 과거나 현재나 모두 동일하다. 다만 상황을 인식하는 개인의 가치관의 차이에 따라 결말에 대한 여정도 달라지는 거거든. 골인 지점이 같더라도 그 길이 다르면 저절로 전개도 변화를 하지. 1×1도, 1÷1도 답은 1이야. 하지만 산출방법은 완전히 반대되잖아."

"궤변이야."

사사키는 단칼에 잘랐다.

"내 귀에는 변명으로밖에 안 들리는데. 그게 아니라면 당신은 연기를 하고 있는 걸로밖에 안 보여. 당신은 역시 스즈미야가 능력을 계속 갖고 있으면 불편한 거 아닌가? 음, 아아…, 누구라도 상관없다는 건 거짓말이군."

가느다란 손가락을 턱으로 이동시켜 생각을 말에 싣는다.

"그래, 내가 아니어도 되는 거구나. 그게 누구라도 상관없었던 거야. 하지만 스즈미야는 안 되는 거였어. 후지와라, 당신은 스즈미야한테서 불가사의한 힘을 떼어내고 싶은 거지? 그녀에게 그 힘이 있으면 곤란한 이유가 어딘가에 있는 거야. 내가 여기에 있는 건 우연이지만…."

번쩍이는 눈을 날카롭게 뜨는 사사키.

"하지만 우연으로는 끝나지 않는 것도 있지. 내가 쿈의 친구였다는 과거야. 미래인, 이건 어디까지가 기정사실이라 할 수 있는 거지?"

머리 회전이 좋은 데에는 혀가 내둘러진다. 미래인을 상대로 격렬히 논쟁을 할 수 있는 건 내 교우록 전 페이지를 검색해봐도 사사키 정도밖에 없을 거다. 더구나 사사키는 코이즈미처럼 조직에 속해 있지도 않다.

후지와라는 순간 가면 같은 무표정이 되었지만 다시 냉소를 되찾았다.

"그걸로 나를 눌렀다고 생각하나? 쓸데없이 잘 돌아가는 혀를 가졌군. 나는 거짓말은 안 했어. 원활하게 사태를 이끌고 가려는 것뿐이지. 안 그래, 타치바나 쿄코?"

"어, 네."

지목을 당한 여자는 황급히 말했다.

"그래, 내가 요청한 거예요. 협력태세를 갖추는 게 좋을 것 같아서 필사적으로 부탁했죠."

과묵한 우주인과 악랄한 미래인에게 휘둘리는 것으로 보이는 초능력자의 진지한 얼굴을 본다고 무슨 답이 나오겠냐. 나는 다시 후지와라를 쳐다보았다.

"잠깐만 기다려봐. 나가토가 쓰러진 건 거기 있는 쿠요우에게 원인이 있잖아. 지금 한 말은 마치 네가 그렇게 하라고 충동질한 것같이 들리는데?"

후지와라는 고전적인 희극에 나오는 악역 같은 눈으로 말했다.

"그것도 아무래도 상관없는 일이야. 내가 만들어낸 무대이든 기회에 편승한 것뿐이든, 마찬가지로 불변의 사태지. 이 기회가 찾아올 거라는 건 내 작위가 있든 없든 알고 있었다. 있다면 방치했을 거고 없었다면 이 손으로 일으켰겠지. 고정된 과거란 미래에서 보면 고고학적 가치밖에 없어."

대체 이 녀석은 무슨 말을 하고 싶은 거지? 흑막은 누구야? 아사히나 선배의 적대 미래인이냐, 천개영역이냐, 아니면 모든 실은 타치바나 쿄코의 손으로 이어져 있는 건가?

나는 누구도, 아무것도 믿을 수 없어질 것 같은 마음이 들기 시작했고, 최소한 머리를 굴릴 시간을 몇 초만이라도 갖고 싶었지만 후지와라는 그것마저도 허락하지 않았다.

"참 이해를 못 하는 녀석이네. 네가 말을 꺼냈잖아. 나가토 유키의 상태 회귀를 바란다고 말이야. 나는 그걸 할 수 있다고 했어. 이 쿠요우에게 네 소중한 인형에 대한 간섭 정지를 명령하고 이행하게 만들 수 있다고."

주제를 아주 대놓고 말하는데. SOS단을 대표해서 상대해주지. 아마 코이즈미도 묻고 싶어했을 질문일 거다.

"왜 네가 그런 주도권을 쥐고 있는 거지? 상대는 커뮤니케이션이 불가능한 무슨 생명체잖아."

"금지 사항이라고 해두지"라는 말로 후지와라는 얼버무렸다.

"웃기지 마."

"농담이라고 받아들이고 싶으면 그렇게 해. 나는 호의로 말해주는 거다."

그걸 어떻게 믿냐.

그때 쿠요우가 수정석 같은 입술을 떨었다.

"―나는 실행한다."

박제가 말을 하는 것처럼 갑작스러운 일이었다.

"―간섭을 중단하고 별두의 길을 탐사한다…. 그것도 분기선택의 하나."

암흑물질 같은 눈동자가 내 미간으로 향했다.

"―직접 대화는 불가능. 단말을 간접으로 한 음성접촉은 잡음. 개념의 상호전달은 과부하. 열량의 낭비. 바로 종료하지 않는 것은 무한과 같다."

어이, 누가 통역 좀 해줘.

"그러니까."

사사키가 손끝을 눈 옆에 대며 말했다.

"나가토의 현 상태는 쿠요우 때문이지만 쿠요우도 그 행위에 그다지 유효성을 느끼지 못하고 있는 거구나. 후지와라가 말하면 쿠요우는 당장에라도 그걸 그만둘 거래. 그리고 후지와라는 스즈미야가 가진 신 비슷한 힘을 내게 옮기는 것을 교환조건으로 걸고 있고. 타치바나도 같은 의견인 거지?"

"네." 타치바나는 어깨를 모으며 말했다. "후지와라 씨와는 뉘앙스가 조금 다르긴 하지만요. 그래도 우리는 이해득실을 따져서 그런 걸—."

"넌 조용히 있어."

후지와라의 차가운 말에 타치바나 쿄코는 몸을 움찔 떨더니 입을 반쯤 벌린 채 굳어버렸다.

"그런 거다." 후지와라가 말을 빼앗았다. "여기에 있는 모든 사람에게 좋은 현재를 발생시켜주겠다 이거야. 타치바나는 사사키 너를 신으로 떠받들고 싶어하는 것 같고 말이지."

"아니, 그게 아니라 우리는 그게—."

타치바나 쿄코의 반론을 후지와라는 완전히 무시했다.

"쿠요우의 본체는 스즈미야 하루히를 해석하고 싶어하지. 하지만 정보 통합 사념체의 수중에 있는 동안은 어려울 거야. 보호방벽이 이중삼중으로 쳐져 있으니까. 그러나 타개책은 있다. 중요한 건 정체불명의 힘에 있는 거니까. 그 힘을 제3자에게 옮겨버리면 되는 거야."

이 세상 누가 그럴 수 있는데.

"쿠요우가 할 거다."

너무나도 쉽게 대답을 한 후지와라는 마치 나를 동정하듯이 말했다.

"이봐, 너 잊어버린 건 아니겠지? 스즈미야 하루히 정도야 어떻게든 할 수 있다니까. 예전에 그 힘을 제3자가 이용했잖아. 스즈미야 하루히에게서 능력을 빼앗고 세계를 바꿨던 거 기억 안 나? 너는 꼭 기억하고 있어야 하는 불과 얼마 전의 과거인데 말이지."

나가토―.

생각난 건 1학년 5반에서 사라진 하루히와 학교에서 사라진 코이즈미를 포함한 9반. 츠루야 선배에게 비틀렸던 손목과 아사히나 선배에게 고양이 펀치를 맞은 뺨의 통증. 그리고 완전히 바뀌어버린 동아리방에서 쓸쓸히 홀로 서 있는 나가토 유키의 안경 쓴 하얀 얼굴. 소매를 잡아당기는 손가락.

작년 징글벨이 울리는 계절, 나는 어마어마하게 끔찍힌 일을 당했다. 덕분에 두 번 다시 잃고 싶지 않은 것을 많이 발견했고, 그 이상으로 단 한 번이라도 잃고 싶지 않은 것을 찾아냈다.

이 자식들.

나는 후지와라와 쿠요우를 차례로 번갈아 노려보았다.

그래—. 나가토가 할 수 있었잖아. 나 같은 평범한 사람이 보면 거기에서 거기인 정보생명이 못 할 거라고 단언은 할 수 없겠다. 정보 통합 사념체도 천개영역도 분명히 인류와 비교하면 수준이 다를 만큼 높은 레벨인 무슨 두뇌인지 특수기능인지를 갖고 있을 거다. 내 감이 말해주고 있었다. 나가토와는 다른 의미로 쿠요우는 거짓말을 할 리가 없었다.

"나가토의 몸이 인질이라 이건가."

내 목소리는 진짜 순도 120퍼센트짜리 분노의 운율을 연주하고 있었다.

"나가토를 구하고 싶다면 하루히의 힘을 넘기라는 말이군."

그런 것을 허락할 거라고 생각한 거냐, 유치한 협박이나 해대다니. 비겁 이전의 문제라고. 나가토의 몸을 방패로 삼으면 내가 뭐든지 순순히 말하는 대로 받아들일 거라고 생각한 거야, 이 녀석들은. 아니, 물론 나가토의 건강상태는 당장 심신 모두 올 그린 상태로 해줘야지. 하지만 그것과 이것은 다른 이야기다.

그리고 사사키는 역시 내 친구이기에 족한 인간이었다.

"에이, 싫다."

기가 막힌다는 듯이 고개를 두 번 젓는다.

"나도 그런 힘은 원하지 않아. 조금은 당사자가 된 내 의견도 참고를 해줬으면 좋겠네."

환영해야 할 엄호탄이었지만, 분노에 사로잡힌 내 머리에 희미한 의혹이 불을 밝혔다. 아니, 의혹은 좀 과한 표현이군. 단순히 단적인 의문이다.

나는 사사키의 아주 조금밖에 곤란하지 않다는 옆얼굴을 향해 말했다.

"세계를 바꿔버릴 수 있는 초강력 파워야. 잠깐이라도 이성을 잃을 것 같지도 않냐?"

사사키는 내게 반짝반짝 빛나는 눈을 정면으로 향했다. 희미한 미소를 짓는 입술이 말했다.

"쿈, 세계를 바꾸는 건 좋다고 치자. 그런데 그게 사용하기 어려운 건 세계를 바꿔버리면 나 자신도 변해버리기 때문이지. 그리고 나 자신의 변화를 나는 알아차릴 수 없는 거고. 이해가 가? 나는 세계의 내부에 있고, 이 세계를 구성하는 하나의 요소야. 세계 자체가 변해버리면 나 자신도 어쩔 수 없이 변하게 되지. 이런 경우라면 자신의 의지로 세계를 바꿨는데 변화 후의 세계에 있는 나는 내가 이 세계를 변화시킨 결과라는 걸 알아차리지 못해. 그런 기억이 없어져버리는 거야. 왜냐하면 세계와 함께 나도 변해버렸으니까. 거기에서 딜레마가 발생하는 거라 이거야. 그만한 힘을 가졌으면서도 끝내 사신의 능력의 귀결을 인식할 수 없다는 딜레마가 말이지."

아무래도 이해가 잘 안 되는데.

"사람은 이해할 수 없는 것을 마주쳤을 때 두 가지 반응을 보여. 배척하려 들거나 이해하려고 노력을 하거나. 뭐가 옳다고는 할 수 없어. 인간은 개개인에 따라 스스로가 쌓아온 다른 가치관을 갖고 있으니까 그걸 왜곡해서까지 이해할 필요는 없지만 가치관을 평생 불변한 것으로 할 수도 없어. 왜 이해할 수 없는 건가 자신에게 묻고 스스로가 납득할 수 있는 대답만 갖출 수 있으면 되는 거야. 자신의 세계를 갖고만 있다면 기묘한 이론이나 해설 따위는 필요 없는 거라고."

사사키는 맞은편의 세 명을 쳐다보았다.

"나는 당신들이 이해가 안 가. 이유는 말하고 싶지 않아. 대답은 내 마음속에만 있는 거고, 이걸 말할 생각은 없으니까. 말하면 실언이 되겠지. 그건 매우 부끄러운 일이잖아."

"네 속마음이야 내 알 바 아니지"라고 후지와라는 쓸쓸하게 말했다. "조용히 고개만 끄덕이면 될 것을."

"음, 결국 말이야." 사사키는 입을 다물지 않았다. "사람은 자신의 능력을 초월한 건 만들 수 없어. 초월한 것처럼 보이는 것은 가능해도 말이지. 어차피 그건 허구야."

마치 3단 로켓의 두 번째 엔진에 점화가 된 것 같다. 내 등은 현격히 가벼워졌다.

"사사키도 이렇게 말하고 있고 나도 그런 불평등 수호 조약 같은 조건을 받아들일 마음은 없다."

그저께나 오시지(주36)라고 말하려다 이 녀석들이 정말 이틀 전에 왔다는 사실이 생각났다. 미래인을 상대로는 통하지 않는 말이구나.

주36) 다시는 오지 말라고 내쫓을 때 쓰는 일본어 관용구.

"그리고 만약 내게 세계를 좌지우지할 수 있는 힘이 있다 하더라도 그걸 행사할 기회는 거의 없을 것 같네."

사사키는 내 어깨를 가볍게 두드렸다.

"한다 하더라도 자판기에 앞사람이 잊고 간 동전이 남아 있거나 그 정도? 결국 그 정도일 거야. 내가 이 세계에 이의를 제기할 만한 불만은 별로 없거든. 솔직히 말해 나는 포기하고 있어. 부조리한 모순으로 가득 찬 이 세계가 만들어낸 건 인류가 발상(發祥)한 이후의 역력한 시간의 축적이야. 작고 하찮은 누가 수작을 부린다 해도 도지히 뭘 어떻게 할 수 있을 거라는 실감이 들질 않아. 설사 내게 그 힘이 있다 하더라도 지금보다 좋은 세상을 구축할 거라는 보장도, 자신도 2바이트 이상은 없어. 이건 겸손은 아니지만 나 이외의 누구라도 불가능할걸. 인류는 아직 그만한 정신활동에 도달하지 못했어. 지구는 우리가 올라탄 거대한 하나의 우주선이야. 하지만 우주선에 자의식이 있었다면 내분만 하고 있는 이 불가사의한 영장류는 진공에 모조리 던져버리는 게 모든 일이 잘 돌아갈 거라 생각할지도 모를 일이지. 인간은 인간으로서 생을 얻게 된 이상 아무리 발버둥 쳐도 신은 될 수 없는 거야. 신이란 인간의 관념이 만들어낸 거니까. 유사 이래로 이 행성 어디에도 신은 없었어. 처음부터 없었지. 나는 그런 비존재의 개념에 불과한 우상이 되고 싶은 생각은 요만큼도 없어. 신은 죽기 이전에 태어나지도 않았다고. 그러니까 신의 무덤은 어디에도 없지. 제로의 개념, 그게 바로 신의

주36) 다시는 오지 말라고 내쫓을 때 쓰는 일본어 관용구.

자질이라 할 수 있을 거야."

사사키의 긴 말이 끝나는 시각에 딱 맞춘 듯이,

"―하―하하―하하하―아하…."

쿠요우가 완전히 뜬금없이 폭소를 터뜨렸다. 폭소로도, 비웃음으로도, 고음처럼도, 저음처럼도 들리는, 귀가 이상해진 게 아닌가 생각되는 목소리가 말을 한다.

"―바보 같아…, 하하―."

이게, 뭐라는 거야. 나는 몰라도 사사키를 비웃다니 속이 뒤집힌다.

"설명해주지."

웃고 있는 쿠요우를 대신해 후지와라가 조롱 섞인 표정과 말투로 말했다.

"어째서 너한테 선택할 권리가 있다고 믿고 있는 거지? 이렇게 네 의견을 들어주는 건 우리가 교시를 바라고 있어서 그런 게 아니야. 착각하지 마라, 과거인."

내 마음속에 싹트던 약간의 여유가 날아가버렸다.

"쿠요우는 아니지만 나도 웃음이 나온다. 너는 자신을 너무 과대평가하는 거 아니냐? 자기한테 모든 결정권이 있다고? 세계의 미래를 선택할 수 있는 권리를 갖고 있다고? 하, 네가 대체 뭔데. 시시한 게임의 플레이어라도 된 줄 아는 거냐? 큭큭, 희극 이전의 문제군. 웃음이 나오는 걸 넘어서 동정마저 느껴진다. 알겠냐, 너한테 전권이 주어진 건 아니다. 꼭두각시 인형일 뿐이야. 잘 움직인다는 건 인정해줄 수도 있겠지. 하지만 그것뿐이야. 움직임이 좋은, 조종하기 쉬운 인형에 불과하다. 네 행동 어디에도 너 자신의 의사란 건 없어."

그 말의 의미가 이해가 감에 따라 오싹한 감각이 등줄기를 타고 올라왔다.

쿠요우는 아직도 웃고 있었다.

새삼 깨달았다. 하루히가 소실됐을 때 나가토가 얼마나 인간미가 넘쳤던가를.

이 녀석들은—.

우리를, 인간을 아무렇게도 생각하지 않고 있었다.

쿠요우도, 그리고 아마 아사쿠라와 키미도리 선배도.

그렇기 때문에 각각 내 의견을 들으려 하고 있는 거다. 어떤 의견이든 상관없는 거다. 마음만 먹으면 손쉽게 부숴버릴 수 있는—그 정도의 것이라고 생각하기 때문이다. 쿠요우의 노골적인 웃음은 새로운 장난감을 얻은 어린아이의 표정에 가까웠다. 단지 그곳에 있다는 이유로 발밑의 개미를 짓밟는 눈부시게 아름다운 어린애 같은 무구한 빛….

그리고 믿음직스러운 내 친구, 사사키는 더욱 눈살을 찌푸렸다.

"그런 말을 듣고 내가 순순히 수긍할 거라고 생각하나? 솔직히 말해서 역효과밖에 안 나. 나는 당신들보다 쿈과 더 오래 알고 지냈으니까."

"네 의사 따윈 알 바 아니라고 몇 번을 말해야 되겠냐."

후지와라가 비웃었다.

"아―…."

타치바나 쿄코가 한층 더 움츠러들었다.

"다 엉망이 됐네. 최악이에요."

타치바나 쿄코는 후우, 길게 한숨을 내쉬었지만 그래도 의기소침해하지 않는 건 칭찬해줄 만한 부분일지도 모르겠다. 예상한 대로 그녀는 나를 보고 가르침을 주는 선교사와 같은 표정을 지었다.

"저기, 한 번 생각해봐요. 네가 스즈미야 씨와 SOS단을 소중히 여기는 건 이해해요. 그렇다면 이렇게 생각할 수도 있지 않나요? 스즈미야 씨한테 이상한 힘이 있기 때문에 나가토 씨도 이상해진 거고, 너도 이상한 일에 휘말리는 거라고 말이죠."

무슨 말을 하고 싶은 거냐.

"스즈미야 씨가 힘을 잃고 평범한 사람이 된다 해도 SOS단이 해산할 리가 없잖아요? 지금까지와 달라지는 건 아무것도 없어요. 코이즈미 씨는 '기관'의 대표고 나가토 씨는 우주인, 아사히나 씨는 미래에서 온 사람이긴 하지만 그냥 그것뿐이죠. 더 이상 스즈미야 씨의 행동에 신경을 쓰지 않아도 된다 이거죠. 모두 사이좋게 지금까지 그랬던 것처럼 단장과 함께 즐겁게 활동할 수 있다 이거예요."

그럼 정말로 단순한 동호회 미만 단체잖아.

"네. 내가 말하고 싶은 건 바로 그거예요. 그렇게 되면 좋겠다고 생각하지 않나요? 만약 당신이 지금까지 있었던 상식 밖의 사건에 관여하고 싶다면 우리가 있죠. 쿠요우 씨는 우주인이고, 후지와라 씨는 미래인, 나는 스스로 자신을 초능력자라고 말하고 싶지는 않지만, 뭐, 그런 거고 말이죠. 사사키 씨와 둘이서 교외활동을 한다 생각하고 어울리면 되잖아요. 아마 여러 가지 일들이 있을걸요."

기가 막혀서 말이 안 나온다는 표현은 바로 이걸 두고 하는 말이다.

제2의 SOS단을 결성하자고 권유를 하는 거다. 하루히가 이끄는 우리 SOS단은 형식화하고 여기에 사사키를 맹주로 한 신생 SOS단이 탄생해야… 한다는….

"그리고요." 타치바나 쿄코는 내 생각을 앞질렀다. "난 코이즈미 씨의 어깨에 걸려 있는 무거운 짐을 덜어주고 싶거든."

"뭐?"

왜 이 녀석이 코이즈미의 어깨 결림을 걱정할 필요가 있는 거지.

"그 사람은 분명히 고마워할 거예요."

타치바나 쿄코는 당연한 말을 한다는 듯이, 그리고 마치 꿈꾸는 소녀와 같은 표정으로 말했다.

"어, 몰랐어요? '기관'은 코이즈미 씨가 바닥에서부터 전부 다 만들어 운영하는 조직이거든요. 처음부터 리더는 코이즈미 씨. 제일 높은 사람이죠. 나와는 서로 이해가 안 통하는 사이긴 하지만 그래도 조금은 존경하는데."

"_____."

그 말은 내 뇌수에 꽤 큰 무게로 덮쳐왔지만 나는 무기질처럼 무반응 및 침묵을 지켰다. 왠지 순식간에 아무 말도 하고 싶지 않은 기분이 든 것이다. 이 녀석이 어디까지 진실을 말하는 건지도 모를 일이고, 단순히 그게 사실이라 믿고 있는 것뿐인지도 모른다. 지금까지 지겹도록 들었던 코이즈미의 해설조의 말투에 얼마나 진실이 숨어 있었는지도 알 수 없었고, 그건 타치바나 쿄코도 마찬가지였다. 누구를 믿느냐는 건 생각하기도 우스운 일이었다. 하지만 타치바나 쿄코가 굳이 이런 허위정보를 흘릴 이유는 없을 테니, 아니, 있다. 내 사고를 혼란에 빠뜨리려는 거라면 확실히 단도직입적인 방법이다. 그런 것치고는 이 녀석의 얼굴이 솔직하게 감탄하는 표정으로 물들어 있긴 하다만.

…….

그만할래. 생각하는 거 긴급 정지다. 지금은 코이즈미의 기관 내 부서가 뭐가 됐든 어떠냐….

큭큭큭, 소리 내어 웃은 것은 후지와라였다.

"나도 한 가지 좋은 걸 가르쳐주지. 특별한정 서비스다. 이 자리, 이 시간에만 얻을 수 있는 정보야. 그게 뭐냐고 묻겠지. 가르쳐주마. 그건 바로 네가 지금까지 무시해왔던 물체, 즉 TPDD에 대한 설명이다."

기묘한 설정에 대해 묻지도 않은 걸 떠들어대는 녀석 중에 변변한 성격인 녀석은 없다. 후지와라는 그 전형적인 녀석으로서 하나도 틀린 게 없어 보였다.

"나와 아사히나 미쿠루의 시간 항해에는 약간의 문제가 있어. 도항 시의 성질 상 시간평면을 관통해 이동할 수밖에 없기 때문이지. 말하자면 시간에 구멍을 뚫으면서 거슬러 올라가는 거야. 신경 쓰진 마라. 작은 구멍 하나만 나는 거라면 그리 큰 이변은 없으니까. 고치는 것도 쉽고. 하지만 도약하는 시간적 거리가 길어질수록 그만큼 손상되는 시간평면의 수도 늘어나게 돼. 그리고 같은 시간대를 여러 차례 왕복하면 구멍의 숫자도 당연히 늘어나고. 여기까지는 이해했겠지?"

귀를 막고 싶어졌다. 나는 괜찮다. 사사키에게 기묘한 비밀 괴정보를 들려주고 싶지 않았다. 성가신 일에 팔을 붙잡혀 두 동강이 난 몸으로 쓰러지는 건 나 하나로 충분하다.

"그러니까 TPDD의 사용은 기존 시간을 파괴하는 위험이 따르는 거다. 뚫린 구멍은 메워야 하지. 비가 새는 걸 방치해뒀다간 그 부분을 통해 뼈대가 썩게 되니까. 연속하는 끝에 존재하는 미래가 흔들리는 거야. 원래 시간 주재원은 그렇게 해서 생긴 시간의 왜곡된 부분을 수정하는 역할을 주로 맡고 있지. 아사히나 미쿠루는 예외야. 자각은 없겠지만 통상과는 다른 특수임무를 맡고 있는 기다. 흥, 참 수고가 많아. 그건 극비니까 본인에게도 알리지 않았거든."

예정한 말을 다 마쳤는지 후지와라의 목소리가 마침내 끊어졌다.

"예를 들어—."

그런 줄 알았는데 다시 떠들기 시작한다.

"이상의 말이 원래는 네가 알 턱이 없는 정보였다면 어떨까? 나는 너의 개인사를 바꾼 게 되는 거야. 흥, 더 재미있게 바꿔줄까?"

여기에서 더 재미있어지면 웃다 죽을지도 모르니까 그만해라.

"일단 들어버린 이상, 너는 내 말에 영향을 받지 않을 수가 없지. 이게 내 우위성이다. 너희 과거인에 대해서 말이야."

후지와라의 목소리가 드디어 진지하게 바뀌었다.

"천천히 생각해봐라. 네 원시적인 뇌가 어떤 답을 도출해낼지는 그 다음 행동을 보고 판단하도록 하지. 기정 궤도에서 벗어난 행동을 해준다면 내가 즐길 수 있겠군."

이걸로 끝날 줄 알았더니 또 공격을 해댄다.

"기다려주마. 오늘 회담에서 들은 말을 잘 기억해두라고 말해주지. 하지만 잊어도 상관없긴 해. 네가 뭘 어떻게 하든 나는 내 마음대로 내 역할을 다할 거니까. 스즈미야 하루히와 함께 파멸의 길을 달려갈 건지, 아니면 녀석을 무해하게 바꿀 건지, 뭘 선택하든 그건 네 자유다."

내가 언제 대답할지 알고 있다는 듯한 말투였다. 미래인이라면 당연히 알고 있겠지. 이 녀석은 아사히나 선배와는 다르다. 후지와라는 어디까지 시나리오에 따라 움직이고 있는 걸까. 허를 찌를 여지는 없나. 아사히나 선배의 얼굴이 눈앞에 어른거렸다. 메이드 복장과 여교사 버전, 그 둘이 보행자 신호등처럼 깜박거린다.

"왜 나한테 그런 시간을 주는 거지?"

내가 한 것치고는 참 얌전한 질문일 거다.

"기정사항이니까. 그렇게 말하면 납득하겠나? 안 해도 상관은 없다만. 자, 이걸로 내 서비스 타임은 끝났다."

후지와라는 꼬고 있던 긴 다리를 유연하게 풀고 일어났다.

"시간 따위에 얽매이는 건 바보 같고 어리석은 짓이지만 그게 미리 정해진 흐름이라면 어쩔 수 없지. 하지만 흐름에 거슬러 헤엄치는 건 심해에 사는, 진화에 뒤처진 고대어류도 할 수 있는 짓이야."

그렇게 말을 덧붙이더니 탁자를 등졌다.

돈도 내지 않고 가게를 나가는 장신의 뒷모습을 바라보며 후지와라가 남기고 간 역병 같은 분위기를 콧구멍으로 느끼고 있는데 타치바나 쿄코가 당연하다는 듯이 영수증을 집어 들며 말했다.

"나도 이만 실례할게요. 역시 생각할 시간이 필요하겠죠? 너무 깊이 생각하지 않는 게 좋을 거예요…."

실컷 독을 내뿜은 후지와라의 역병 같은 공기에 취했는지 타치바나 쿄코의 가녀린 모습은 어딘지 모르게 지쳐 보였다. 물론 저딴 녀석하고 어울리다 보면 심적으로 지칠 일이 끊이질 않을 거라고 약간의 동정을 금치 못하고 있는데.

"사사키 씨와 상담해봐. 사사키 씨, 또 연락할게요. 이건과는 별도로 당신하고는 친구로 지내고 싶으니까."

"그랬으면 좋겠네."

사사키는 타치바나 쿄코를 올려다보며 입술 한쪽을 치켜 올렸다.

"꼭 친구로만 어울리고 싶어."

타치바나 쿄코는 그 말에는 대답하지 않고 예의바르게 앉은 채 잊혀진 쿠요우에게 걱정스러운 시선을 던지고서 한숨을 한 번 내쉰 뒤 계산대로 향했다. 그녀가 정산을 마치고 손을 흔들며 커피숍을 나간 뒤에도 쿠요우는 움직이지 않고서 가만히 응시하고 있었다.

사사키가 주문한 커피 두 잔이 끝까지 나오지 않은 걸 깨달은 건 정신이 완전히 녹초가 된 내가 물을 단숨에 들이켠 뒤였다.

이러고 있어봤자 사태가 진전할 기미는 없어 보였다.

마침내 종업원(다행히 키미도리 선배는 아니었다)이 가져온 커피에 설탕과 크림을 넣고(그랬는데도 불구하고 쓴맛이 줄지 않은 것 같았다) 다 마셨을 무렵, 나는 시골의 어두컴컴한 다락방에서 발견한 오래된 이치마츠 인형보다 더 기분 나쁜 자세로 꼼짝도 않고 있는 쿠요우를 보며 생각했다.

그런데 왜 이 녀석은 자리를 안 뜨고 저렇게 굳어 있는 거지? 후지와라가 사라지고 타치바나 쿄코가 사라진 뒤에도 조용히 우리 맞은편에 앉아 있는 건 아직 할 말이 있다는 우주인적인 의사표현인 건가.

이질적인 이성인의 무언의 호소를 읽어낸다는 건 내게는 버거운 일이다.

내가 쿠요우를 관찰하고 있는데 사사키가 빈 컵을 내려놓고 입술에 미소를 지었다.

"콘, 우리도 그만 가볼까? 후지와라가 한 말을 따르려는 건 아니지만 우리에게 필요한 건 앞날을 검토하기 위한 시간이야. 내키지도 않고 부산하기만 한 회합이었지만 의미가 없다고 판단하긴 싫다. 그 사람 말투를 봐선 아직 시간은 있나봐."

그렇다면 좋겠는데, 뭘 검토해야 좋으냐가 문제군.

"그러게 말이야. 우리에게 선택권은 없는 것 같고 어떻게 그들을 포기하게 만들면 좋을지를 도통 모르겠어. 하지만 할 수 있는 일도 있을 거야."

정말이지 즐거운 사태라고는 도저히 말할 수 없었다. 신 비스므리한 걸 하루히에서 사사키로 한다고? 이건 안하무인인 무자각의 신과 자제심이 있는 이성적인 신 중에 뭐가 더 좋으냐는 이야기인 건가. 뭐가 더 좋으냐고 묻는다면 사사키가 걸맞을지도 모르지.

하지만, 하지만 말이다.

마음이 내키질 않아.

이 한 마디밖에 없을 거다. 나는 사사키가 불가사의한

변태능력의 소유자가 되길 바라지 않는다. 평범한 친구는 역시 평범하게 있어줬으면 좋겠다. 하루히는 워낙 그런 애니까 차라리 낫다. 고대 신화에 나오는 신들도 인간보다 더 이기적이고 터무니없는 짓을 저지르잖아. 그거에 비하면 그나마 말이 통하는 것만 해도 나은 거지. 신사도 그리 간단히 본존을 바꾸지는 않을 거고, 아니, 잠깐만. 내가 지금 무슨 생각을 하는 거야. 하루히의 변호인은 코이즈미 한 명으로 충분하잖아. 아무래도 생각했던 것보다 더 혼란스러운가 보다.

그러는 것도 당연하지. 부활한 아사쿠라, 방관하는 키미도리 선배, 어떻게 한 건지 쿠요우와 손을 잡은 미래인은 꼭 협박하듯 떠들어대고—이런 사태를 어제부터 오늘에 걸쳐 연타로 얻어맞았는데 속이 편안할 만큼 부처님의 환생 같은 요소는 가지지 못했다. 깨달음의 경지까지는 아직도 멀었다고.

"그리고 쿈, 너한테는 나 말고도 상담할 수 있는 상대가 있잖아? 솔직히 나는 내가 뭘 해야 좋을지 모르겠어. 누가 결론을 가르쳐준다면 차라리 기쁘겠다."

제일 먼저 떠오른 건 코이즈미 이츠키의 똑똑해 보이는 얼굴이었다. 다른 사람은 없다. 침대에 누워 있는 나가토는 논외다. 가장 믿음직스러운 건 아사히나 선배(대)지만 이 건에 관해서는 아직 모습을 드러내지 않은 상태다. 설마 이건 그녀의 기정사항에서 벗어난 이벤트인가? 그렇다면 칠석 때처럼은 되지 않을 거라는 소리다. 그렇게 되면 속수무책이다.

"쿠요우도 같이 나갈래? 아니면 파르페 먹고 갈래? 돈은 타치바나가 냈으니까 천천히 있다 가도 돼."

검은 그림자 같은 적성 우주인의 수하는 꼼짝도 하지 않고 눈을 반쯤 떠서 시선을 공중에 정지시킨 채 대답이 없었다.

"깨어 있는 거니, 쿠요우?"

사사키가 코앞에 손을 대고 흔들자 비로소,

"—잠든 건 아니다."

중증 수마에 습격당한 듯한 목소리로 대답을 한다. 무심한 목소리에 나는 그만 짜증스럽게 물었다.

"마지막에 한 말을 듣기는 한 거야?"

"—이해 완료. 이미 실행을 끝냈다."

무슨 소리야? 나가토에게 부하를 거는 행위를 즉시 정지해준 거라면 고맙겠는데.

나는 사사키의 재촉을 받아 탁자를 떠났다. 어딘지 기분 나쁜 비인류를 혼자 두고 가는 건 좀 걱정이 됐는데 괜한 걱정이었다. 의외로 쿠요우도 조용히 일어나더니 어찌된 영문인지 우리를 따라 나온 것이다. 그대로 바로 사라질 줄 알았는데 내 뒷자리를 유지하며 저당한 거리를 두고 서 있었다.

그 상황은 나와 사사키가 나란히 커피숍을 나와 걷기 시작한 뒤에도 계속되었다. 이건 또 이것 나름대로 등골이 불안해진다. 게다가 하늘은 이미 적당히 어두워진 상태였다.

"아직 더 할 말이 있어?"

사사키가 뒤를 돌아보고 내가 하고 싶은 말을 대변해주었다. 하지만 예의를 모르는 우주인녀는 아무 대답도 없이 다른 곳을 멍하니 바라볼 뿐이었다. 긴장감이 없다기보다는 근본적으로 인류와 파장이 안 맞는 것 같다. 인격을 읽을 수 없는 것 정도가 아니라 아예 그런 게 있는지조차 의심스럽다. 어제 아사쿠라의 공격을 막으며 보여준 미소의 주인과 지금 눈앞에 있는 쿠요우가 도무지 동일인물이라고 여겨지지 않았다. 이 녀석, 다중인격 아냐?

이렇게 뒤만 신경 쓰던 게 잘못이었다.

"아, 쿈."

앞에서 들려온 귀에 친숙한 목소리가 고막에 닿은 순간, 나는 평평한 아스팔트에 발이 걸릴 뻔했다.

사사키가 멈춰 서는 것을 따라 나도 그렇게 했고, 쿠요우도 따라했다.

"이런 곳에서 만나다니 별일이다."

교복 차림에 학생 가방이라는, 귀가하는 것 말고 다른 건 생각할 수 없는 모습으로 서 있는 것은 바로 나와 같은 중학교를 나온 반 친구, 쿠니키다였다.

쿠니키다는 나를 보고 있지 않았다. 바로 내 옆에 있는 동창생을 보고 있었다.

"오랜만이다, 사사키."

"그런가."

사사키는 깔깔거리며 웃더니 쿠니키다를 보며 말했다.

"봄방학에 전국 모의시험장에서 본 것 같은데, 내가 잘못 본 건가?"

쿠니키다도 미소를 지었다. 이 녀석의 이런 미소를 보는 건 처음인지도 모르겠다.

"역시 알아봤구나. 그럴 줄 알았어. 내가 알아본 것도 알아차렸겠지?"

"그래. 나는 남의 시선에 신경과민이거든." 사사키는 사무적인 목소리로 말했다. "평소에는 전혀 주목을 받지 않으니까 가끔 찌르는 듯한 다른 사람의 시선이 뺨의 통각을 자극한다고."

"여전하구나."

안심했다는 듯이 끄덕이는 쿠니키다의 어깨를 옆에서 뻗어 나온 손이 가볍게 잡더니, 이런 데 없어도 되지 않느냐는 말이 절로 튀어나올 만한 능글맞은 얼굴이 끼어들었다.

"이봐, 콘, 이 녀석 방심하면 안 되겠네. 이거 이거 보통내기가 아니야. 호오, 이 아가씨냐? 콘의 옛날 이거의 그거였다는 게?"

…타니구치, 너는 또 왜 여 앞을 쿠니키다의 니린히 걸어가고 그러냐. 궁금한 건 단 하나도 없다만 아무튼 부탁이 있다. 바람처럼 꺼져주지 않을래? 가능하다면 로켓부스터를 등에 세 개쯤은 단 초속으로 말이다. 리프트 온! 그대로 위성궤도까지 날아가준다면 천문부와 교섭해 궤

도 계산 정도는 시켜주지.

"너무하잖아, 콘. 모처럼 이렇게 만났는데. 얘기나 좀 하자."

타니구치는 야무진 구석이라고는 없는 능글거리는 미소를 짓고서 나와 사사키에게 무례한 시선을 번갈아 보내며 말했다.

"너 이 녀석, 진짜 말이야, 그런 애들한테 둘러싸여 있으면서도 부족하다 이거냐? 으으응?"

무슨 말을 하고 싶은 건지 뻔히 보일 정도로 이해가 가는 내 자신이 싫어질 지경이다. 아예 내가 가속장치를 발동해버릴까 하는 생각으로 크라우칭 스타일(주37)을 취하려는 걸 무시한 채 타니구치는 마침내 뻔뻔하게 이런 말을 꺼냈다.

"나도 소개해줘라, 콘. 나는 네 절친이잖아. 뭐든 탁 까놓고 말해줘."

"사사키야. 우리랑 같은 중학교를 다녔지."

더는 못 보겠다는 것도 아닐 텐데 쿠니키다가 대신 나서줬다.

"사사키, 이쪽이 타니구치. 1학년 때부터 나와 콘이랑 같은 반이야."

모범적이라 할 수 있는 간결한 소개였다.

"안녕하세요." 사사키는 편안히 인사를 했다. "좋은 친구인 것 같네. 콘이 신세를 질 일은 별로 없어 보이지만."

주37) 크라우칭 스타일: crouching style. 권투에서 등을 굽히고 상체를 앞으로 웅크린 자세.

솔직한 의견을 타니구치는 흘려들으며 계속 따지려는 건지 내게 하얀 이를 드러내 보이면서 말했다.

"그런데 네 심미안은 참 대단하다. 취향이 아주 좋은데. 네 인생에 어떤 불만이 있었을 거라는 생각은 도저히 안 든다. 나는 너한테 화가 나기 시작하는데 말이지 콘…, 쿄…, 쿄?!"

갑자기 왜 그래? 남국열대지역의 야생 조류 같은 소리를 내다니. 요새는 그렇게 놀리는 게 유행이냐?

반쯤 지긋지긋한 기분으로 타니구치를 내가 자랑하는 눈빛으로 쏴 죽이려는데 응? 이게 어떻게 된 거지? 타니구치는 나를 보고 있지 않았다. 심지어 사사키를 보고 있는 것도 아니었다.

"…우와우?!"

타니구치는 펄쩍 뛰어 뒤로 물러나더니 손 들어 자세를 하는 도중에 멈춘—것 같은 부자연스러운 모습으로 굳었다. 경악으로 눈이 크게 뜨이고 공포에 가까운 표정으로 정지 상태가 되었다. 그렇지 않아도 바보인 타니구치의 얼굴을 더더욱 바보스러운 얼굴로 만드는 대상이라니 대체 얼마나 대단한 자인가 생각할 것도 없었다. 나의 친애하는 큐우의 시선은 나와 사사키 사이의 공간을 지나 스오우 쿄우의 졸린 고양이 같은 얼굴을 향하고 있었다.

나조차도 종종 존재를 잊어버릴 뻔하고, 지금까지 일반인으로부터 거의 완전하게 무시를 당해왔던 쿄우다. 어째서 타니구치한테는 보이는 거지?

"＿＿＿＿＿＿＿＿."

더 놀라운 것은 쿠요우가 타니구치한테 반응을 했다는 것이다. 천천히 왼팔을 쳐든 교복 차림의 여자는 손을 뒤집어 소매 밖으로 나온 하얀 손목을 보여주었다. 이제야 깨달았는데 묘하게 멋진 손목시계를 차고 있구나. 그것도 허를 찔릴 만큼 팬시하고 아날로그한 시계를 말이야.

"—감사하고 있다. 돌려줄 생각은… 없다."

뭐?

"괜찮아. 비싼 것도 아니고 마음에 안 들면 버리든 전당포에 맡기든 마음대로 해. 아니, 제발 꼭 그렇게 해줘라."

타니구치가 쿠요우와 정상적으로 대화를 하고 있네. 다만 그럴 만한 날씨도 아닌데 순식간에 땀에 젖은 타니구치의 얼굴은 옆으로 돌아가 있었고, 손발은 괜히 불안감에 떠는 것이 순찰 중인 경관이 즉시 심문을 하고 싶어할 만큼 거동이 수상하기는 했지만 그렇다 치더라도 이건 대체 어떻게 된 기적이래.

"크리스마스 선물로 보냈대."

쿠니키다의 해설을 듣고도 내 놀라움은 가시질 않았다. 오히려 배가 됐다.

시계? 쿠요우가 감시를? 크리스마스라고? 무슨 소리야? 여긴 꿈속인가?

턱이 빠질 만큼 입을 쩍 벌리고 있는 나를 물음표의 저수지에 던져 넣은 채, 쿠니키다는 바로 사사키에게로 관심을 옮겼다.

"하나 물어봐도 될까? 왜 이제 와 새삼스럽게 콘이랑 있는 거야?"

새삼스럽다는 표현은 쓰지 마라. 이상한 의미로 들리잖아…. 아니지, 그럴 때가 아니야. 나와 사사키보다 타니구치와 쿠요우를 더 신기하게 여겨야지.

하지만 사사키는 쿠니키다와의 대화에 무게를 더 두고 있었다.

"여러 가지로 사정이 있었거든. 간단하게 설명하는 건 내가 뜻하는 바가 아니니까 시간이 있을 때 콘한테서 들을래?"

"그렇게 알고 싶은 건 아니니까 괜찮아. 그런데 여기에서 사사키랑 스오우 두 사람과 동시에 재회를 하다니 세상은 참 좁구나."

"저 애 알아? 헤에, 쿠니키다. 분명히 너보다 내가 더 놀라고 있을 거야. 쿠요우는 어디에서 봤어?"

그건 나도 꼭 듣고 싶은 부분이다.

"쿠요우… 라면 스오우 말이야? 겨울방학이었지. 여기에 있는…, 어, 없네."

타니구치 말이야? 걔라면 카와나카지마의 기습에 실패한 딱따구리 전법의 타케다군 별동대(주38) 척후병처럼 도망쳤는데. 감탄이 절로 나올 만큼 빠르더라.

"조금 전까지 여기에 있던 타니구치가 소개해줬어. 여자친구라고 하면서 말이야. 그렇지 않았나, 스오우?"

"—그래."

주38) 전국시대에 타케다 신겐과 우에스기 켄신이 키타시나노의 지배권을 놓고 벌였던 수차례의 전투를 카와나카지마의 전투라고 하며, 이중 네 번째 전투에서 타케다군이 쓴 전법을 딱따구리 전법이라 한다.

쿠요우는 한숨을 쉬는 건지 그냥 숨을 쉬는 건지 알 수 없는 모습으로 대답했다.

"―내 기억은 네 정당성을 지지한다."

"그리고 한 달 조금 지나서 헤어졌대."

"―보장할 수 있다."

크으, 이럴 수가. 작년 12월, 크리스마스 전에 타니구치가 여자친구가 생겼다고 한 건 이 녀석을 말한 거였구나. 그리고 밸런타인데이 전에 깨졌다는 것도. 그게 쿠요우였다니. 아니, 잠깐만.

나는 경악에 사로잡혔다.

"그렇다면 너는 나…, 아니, 그 녀석이 일으킨 그 사건 전에 이미 지… 가 아니라 여기에 있었던 거야?!"

"―있었다. 그 내용의 어디에 문제가 있는 건지 발견할 수 없다."

내가 느끼는 이건 과연 분노일까, 당혹감일까.

"…왜 타니구치와 사귄 거냐?"

그 질문에 순순히 대답을 했다.

"―착각했으니까."

"뭐라고?"

"나두 타니구치한테서 그렇게 들었어. 그게 작별의 말이었대."

쿠니키다는 너무나 간단하게 말했다.

"쿈은 언제부터 스오우랑 알고 지냈어? 예전부터 아는 사이였나?"

아니, 얼마 전이다.

제대로 말을 못 하는 나를 곁눈으로 보며 사사키는 큭 큭큭 웃었다.

"쿠요우는 내가 최근에 알게 된 사람이야. 인연이 있어 서 이렇게 콘하고 이어지게 됐지."

"거기에 더해 타니구치의 예전 여자친구이기까지 했다 이건가. 멋진 우연이구나. 확률로 보면 얼마나 될까?"

고개를 갸웃거리는 쿠니키다에게,

"확률론이야? 동시발생이 매순간마다 있다고 친다면 모든 믿기 힘든 우연은 전부 개연성이라는 말로 설명할 수 있어. 하지만 이 경우는―."

사사키는 장난기 섞인 미소를 지으며 고개를 살짝 갸웃 거렸다.

"하늘에 계신 전지전능한 신의 조화라고 해야겠지."

"사사키답지 않은 말을 하네."

나도 같은 의견이다. 신은 어디 여행 중인 거 아니었나.

쿠니키다는 기가 막힌다는 듯이 어깨를 들썩였다.

"콘, 사사키는 우리가 여기에서 만난 건 우연의 산물이 라는 걸 빙 둘러말한 것뿐이야. 그렇게 고민할 것 없어."

그게 어디가 고민이 안 될 일이야. 한두 개라면 우연으 로 넘어갈 수 있지. 하지만 서너 개가 되면 누군가가 우리 의 목에 줄을 매놓은 게 아닐까 의심하게 되잖아. 많은 일 들을 겪어온 나만이 할 수 있는 고뇌. 진지하게 고민해 봤자 손해라는 것도 알고는 있지만 말이다.

내가 침묵이라는 소용돌이에 휘말려 흔들리고 있는 걸 어떻게 받아들였는지 쿠니키다는,

"역 앞 서점에 주문해둔 책이 있거든. 학교 끝나고 나오면서 가지러 온 거야. 타니구치는 한가하다고 해서 같이 가자고 한 거고. 나온 김에 커피숍에라도 들를까 했는데...."

도망쳐버린 타니구치의 모습을 찾듯이 뒤를 돌아보고선 고개를 저었다.

"사라진 것 같으니 할 수 없지."

겁쟁이 타니구치의 적 앞에서의 화려한 도망이라고 해야겠군.

"그리고 너희를 방해하기도 그러니까 나도 가볼게."

등을 돌리는 쿠니키다에게 사사키가 재빨리 말을 걸었다.

"쿠니키다, 어디에서 날 보면 편하게 말을 걸어줘도 돼. 공통된 추억을 이야기하거나 오랜 친분을 돈독히 하는 건 인생 자체의 즐거움 중 하나니까."

"그 말은 참 사사키 너답다."

머리가 잘 돌아가는 녀석들이 상대방의 세 수 앞을 읽으며 나누는 것 같은 대화를 듣고 있어봤자 나는 절대로 못 따라가겠다.

"응, 그럼 또 봐."

쿠니키다는 사사키와 한바탕 대화를 한 것에 만족했는지 쿠요우의 존재에 더 이상 파고들지 않고, 딱히 뭘 생각

하는 기색도 없이 작별을 고했다.

떠나가는 뒷모습을 가만히 바라보던 나는 타니구치와 쿠니키다 콤비에 관해 걱정하길 관뒀다. 그 두 사람 성격에 하루히한테 오늘 일을 떠들어대지는 않을 거다. 타니구치는 쿠요우에게 트라우마가 있는 것 같고, 쿠니키다는 분위기 파악을 잘 하는 녀석이니까.

"쿠요우."

나는 둥지에서 떨어진 아기 새처럼 가만히 있는 대걸레 머리를 향해 온몸으로 대치했다.

"너는 작년 12월에는 이미 와 있었던 거구나. 그리고 타니구치에게 접근했어."

묻고 싶은 건 산더미처럼 많았지만 일단 그 점을 확실하게 해둬야 할 것 같았다.

"타니구치를 점찍은 건 하루히와 우리들에게 접근하기 위해서였냐?"

"착각했다ー."

갑판 닦는 솔이 말하는 것 같은 목소리가 대답했다.

"뭘 착각했다는 거야?"

"ー너와."

"너…."

그럼 뭐야, 쿠요우는 타니구치와 나를 착각해서 사귀기 시작했다는 소리야? 야야야야, 하필이면 왜 그 녀석하고 헷갈리고 그러냐. 스스로에게 자신이 없어지잖아.

"어디에서 정보의 혼란이 있었나보다. 누군가에 의한

방해일 가능성….”

쿠요우가 나직이 말했다.

“있다….”

적어도 나가토는 그런 짓을 할 여유가 없었을 거다.

“나가토가 세계를 이상하게 바꿨을 때 너는 어떻게 됐지?”

“나는 변화하지 않았다.”

쿠요우는 턱을 치켜들었다. 살짝 혈색이 짙어진 입술이 컷 분할을 하듯 움직인다.

“너희들은 가환 우주에 있었다. 그건 우리에게 신선한 놀라움을 느끼게 했다. 겹친 세계. 일찍이 존재했지만 동시에 존재할 수 없었던 세계. 배타적인 행동. 국지적인 개찬(改竄). 재미있다.”

무슨 소리야. 그보다 너 갑자기 말투가 바뀌었잖아. 정말 인격이 바뀐 것처럼 보인다. 어제 본 미소가 생각났다.

“—내일이 없는 오늘—오늘이 없는 어제—어제가 없는 내일—그곳에 있었다.”

이해가 안 간다. 한쪽 눈썹을 치켜 올린 채 듣고 있던 사사키가 중얼거렸다.

“루나틱(주39)하다기보다는 패너틱(주40)하구나. 그런 이야기는 커피숍에서 느긋하게 듣고 싶었는데. 이렇게 서서 말할 게 아니라 종이에 적어가면서 말이지.”

사사키는 쿠요우의 손목에 시선을 던지고 놀리듯 말했다.

주39) 루나틱: lunatic. 터무니없는, 미친, 정신이 나간 것 같은.
주40) 패너틱: fanatic. 광적인, 열광적인, 광신도

"그런데 선물받은 시계를 지금까지 차고 있다니, 방금 전에 본 재미있어 보이는 애한테 약간은 미련이 있었던 건가?"

아날로그적인 손목시계(어차피 가짜일 거다)를 흐르는 먹물 같은 시선으로 바라본 쿠요우는 이렇게 말했다.

"—내가… 갖고 싶다고 말했다."

…오늘은 놀라다가 지치는 하루구나.

"—시간은 일정 방향으로 흐르는 불가역적 사항이 아니다. 이 행성 표면에서 생활 활동을 하기 위해서는 의사 객관 상의 시간의 흐름을 고정화할 필요가 있었다."

그게 시계냐. 이런 건 태엽장치나 마찬가지인 거잖아. 시간을 정하는 건 시계가 아니야. 인간의 연면한 영위에 있어서의 편의적 수치에 불과하다고.

"—시간은 항상 무작위로 발생한다. 연속하지 않아."

나는 눈가를 눌렀다. 이 우주인이 지금 무슨 말을 하는 거야.

사사키는 타고난 호기심을 자극받은 듯했다.

"과거나 미래는? 쿠요우, 너는 어떻게 해석하고 있지? 혹시 아카식 레코드(주41)가 존재한다는 말이니?"

"—시간은 유한."

"그건 무슨 의미로 말하는 거야? 무한하강법적으로, 그러니까 예를 들어 1초와 2초 사이에는 얼마만 한 시간이 있는 거지?"

"없다. 다만 있다고 생각하는 행위에 위험성은 없다."

주41) 아카식 레코드: akashic record. 인류의 영혼의 활동으로 생긴 정보가 축적되는 기록의 개념으로 아카샤(산스크리트로 허공. 공간. 공을 뜻함)에 비치는 카르마(업)의 투영상.

사사키는 이 논의를 물고 늘어졌다.

"으음, 그럼 말이야 이런 건 어때? 만약 병행세계가 있다 치고, 그건 무한하게 존재하는 게 아닌 거야? 에버렛적(주42)으로 이렇게—."

"—관측할 수 없는 것은 존재하지 않는다."

"정말?"

사사키는 미지의 현상을 발견한 초보 과학자 같은 얼굴을 하고 있었다.

"—기록은 하고 있다—문제는… 전혀 없다."

"그렇구나."

납득했다는 얼굴로 턱에 손가락을 대는 사사키에게 지적을 하지 않을 수가 없었다.

"뭐가 그렇구나야. 네가 이해한 걸 나도 이해할 수 있도록 잘 분해해서 가르쳐줘. 어떤 바보라도 이해할 수 있도록 잘게 세분해서."

"아아. 응, 콘. 그건 어려워. 왜냐하면 내가 이해한 건 쿠요우 내지는 쿠요우의 창조주는 우리 인류와는 근본적으로 다른 이질적인 사고방식을 갖고 있다는 것뿐이거든. 그러니까 아무리 애써도 이해할 수 없을 것 같다고 이해가 됐지."

그럼 어느 쪽으로 가도 마찬가지잖아.

"그렇지도 않아. 의사소통에 있어서 우리들의 언어로는 아무래도 부적절한 것 같다는 발견은 큰 걸음이라고. 실제로 이 자리에서 그녀가 하는 말은 거의 잡음이야. 하지

주42) 에버렛: Everett. 다세계 해석을 제창한 휴 에버렛 3세. 다세계 해석 또는 다세계 이론이란 양자역학의 관측문제에 있어서 여러 역설적인 상황을 해결하기 위한 해석.

만 좀 더 성능이 좋은 해석기를 개발할 수 있다면 어떨까. 인류의 지혜는 언젠가 그걸 가능하게 만들지도 모르지. 사실 인간은 불가능하다고 생각됐던 비관적인 예상을 많이 뒤집고 실현시켜왔거든."

언젠가ㅡ. 지금보다 더 미래라면. 예를 들어 후지와라의 시대가 된다면. 또는 배가 부력 이외의 어떤 힘으로 떠 있을 수 있는 미래라면.

"야, 쿠요우ㅡ."

내 말은 그 이름의 소유주에게 전해지지 못하고 비참하게 허공으로 확산되며 끝났다.

스오우 쿠요우의 기이할 정도로 검은 모습은 신이 조화를 부린 것처럼 사라져버렸다. 마치 땅바닥에 나 있던, 눈에 보이지 않는 틈으로 빠지기라도 한 것처럼 말이다.

내가 특별히 감상을 느끼지 않은 건 이 정도 일이라면 나가토나 아사쿠라나 키미도리 선배도 얼마든지 할 수 있다는 걸 알고 있기 때문이었는데, 어찌 된 영문인지 사사키도 동요한 기색도 없이, 쿠요우가 사라진 공간을 향해 온화한 미소를 짓고 있었다.

"역시 우주인이구나"라는 한 마디만 할 뿐, 비행기구름을 보는 듯한 눈빛이 전부였는데ㅡ.

감상이 그게 다냐? 야.

"그럼 한 마디 더 할게."

사사키는 눈을 빙글 굴린 뒤,

"그 밖에 또 뭘 해줄지 흥미진진해"라고 말했다.

유려한 동갑내기의 얼굴은 결코 당황하지 않는다. 그러는 것을 본 적이 없다. 그것은 내게 근거를 알 수 없는 안도감을 가져다준다.

"콘, 그녀를 너무 과대평가하지 않는 게 좋을 거야. 우리가 쿠요우를 이해할 수 없는 것처럼 그녀도 우리를 제대로 이해하고 있다고 보긴 어렵거든. 우리는 중력의 멍에에 사로잡힌 가엾은 원시생명체인지는 몰라도 그녀를 지구상으로 끌고 올 만한 가치는 있었던 거지. 그리고 인류가 이 이상 정신적 및 육체적인 진화를 이루지 말란 보장도 없고. 나라면, 글쎄, 눈먼 시계공(주43)에 기대하겠어."

무슨 말을 하는 건지 모르겠지만 아무래도 나를 격려하려는 것 같다.

"다음에 보자."

혼잡한 역 앞에서 사사키는 가로등 불빛을 반사하는 눈동자를 내게 향하며 말했다.

"나는 나대로 생각해볼게. 혹시 어딘가에 결론이 떨어져 있을지도 모르지. 너무 기대하진 않았으면 좋겠지만 할 수 있는 일도 다 해보지 않으면 게으르다는 비난을 면할 수 없잖아. 괜히 걱정만 하지 말고 직접 해보는 게 더 낫다는 말도 있고 말이야. 잠시 동안 작별이다."

멋지게 손을 흔드는 사사키를 바라보며 나는 절실히 실감했다.

주43) 눈먼 시계공: 19세기 신학자 윌리엄 페일리가 세상은 시계공과 같이 의식을 가진 설계자, 즉 신이 생명을 창조했다고 주장한 논문에 대해 생명을 설계한 시계공이 있다면 그건 바로 자연선택이고 이 자연선택은 계획이나 의도는 전혀 가지지 않은 눈먼 시계공이라고 반박한 영국의 생물학자인 리처드 도킨스의 주장이자 그가 진화론에 대해 저술한 저서명이기도 하다.

우울한 하루히의 즉흥적인 생각으로 인해 10만억 토 멀리까지 끌려가는 편이 지금 내가 빠져 있는 사고정지 상태보다 빛이 은하중심단까지 갔다 돌아오는 것만큼 편하다는 것을.

하루히라면 반드시 돌아오려 할 거다. 그것만큼은 틀림없이 그 녀석의 장점이라 해도 좋을 귀소본능적 특성이다.

물론 하루히만의 특성은 아니지. 지금은 SOS단에 출석해 있는 부단장에서부터 잡일꾼까지, 돌아가야 할 곳은 이미 확정되어 달이 없을 경우의 지구 맨틀 판처럼 딱딱하게 굳어 있다. 나가토가 늘 대기해왔고, 하루히가 쳐들어왔으며, 아사히나 선배와 코이즈미가 강제로 끌려왔던 문예부실이자 SOS단 제1본부.

그리고 모두 다 모여 시시한 시간 때우는 일에 몰두하고 싶다고 나의 대뇌 구피질이 신경적인 전기 펄스를 깜박거리며 보내고 있었다.

그래, 사사키. 역시 나는 그쪽 인간이고 이쪽에 붙을 수는 없을 것 같다. 신생 SOS단이라고? 건방지기는. 우리가 있어야 단이라고. 누구 하나 빠질 수 없는 부동의 인원으로 어디까지나 돌진하는 거야. 그건 처음에는 하루히 혼자만의 바람이었지. 하지만 나와 아사히나 선배, 나가토와 코이즈미와 공유하는 동일한 바람이 될 때까지 그리 오랜 시간은 걸리지 않았을 거다. 마치 소형 블랙홀 수준의 조석력을 가진 단장의 주위를 도는 고착원반 같은 거

야. 우리는 빨려 들어가지도, 벗어나지도 못하고 단지 그
곳에 계속 있는 거지. 우리를 붙잡고 놓아주지 않는 불가
사의한 인력이 끊어질 때까지—말이야.

　　그 후 나는 시종일관 심란한 기분으로 집에 돌아가게
됐다. 용케 자전거를 잊지 않고 돌아왔다고 감탄할 정도
다. 두뇌가 정보과다로 푸식푸식 소리를 내는 걸 알 수 있
을 정도다. 마지막으로 이렇게 엄청난 권태감을 느낀 게
언제였더라. 의식을 유지하기 위해 모든 정신력을 동원하
지 않으면 안 되었다.
　　그래서 전혀 손이 가지 않는 저녁을 겨우 먹은 뒤 나는
동생과 샤미센을 상대할 체력 한 줌마저 잃고 침대에 쓰
러져서는 불도 끄지 않고 잠들어버리는 몰골을 발휘했다.
정신적인 넝마 상태라 표현하고 싶다.
　　블랙아웃 직전, 이런 자세로 잠을 자면 잠자리가 편하
지 못할 거라는 생각을 잠깐 했던 게 기억이 난다. 그리고
기억하는 한 꿈은 꾸지 않았다. 하긴, 아름다운 꿈 말고는
원래 눈을 뜬 순간에 잊어버리는 체질이긴 하지만.

제6장

α-9

이튿날, 수요일.

이게 일시적인 건지, 앞으로도 계속해서 가속도를 높일 건지는 몰라도 따끈따끈한 햇살은 봄을 넘어 초여름이라고 할 만한 기후로 강종거리며 점프업하고 있었다. 그러고 보니 작년에도 이랬지. 아무래도 지구는 점점 따뜻해지고 있나본데, 그게 인류 때문이라면 서둘러 손을 쓰지 않으면 북극곰과 황제펭귄이 연명(連名)으로 작성한 항의문을 전국 각지의 화력발전소 앞으로 보낼지도 모를 일이다. 글씨 쓰는 법을 가르쳐주러 가고 싶은 기분이다.

그리하여 이 아침, 등교 내추럴 하이킹을 감수하는 내셔츠는 벌써부터 땀에 젖어 달라붙기 시작했다. 옆의 잔디는 파릇파릇 우거져 내 눈에 눈부시게 비치는데, 그와 관련해서 냉난방 완비된 학교가 얄미워서 못 참겠다. 다음에 만나면 학생회장한테 말해보고 싶다. 실제적인 예산 유무가 어찌 됐든 키미도리 선배의 우주적 사무능력이라면 에어컨 스무 대나 서른 대 정도는 즉시 설치를 끝낼 수 있을지도 모르지.

그런데 코이즈미는 회장에게 키미도리 선배의 정체를 알려줬을까? 그 회장이라면 성격대로, 자기 가까이에 있는 서기직 여성이 인간 이외의 존재라 해도 별로 신경 쓸 것 같지는 않다만.

나는 가벼운 통학 가방을 어깨에 메고 경쾌하게 언덕길을 올라가는 키타고교 학생들의 뒷모습을 바라보며 이상할 정도로 상쾌한 기분으로 걸음을 옮기면서—응?

고개를 갸웃거리며 멈춰 섰다. 스스로 생각해도 참 무의미하고 쓸데없는 퍼포먼스였고, 왜 이런 기분이 들었는지도 이해가 되지 않았다.

봄이 한창인 좋은 날씨, 장마전선은 아직 저 먼 남쪽에 있어 습도도 적당하고, 1년에 두 번 봄과 가을의 일정 기간밖에 없는 지내기 좋은 계절이 지금이고, 하루히가 아니라도 명랑해져도 의문을 가질 일이 없을 텐데 아무래도 마음에 걸린다.

나는 내 의식을 암중모색(주44)했고, 언덕을 올라가는 동안 해답에 가까운 것을 찾아냈다고 생각했다.

"너무 평화로워서 그런가."

왜 그런 말을 중얼거려야 하는 건지 이해가 안 가는군.

하루히가 신입부원(임시)을 상대로 양성(良性)의 들뜬 기분에 젖어 활개치고 있고, 아사히나 선배는 각종 차 시중 훈련에 방과 후를 바치고 있으며, 나가토는 문예부 부장으로서의 직책을 쓰레기통에 던져놓고 독서에 몰두 중,

주44) 암중모색: 暗中摸索. 물건 따위를 어둠 속에서 더듬어 찾음. 어림으로 무엇을 알아내거나 찾아내려 함. 또는 은밀한 가운데 일의 실마리나 해결책을 찾아내려 함.

코이즈미는 밤낮 변함없이 실실 웃고 있다.

사사키나 쿠요우나 타치바나 쿄코가 난데없이 튀어나왔을 때에는, 우와, 또 기괴한 비일상 이벤트 공격이 막을 올리는 건가 하고 긴장했는데 그 뒤로 아무 기별이 없다. 그러고 보니 무명의 미래인들도 아무 소식이 없는데 이건 언제나 되어야 해명될 복선일까. 빠른 게 좋을까, 나중으로 미루는 게 고마울까. 아예 계속 대기나 교착상태로 있어준다면 개인적으로는 감사장이라도 보낼 일이겠지만 그건 누구한테 기대해야 하는 걸까. 나가토인가, 아니면 나의 친애하는 절친 미만인 사사키인가.

나는 중학교 동창이 했던 말과 행동을 떠올려보았다. 그 녀석과의 대화는 거의 입시나 유익한 인생을 보내는 데에 아무 도움도 안 되는 정보밖에 없었다. 반대로 그렇기 때문에 그 녀석이라면 미래인이나 우주인을 속일 수 있을 거다. 슬슬 은근슬쩍 전화라도 해서 상황을 살펴보는 게 좋겠다. 특히 미래인이 마음에 걸린단 말이야.

정신 놓고 있다간 1학년 건물로 가버릴 것 같았던 건 새 학기가 시작되고 나서 며칠 정도로, 나는 기계적으로 실내화로 갈아 신고서 2학년 5반 교실로 느릿느릿 들어가 자리에 앉았다. 책받침으로 얼굴을 부채질하는 일과의 종료를 맞이하려면 가을이 도래하길 기다려야 할 거다.

잠시 그러고 있는데 하루히가 종이 울리기 직전의 시간에 담임 오카베와 결승점을 다투는 경주마와 같은 기세로 교실에 들어왔다. 대충 체육교사보다 2마신(주45)은 먼저

주45) 마신: 馬身. 마신은 말의 머리에서 궁둥이까지의 길이를 이르는 말로, 1마신은 약 2.4미터.

도착한 것 같다.

"꽤 늦게 왔네. 입단 테스트 준비할 게 더 있었어?"

조회를 마친 뒤 1교시가 시작되기 전 약간의 시간을 이용해 말을 걸어보자,

"으음—."

애매모호한 대답이 하루히의 입에서 튀어나왔다.

"도시락을 쌌거든. 오늘은 일찍 눈이 뜨여서 한가한 김에 가끔은 괜찮지 않을까 싶은 생각이 들어서."

헤에. 무슨 바람이 불었대. 하루히치고는 지극히 평범한 여고생다운 행동이군.

"시간을 많이 들인 것 같은데 찬합에라도 싸 온 거냐?"

"영양적인 균형과 여러 가지 면을 고려해 메뉴를 선택하는 데 너무 열중해서 집에서 늦게 나왔어. 점심시간에 먹는 게 기대될 정도로 맛있어."

하루히는 오리 미만 부엉이 이상의 입 모양을 만들었다.

"으음, 이상한 느낌인데 왜 그런 걸까. 요리를 안 하면 안 될 것 같은 기분이 든 거야. 그런 꿈이라도 꿨는지 모르지. 기억은 안 나지만 누군가를 위해 밥을 만들어준다—고, 혹시 몰라 말해두는 건데 여분은 안 만들었다. 내가 다 먹을 거야."

그렇게 일일이 선언 안 해도 된다.

네 도시락을 받는다 쳐도 그걸 이 건물 어디에서 먹으란 소리냐. 교실에는 못 있을 건 분명하다만.

"그러고 보니 너는 거의 도시락을 안 가져오잖아. 이유라도 있어? 어머니가 미각치라든가?"

하루히는 잠시 침묵하다 말했다.

"어떻게 알았어? 그래…, 말하기 좀 불편하고 별로 말하고 싶지는 않지만…, 맞아. 우리 엄—에헴, 어머니는 혀의 감각이 좀 일반인들하고 다르거든."

그걸 바로 미각치라고 부르는 거다.

"내가 어릴 때는 어느 집이든 다 그런 줄로만 알았어. 가끔 식구들끼리 레스토랑에 가잖아? 그게 눈물이 날 정도로 맛있었지만 가게라서 그런 거구나 했지. 그런데 초등학교에 들어가서 급식을 먹게 된 뒤로 뭔가 이상하다고 느끼게 된 거야. 메뉴에 따라 다르긴 하지만 반 애들이 맛없어할 때도 있었거든. 나는 완전 잘 먹는데 말이지. 친구가 남긴 것까지 대신 먹어줬다니까."

옛 생각에 잠긴 듯한 표정으로 창 밖을 바라본다.

"그래서 시험 삼아 직접 아무거나 만들어봤어. 눈동냥으로 대충 만든 게 아마 소고기감자조림이었을 거야. 기념할 만한 인생의 첫 요리였지. 어떤 맛이었을 것 같아? 바로 레스토랑의 맛이었던 거야. 내 눈에서 한 장의 비늘이 떨어진 순간이었지. 투둑 떨어져서 데굴 굴러갔다고."

거 참 커다란 비늘이구나.

"아로와나(주46)나 피라루쿠(주47) 정도는 됐을 거야. 하지만 그 이후로 집에서는 요리를 거의 안 하고 있어."

주46) 아로와나: 오스테오글로숨과의 열대어. 아마존의 살아 있는 화석으로 알려진 물고기로 몸길이는 1미터 정도이며, 등 쪽이 곧고 아래턱 끝에 한 쌍의 턱수염이 있다.
주47) 피라루쿠: 오스테오글로시과의 민물고기. 세계 최대의 담수어로 몸길이는 가장 큰 것이 5미터 가량이며 새끼 때에는 초록빛이 도는 검은색이나 커가면서 붉어진다. 식용으로 남아메리카의 아마존 강에 분포한다.

"호오—."

묘한 감각이 든다. 하루히가 한 말 중에 뭔가가 걸리는데.

도시락…… 은 아니야. 레스토랑 메뉴에 소고기감자조림이 있었나? 아마존 강에 서식하는 담수어의 비늘…?

목까지 튀어나왔는데 마지막 하나가 부족한, 크로스워드 퍼즐의 마지막 설문이 기억이 안 나는 기분으로 내가 침사묵고(주48)하려는데,

"그런데 ."

하루히가 갑자기 화제를 바꿨다. 눈을 살짝 내리뜨는 각도에서 말했다.

"제1회 신입생 단원시험 말인데."

응? 아아, 그랬지. 현재 그게 제일의 현안항목이었지.

하루히는 가정의 요리 사정에서 돌변했다기보다는 그 대화를 서둘러 넘기려는 듯이 말했다.

"시간을 오래 쏟는 것도 번거로우니까 후딱 한꺼번에 실시를 할까 하는데 어떻게 생각해?"

보잘것없는 일반 단원에게 의견을 구하다니 좀 놀라운데. 모든 심사권은 최고책임자가 직접 행사한다고 생각했는데 말이야. 그것두 지극히 제멋대로인 판난으로 말이지.

"그래…, 시험 내용에 따라 달라지겠지만."

순간적으로 떠오른 생각을 무심코 말했다.

"101마리 햄스터 빨리 잡기 대회는 아니겠지."

주48) 침사묵고: 沈思默考. 말없이 조용히 정신을 모아서 깊이 생각함.

하루히는 순간 메두사의 눈을 직시한 것처럼 경직된 뒤 어설픈 단서를 흘린 범인을 보는 눈으로 나를 바라보았다.

"…어떻게 알았지, 그것도 숫자까지…."

점점 이 녀석의 사고에 나까지 물들고 있는 건 아닐까. 설마 단 한 번의 시도로 맞히다니. 나는 자신의 발상에 전율하며, 그 이상으로 기가 막혀하면서 말했다.

"그 햄스터들을 어디에서 가져올 건데?"

"그럼 샤미센의 벼룩잡기 대회."

애완용 고양이가 된 지도 꽤 됐고 동생이 가끔 같이 목욕도 한다. 그런 건 없어. 그런데 참 쉽게 시험항목을 변경하는 녀석이구나.

"교내에 난 잡초만을 이용한 요리대회는 어때?"

심사위원이 너 혼자라면 그것도 좋지.

"파출소 앞에서 밀가루가 담긴 비닐봉투를 한 손에 들고 어슬렁거리다가 누가 제일 먼저 불심검문을 받는가 대회는 어떨까?"

경찰관이 귀찮아할 테니까 그러지 마라. 장난으로 끝나지 않을지도 몰라.

하루히는 토라졌을 때 특유의 악어 눈에 오리 입이 되었다.

"그럼 무슨 대회를 해야 되는데?"

나한테 물어볼 거 없잖아. 도대체 너는 왜 그렇게 대회를 좋아하는 거냐? 입단시험이잖아. 굳이 거창한 행사를 할 게 뭐가 있어. 참고로 타코야키 대회라면 나는 기뻐할 거다. 도매업 쪽에 가면 싸게 팔걸.

하루히는 내 농담을 시냇물 소리처럼 가볍게 흘려 넘겼다.

"콘, 입단시험은 올해가 다가 아니야. 물론 내년에도 할 거라고. 매년 하는 거니까 행사라고 할 수 있잖아."

인습적인 종교행사도 아니고 고풍스러운 축제도 아닌데 조금은 올림픽이나 월드컵을 보고 배워라. 매년 해봤자 흥만 깨질 뿐이야.

"잘 생각해봐, 하루히." 나는 타이르기 시작했다.

"나가토나 아사히나 선배가 시험을 쳤냐? 코이즈미는 전학생이라는 이유만으로 합격했잖아. 작년에는 시험은 있지도 않았다고."

따지고 보면 나의 SOS단 소속 이유가 가장 의미를 알 수 없는 일이었지만, 그 부분은 언급하지 않고 넘어갔다.

하루히는 입술을 굳게 다물고 삐죽거리는 재주를 부린 뒤 말했다.

"쳇, 너 정말 신입단원을 들일 마음이 있는 거니?"

진심을 말하자면 사실은 벌써 없어졌다. 아마 신입생 중에 이세계인이 섞여 있었다면 하루히의 감식안을 통해 벌써 신입이 아닌 침입단원으로 들어왔을걸. 아직까지 그런 징후가 없다는 건 1학년들 중에 그런 쪽은 섞여 있지 않다는 소리다. 일반인에게서 일반성을 잃게 만드는 비극은 내가 몸을 바쳐 증명하고 있는 중이며, 패션 유행도 아니고 비극은 되풀이하지 않는 게 제일이다. 유사 이래 2천 년도 넘는 시간이 흘렀는데 조금은 인류도 역사를 배워야 하고, 그 인류의 한 나부랭이인 나는 그야말로 마음 깊이 그 점을 새기고 있다.

하루히는 여전히 ○○대회의 ○○에 들어갈 부분을 중얼거리며 생각에 잠겨 있었는데, 방과 후까지 햄스터 101마리를 모으는 사태가 벌어지지 않도록 쥐의 신에게라도 기도해두자.

대흑천(주49)님이면 되려나?

그리고 다시 방과 후가 "헤이" 라고 가볍게 인사하듯 찾아왔고 나는 요 며칠 동안 완전히 습관이 된 스즈미야 사범의 시험공부 강좌를 수강하게 되었다. 말할 것도 없지만 절대 좋아서 하는 건 아니라고. 뭐, 말할 것도 없다면 말할 필요도 없을 거 아니냐고 하면 대답할 말이 없다만.

"시험은 시시해. 아무리 끝내주는 대답을 써도 결국 상한점은 기껏해야 백점이라고 정해져 있는 거잖아? 나는 뭐든 다 그렇지만 틀에 갇히는 게 너무 싫어. 좁은 틀 속에서 벗어날 수 없다니, 그런 건 절대 사양이지. 콘, 한 번 생각해봐. 만약 해답자가 출제자의 생각을 뛰어넘어 출제된 하나의 문제에서 더욱더 비약해 큰 해답을 생각해냈다 하더라도 다른 문제에서 부주의하게 실수하기만 하면 만

주49) 대흑천: 大黑天. 칠복신의 하나로, 오른손에 요술 망치를 들었으며 왼쪽 어깨에는 큰 자루를 둘러메고 쌀섬 위에 올라앉은 복덕의 신.

점을 받을 수가 없는 거야. 이상하지 않니? 나라면 훌륭하고 고상한 답에는 2백 점이든 천 점이든 마음대로 줄 거야. 그게 마음에 안 든단 말이지."

하루히는 교과서를 거만하게 팔락거리며 넘겼다.

"그리고 시험이란 건 여기에 적힌 걸 통째로 암기만 하면 되는 거잖아. 너무 재미없어. 기계적인 작업만큼 인간성을 없애는 건 없지. 타락이야, 타락."

도움이 되는 건지 안 되는 건지는 모르겠지만 적어도 그 이념이 내 영어시험 결과에 반영될 일은 없을 거다. 하루히가 일본의 지배자가 되어 교육개혁을 이루지 않는 한은.

"통째로 암기하는 것보다는 이해력이야!"

갑자기 시험공부 필승법을 부정하는가 싶더니.

"스토리로 외우는 거야. 누가 왜 이런 생각을 하게 됐는가, 거기에만 머리가 돌아가면 나머지는 줄줄이 연관되어 나오니까. 쿈, 알겠어? 기본만 잘 다져두고 그 다음에 할 일은 출제자의 심리를 통찰하는 거야. 옛날 사람들의 생각은 하나도 모르지만 같은 시대를 살아가는 인간이 생각하는 걸 추측하는 거야 어려울 것도 없잖아. 시험문제에 뭐가 나오느냐가 아니야. 출제자가 무슨 생각으로 그런 문제를 냈느냐만 이해한다면 얼마든지 허를 찌를 수가 있다고."

시험 작성자 입장에서 본다면 허를 찔리는 것보다 제대로 된 정답을 써주는 게 ○를 치기에 망설일 일도 없고 좋을 것 같은데. 왜 그렇게 하나같이 의표를 찌르는 짓을 해야 하는 거냐.

"그러는 게 정신적으로 우위에 서는 거잖아. 우리의 신분은 학생에 불과하지만 그런 건 연령적인 문제에 불과해. 헛되이 나이만 먹은 일상 업무에 갇힌 교사를 계몽하는 것도 우리 학생들의 특권이라고. 젊음은 무기로 삼아야지. 당연한 거지만 젊다는 게 무기가 되는 건 지금 이때뿐이라고. 기간한정인 이 흥기를 최대한도로 활용할 수 있는 최대의 배틀 필드 하이스쿨은 이제 얼마 남지 않았다 이거야."

이해가 갈 것 같기도 하고 아무래도 상관없는 것 같기도 하지만, 현재 리얼 고교생활을 하는 것만으로도 헐떡대고 있는 내게는 또 다른 함축이 담긴 말처럼 들리진 않았다. 매가 가진 철학을 참새가 이해한다는 건 DNA 차원에서 불가능하다 할 수 있을 것이다. 평화롭게 전선에 앉아 타니구치 참새와 짹짹 지저귀는 게 나한테는 어울리지. 눈 감으면 코 베어 갈 포식생활은 하루히라든가, 좀 더 출세욕에 불타는 「적과 흑」의 쥘리앵(주50) 같은 인생에 맡기고 싶다. 아무래도 요새 내게는 수면욕 이외의 욕망이 없는 게 아닌가 하는 생각이 들어 미칠 지경이거든.

"참 한심한 의결표명이구나."

하루히는 기가 막힌다는 표정으로 고개를 젓더니 진검을 허리에 찼으면서 결코 뽑으려 들지 않는 겁쟁이 사무라이를 보는 눈빛을 순간 내게 보낸 뒤 입술 양쪽 끝을 쭉

주50) 쥘리앵: 프랑스의 작가 스탕달의 장편소설 「적과 흑」의 주인공.

치켜 올렸다.

그리고 내가 경탄할 정도로 온화한 목소리로,

"그래, 네 인생철학에 참견할 생각은 없어. 하지만 말이야."

이렇게 말하더니 바로 강조하는 목소리로 말했다.

"네가 학교에서도, 수업 중에도, 그리고 시험 볼 때에도 그런 태도로 나와도 상관없지만 SOS단 내에서는 그렇게는 안 돼. 그곳은 내가 절대적이고 모든 의미에서의 치외법권인 곳이거든. 일본의 법률도, 상식도, 습관도, 구전도, 대통령령도, 최고재판소의 판례도 전혀 통용되지 않는 곳이라는 걸 잘 기억해두도록. 이의 있나?"

네, 네. 없습니다요. 새삼스레 그런 말 안 해도 이미 알고 있는 걸 굳이 또 말하지 않아도 되거든. 은하를 통괄하는 미스터리어스한 지구외 생명체가 너를 높이 사고 있다는 사실은 내가 제일 잘 알고 있다. 그러니까 하루히, 너한테 맡기마. SOS단 내에서의 결정은 모두 너한테 말이야.

하지만 나가토와 코이즈미, 아사히나 선배(대)한테도 난 몰래 똑같은 생각을 하고 있는데, 그것만은 용서해주기 바란다.

내 한숨을 어떻게 받아들였는지 하루히는 만족스러운 얼굴로 교과서를 닫고 공책을 가방에 던져 넣기 시작했다. 오늘의 과외수업 겸 동아리방에 일부러 늦게 가기 위한 시간 때우기가 종료했다는 신호였다.

불과 십여 분의 이 시간이 왠지 내게는 무척 귀중한 안식의 하프타임 이벤트처럼 느껴지는데 이건 어떤 심리에서 오는 안도감인 걸까. 동아리방에서의 집합에 시간차를 발생시키기 위한 짧은 시간에 불과한데, 더군다나 아사히나 선배의 차를 만날 수 있는 시간까지도 늦어지는데 나는 어딘지 모르게 지금의 동아리방을 피하고 있다는 자각을 갖고 있었다.

그건 대체 뭘까. 입단희망자인 눈부신 1학년들을 대할 면목이 없어서 그럴지도 모르지만, 뭐니 뭐니 해도 동아리방에는 하루히 소실 이후로 확실하게 자아를 지키고 있는 나가토도 있고 어려운 추리에 기쁨을 찾아내는 코이즈미와 함께 아름답고 사랑스러운 아사히나 선배까지 후광과 함께 자리하고 계시다.

결국 우리가 모두 모여 있는 한 이 고등학교에서는 무적과 같다는 자화자찬을 하는 거지만, 가슴 한 켠으로 깊숙이 들어온 흐릿한 헬륨가스 같은 것이 나를 묘하게 불안하게 만들었다.

이건 대체 뭘까.

요전에 우연히 만난 사사키와 타치바나 쿄코, 쿠요우가 마음에 걸리는 건 분명하지만 이후로 그 녀석들이 딱히 뭔가를 저지르고 있다는 느낌은 들지 않았다. 사사키가 그쪽에 있다는 건 아마 사사키는 하루히 이상으로 그 녀석들을 어물쩍 속여넘기려 하고 있고 웬만큼 곤란하게 만들고 있으리라는 건 내 사소한 추리력으로도 상상하기 어려운 일이 아니었다. 나는 사사키를 잘 알고 있다. 그 녀석은 하루히와 마찬가지로 남의 의견에 좌우되지 않는 인간이다. 물론 방향은 다르긴 하지만. 하루히는 처음부터 남의 말을 들을 귀를 갖고 있지 않은 거고, 사사키는 진지하게 귀를 기울인 뒤에 자신의 의견을 거침없이 제기한다. 그녀의 정체성은 엄청 강고해서 만약 제우스나 크로노스가 신탁을 들고 튀어나온다 해도 변절하지 않을 거다. 프로메테우스나 카산드라의 말이라면 조금은 귀를 기울일지도 모르지만 말이다(주51).

아무튼 만약 그 녀석들이 전속 가정교사로 내 앞에 나타난다 하더라도 하루히처럼 이해하기 쉽게 강의를 해줄 것 같지는 않다. 결론론에서 도출되는 객관적 분석이야말로 바로 역사의 이해에 가장 유익한 정보다. 불가능한 이야기이긴 하지만 내 이름이 후세에까지 남는다 해도, 그 시대의 역사가가 뭘 어떻게 분석하든 불평을 제기할 마음은 애당초 없다. 나는 오래전에 귀적에 올라갔을 거고, 죽은 사람에게는 입이 없는 법이고, 이미 죽어 시체가 된 인간에게 언급할 권리를 가진 건 미래인밖에 없다.

그리고 나는 가까운 인간의 죽음을 접하고 그 녀석의 추억록을 쓸 생각은 고양이 벼룩의 알만큼도 없다. 그러니까 아무도 죽지 마라. 행방불명도 다우트(주52)다. 나와 하루히가 있는 한, SOS단에 관련된 사람은 어디에도 갈 수 없다. 늘어나는 건 좋아. 하지만 줄어드는 건 안 된다.

주51) 제우스, 크로노스, 프로메테우스, 카산드라 모두 그리스 신화의 등장인물.
주52) 다우트: doubt 트럼프 놀이의 하나. 순서대로 카드를 내어 가진 패가 다 떨어지면 이기는 게임. 이때 카드를 뒤집어 내는데 상대가 순서에 맞지 않는 카드를 냈다고 의심되는 경우 '다우트'를 외쳐 패를 확인한다.

현재 상태를 유지하고, 유지하고 또 유지해야 한다. 그게 현재 SOS단의 최중요 단칙 중 하나라는 건 명문화해두지 않았다고는 해도 모두가 갖고 있는 공통인식이니까.

　이런 생각을 곰곰이 하는 사이에 하루히의 특별강의는 끝났고, 교실을 나갈 때에는 청소당번들의 의미심장한 미소를 등으로 받으며 낡은 건물 복도를 히틀러 유겐트 전국대회에 출석한 젊은 나치 당원 같은 기세로 나아갔다.

　하루히의 내 전용 수업복습 강의가 가까스로 내일이 마지막이 됐다는 사실에 겨우 안도한 것도 잠시, 나란히 동아리방으로 걸어가는 어두컴컴한 복도의 최종 목적지에는 사소한 문제가 남아 있다는 걸 잊을 수는 없었다. 그건 그 나름대로 내 머리를 매우 어지럽히는 문제이기도 했는데, 하루히는 전혀 개의치 않는 것 같았다.

　내가 시험에서 합격점을 받는 것과 단원시험 중에 뭐가 더 중요하냐는 분위기의 하루히가 동아리방으로 향하는 발걸음은 마치 탭댄스를 추는 것 같아, 역시 여러모로 즐기고 있다는 걸 엿볼 수 있었다. 결국 신입단원 후보 1학년들이 이 녀석에게는 101마리 햄스터로 보이는 건지도 모르겠다.

　가능하다면 신입단원들에게는 설치류적인 재빠름보다 고양잇과의 동물적인 느긋한 정신구조를 기대하고 싶은 바이다. 하루히의 실험동물로 도움도 안 되는 심리학 도구로 쓰이는 것보다 평화롭게 서성거리거나 갑자기 몸을 동그랗게 말아두는 게 처신하는 방법으로서 장래성이 있는 인물로 자랄 수 있을 거다. 하루히에게 꼬리를 흔들며 충성을 맹세하는 말 잘 듣는 개 타입은 코이즈미 하나로 충분하니까. 무슨 생각을 하는 건지 모르겠는 육지 이구아나 같은 게 있다면 바로 동아리방에 융화되겠지만 내가 본 바로는 가망성이 적었다.

역시 하루히도 비슷한 생각을 하고 있을지도 모른다. 이대로 입단시험을 2차, 3차로 길게 끌고 가는 것보다 한 방에 판가름을 내는 편이 SOS단을 위해서도, 그리고 전도유망한 신입생들을 위해서도 좋지 않을까 하는 생각을 말이다.

그리고 상상한 그대로라고 해야 할지, 하루히에게는 햄스터인 임시 부원은 예상한 대로 약간 줄어들었다. 동아리방에 있던 1학년은 남자 세 명과 여자 두 명으로 모두 다섯 명인 풀 하우스. 어제보다 한 명 탈락했는데 내 관점에서 보면 이것도 아직 많이 남은 거라 할 수 있었다. 대체 그들의 어디에 SOS단에 대한 집착이 있는지 개인 면담을 실시하고 싶었지만 안타깝게도 그건 하루히의 역할이었고 모든 것을 통괄 및 결정하는 권리를 가진 우리 단의 최고 권력자는 동아리방에 들어오자마자 소리 높이 선언했다.

"지금부터 SOS단 입단 최종시험을 개시하겠다!"

먼저 동아리방에 와 있던 아사히나 선배는 차가 담긴 주전자를 들던 손길을 멈추고서 눈을 깜박였고, 혼자서 동물장기의 판을 음미하고 있던 코이즈미는 미소를 짓고 두 손을 들었으며, 나가토는 구석에서 고서 페이지를 읽으며 무반응을 관철. 10초 미만의 침묵 후, 마침내 내가 발언을 했다.

"벌써 끝인 거냐?"

"응."

하루히는 고자세로 말했다.

"너무 오래 걸리면 모두들 귀찮아질 테니까. 그리고 충분한 데이터는 모였어. 이제 보여줘야 할 건 근성뿐이다. 우정도, 노력도, 승리도 전혀 필요 없어. 애당초 우리들 사이에 우정이 자랄 만한 시간도 없었고, 노력이란 결과를 내지 못하는 인간이 늘어놓는 변명에 불과하지. 그리고 승리도 뭐에 이겼느냐가 아니라 누구에게 이겼느냐가 최상급 요건이잖아. 이 경우에는 나한테 이기지 않으면 아무런 공도 되지 못해."

하루히는 다섯 명의 신입생들을 죽 훑겨보고서 고개를 끄덕였다.

"모두 장하다. 명령한 대로 체육복을 갖고 왔구나. 그럼 당장 갈아입도록."

인원수만큼의 철제의자에 단정히 앉아 있던 1학년들은 서로를 살피는 시선으로 쳐다보았다. 그러는 것도 당연하지. 갑자기 옷을 갈아입으라니, 대체 어디에서? 그런데 언제 준비물 공지를 돌린 건지 모두 체육복이 든 주머니를 갖고 있다니 놀랍다. 시기가 시기인 만큼 모두 새 거겠지. 겸사겸사 운동부와는 가장 거리가 멀 것 같은 이 동아리에 왜 그런 게 필요한 건지 조금은 고민했을 테지만 어쨌든 올해의 1학년들은 포악한 단장의 말에 예의바르게,

"아, 네." "알겠습니다."

라고 대답하며 체육복을 들고 자리에서 일어섰다.

하지만 그게 다였다. 남녀 공동인 이 방에서 남녀가 평등하게 옷을 갈아입기에는 그들의 수치심은 현격히 건전한 상태를 유지하고 있는 것으로 보였다.

코이즈미와 아사히나 선배와 나가토도 전혀 나갈 기미가 없었고, 편하게 하라는 듯이 코이즈미는 능글맞게(이녀석, 의외로 무뚝뚝한 건가) 웃고 있으며, 아사히나 선배는 전개의 흐름에 따라가지 못하고 차를 따를 찻잔을 사람 수대로 찾고 있었고, 나가토는 동아리방 구석에서 학생회 의사록을 읽으며 고개도 들지 않았다.

미심쩍은 표정의 1학년들에게 도움의 손길을 뻗는 역할은 아무래도 나밖에 할 사람이 없다는 생각에 심호흡을 하면서 각오를 다지려는데,

"자, 현 단원들은 모두 방에서 나가. 유키도! 책은 밖에서도 읽을 수 있잖아."

하루히가 뜻밖에 행동 순서를 시원스레 정해주었다.

"우선 여자들부터. 남자들은 복도에서 대기하고 있다

가 여자들이 끝나면 갈아입도록 해. 나는 남녀 간의 모든 가치관은 평등하다고 믿지만 신체적인 구별은 확실하게 해줘야 한다고 생각하니까. 자, 어서들 나가."

그 모습에서 한때 1학년 5반 교실에서 남자들의 눈을 개의치 않고 옷을 갈아입으려 들던 여고생 1학년의 모습은 찾아볼 수 없었다. 내 착각일지도 모르고 하루히의 미소에 정신이 팔려서 그만큼 머리가 안 돌아가서 그런 건지도 모르지만.

하지만 그래도 물어보지 않을 수 없었다.

"대체 이 녀석들한테 뭘 시키려는 거야?"

운동에 관련된 시험이라는 건 짐작이 간다만.

"말 안 했나? 마라톤 대회야."

하루히는 가슴 앞에서 팔짱을 끼며 점잔을 빼는 표정을 지었다.

"역시 구질구질하게 계속 시험을 보는 건 내 성격에 안 맞아. 이런 건 시원하게 정하는 게 좋은 결과를 얻을 수 있다 이거야. 그리고 가입부 기간도 슬슬 끝나가니 제2희망 동아리에 갈 생각이 있는 탈락자에 대해서도 고려를 해줘야지. 그래서 나는 생각했지. 이런 건 최종적으로는 체력 승부야, 건강한 게 제일이라고. 그러려면 지구력이 제일 딱이잖아."

지금까지 SOS단의 활동에서 지구력을 시험당한 적이 있었나 생각하며,

"야, 잠깐만 기다려봐."

말하지 않는 게 좋을까 생각하면서도 이런 하루히의 폭주에 이의 제기를 하는 건 좁은 방 안에 나밖에 없는 것 같아 말했다.

"지금까지 한 건 뭔데. 뭐야, 그러니까 결국에는 마라톤으로 전부 정하겠다는 거야? 그럼 처음부터 그렇게 하면 됐잖아."

"쯧쯧쯧쯧쯧."

하루히는 예상했던 질문을 받은 시험관처럼 여유로운 모습으로 혀를 차며 손가락을 흔들더니 귀동냥한 게 고작인 문 앞의 어린 중에게 고승이 가르침을 주는 듯한 태도로 말했다.

"생각이 부족하구나, 쿈. 알겠어? 지금까지 치른 시험, 면접은 결코 헛된 게 아니야. 나는 사람을 보는 눈이 확실히 있어. 참매가 지상의 바위 그늘에 숨어 있는 새끼 쥐를 찾아낼 만큼의 시력과 주의력은 갖고 있다고 생각해."

네 눈에 띈 가엾은 쥐는 직후에 둥지에서 만찬장 접시에 오르겠지.

"내가 지나치게 시험을 강조한 건, 말하자면, 음, 그래, 미스터리로 말하자면 맥거핀(주53)인 거지."

"그 의미로 말하는 거라면 레드 헤링(주54)이죠."

코이즈미가 냉정하게 지적했지만 나는 파운드케이크와 빨간 청어가 무슨 연관이 있는지 도통 이해가 안 갔기 때

주53) 맥거핀: MacGuffin, 소설이나 영화에서 어떤 사실이나 사건이 매우 중요한 것처럼 꾸며 독자나 관객의 주의를 전혀 엉뚱한 곳으로 돌리게 하는 속임수.
주54) 레드 헤링: red herring, 중요한 것에서 관심을 딴 데로 돌리는 것(사람을 헷갈리게 만드는 것). 미스터리 소설에서 독자의 주의를 진상에서 돌리기 위해 쓰이는 가짜 단서.

문에 가만히 있었다. 하루히도 잘 몰랐는지 이렇게 말했다.

"뭐가 됐든. 그러니까 시험이라는 이름의 적성시험을, 으음, 간단하게 말하자면 인간 관찰을 했던 거라고. 그러니까 시험해봤던 거지. 시험의 내용은 별로 상관없었어. 이 문제의 해답은 탈락하지 않고 여기까지 따라와주는 신입을 선별하는 과정에 불과하단 말이야. 그런 거니까."

하루히는 총 다섯 명의 신입생의 코끝에서 검지로 호를 그렸다.

"너희는 훌륭히 관문을 돌파한 거다. 축하한다. 이렇게 최종시험에 도전할 권리를 획득했으니까 크게 기뻐해라. 지금 이 순간은 말이야. 하지만 진짜는 이제부터다. 미리 말해두는데 마지막에는 지금까지 했던 것보다 힘들 거야. 필요한 것은 체력, 근성, 정신력, 용기, 그리고 무엇보다 절대로 포기하지 않는다는 인간이 가장 필요로 하는 최중요 기술과 시련 앞에서 애타게 기다리고 있는 승리니까!"

일반론적으로 멋들어진 소리를 한 것 같기도 한데 아무래도 이 자리에 걸맞다고는 빈말로라도 도저히 못 하겠다. 스즈미야 하루히는 언제나 무계획적이다. 이번에도 그렇지 않다고 과연 이 세상 어느 누구에게 말할 수 있을까.

나는 그만 쓴웃음을 지으며, 하루히가 이런 녀석이니까 나는 이 녀석을 가끔…… 이런 생각을 하다 가까스로 멈추었다. 위험해, 위험해. 말이 뇌내에서만 언어화된 거라 하더라도 그 말은 나한테는 들리는 거고, 그렇게 되면 못 들었다고 할 수는 없게 되는 법이다.

말은 인식이다. 그런 인식을 하게 되면 나는 앞으로도 오래 이어지길 바라는 인생에서 어떤 치명적인 판단을 명확하게 자각하지 않을 수 없었을지도 모르는데, 나는 지금으로서는 모든 이데올로기와 정책으로부터 자유롭고 싶다는 결의를 약삭빠르게 내린 상황이다.

결국, 나는 생각하는 것을 긴급 정지하고 좀 더 다른 유쾌한 것을 몽상하기로 했다.

츠루야 저택에서의 꽃놀이나, 집중해서 하던 게임의 신작 발표에 대한 기대나….

"……."

내 마음이 눈속임 작업에 들어간 걸 알아차렸는지 나가토가 조용히 고개를 들더니 나를 한참 바라보다가 다시 독서를 했다.

"아—…."

괜찮아. 모름지기 누구한테 들키더라도 하루히만 모른다면 평화다. 뭐, 조금은 알려줄 수도 있지 않나…, 순간 그런 생각이 잠깐 들었지만 미안하다, 잠시 제정신이 아니었다. 아니, 그러니까, 진짜 진짜로.

하아…, 다른 사람에게보다 스스로에게 변명을 해야 한다는 건 아무래도 몇 년쯤 지나 돌이켜보면 부끄러워 펄쩍 뛸 만한 경험에 불과하겠지.

꼭 잊고 싶은 것일수록 돌발적으로 생각이 나니까 인간

의 두뇌는 참 못됐다. 인류 고양이화 계획을 누가 실천해주지 않으려나. 고양이는 큰 야망도, 미래에 대한 불안감도 전혀 없을 테니까 말이다.

　탈의실로 가는 수고와 시간은 고려해볼 필요도 없다고 판단했나보다.

　하루히는 강제로 동아리방에서 남녀 교대제로 옷을 갈아입도록 했고 당연한 배려로 나와 코이즈미와 아사히나 선배는 방에서 나와 복도에서 할 일 없이 시간을 때우는 상태가 됐는데, 1학년 남학생이 체육복으로 갈아입을 시간이 되어서도 하루히는 당연하다는 표정을 유지했고, 나오라고 했음에도 불구하고 나가토는 책에 얼굴을 묻은 채 그 자리에서 움직이려 하지 않았다. 아니, 뭐 조금은 풋풋한 남고생이 여자 선배 눈앞에서 반라의 몸을 드러내야 하는 심정에 대해 생각 좀 해주라고 말할까 생각했지만, 저 두 사람이라면 새삼 뭘 보든 전혀 신경도 안 쓸 테고 어쩌면 이것도 하루히가 생각하는 입단시험 중 하나의 배틀일지도 모르는 일이지. 그렇다면 여자들 차례 때 내가 동아리방에 있었어도 아무 문제는 없지 않았는가 하는 사실을 깨달은 건 1학년 전원이 옷을 갈아입고 운동장으로 향하던 도중이었다.

　딱히 아쉬운 건 아니라고 말해두겠다. 어차피 내 신조와 성격을 봤을 때 못 할 일일 것 같고 말이지. 아사히나 선배의 눈도 있고 말이다.

　이런 번거로운 일을 거쳐 마침내 오게 된, 하루히가 직접 기획한 SOS단 최종입단시험을 치르게 된 것까지는 전혀 문제없는데, 그런것치고는 약간 납득이 안 가는 게 신입생뿐만 아니라 하루히까지 체육복 차림이었고, 그 점이 마음에 걸렸다. 그 정신세계를 크게 약동시키길 두려워하지 않는 여자의, 스트리트한 힙합사운드를 즉흥적으로 작사 작곡할지도 모르는 경쾌한 발걸음은 더욱 마음에 걸렸지만 최대 현안은 지금 우리가 향하고 있는 곳이 운동장이라는 점이다.

　해설할 필요도 없이 방과 후의 운동장은 운동부원들의 치열한 진지분쟁 지역이라는 건 운동에 크게 주력할 방침이 없는 일개 현립 고등학교에서는 매일처럼 목격할 수 있는 광경이다. 지금도 육상부, 축구부, 야구부 등의 주요 동아리와 그보다 약간 마이너한 운동에 매진하는 학생들이, 서로 영유권을 주장하는 소국의 호족이 국경 부근지대에서 무언의 다툼을 계속하는 것처럼 진지 다툼을 벌이고 있었다.

　그나마 좀 나은 건 4백 미터 트랙을 거의 독점할 수 있는 육상부 정도인데, 하루히는 다섯 명의 1학년들을 의기양양하게 이끌며 착실한 발걸음으로 거침없이 그쪽으로 향하고 있었다. 그 거침없는 모습은 작은 물고기 떼를 향해 돌진하는 청새치를 방불케 했다.

분위기상 여기까지 따라왔지만 매일의 등하교와 체육 수업 이외에 운동을 할 마음이 없는 나는 운동장으로 내려가는 계단 위에서 대기하기로 했다. 코이즈미와 아사히나 선배도 마찬가지였다. 둘 다 알고 지낸 지 오래된 사이라 하루히가 무슨 짓을 하려는지는 잘 알고 있는 것 같았다. 나가토는 처음부터 입회인이 될 마음이 없었는지 지금도 동아리방에서 느긋하게 독서를 즐기고 있을 거다. 현명한 판단이라 하지 않을 수 없다.

그러니까 나가토를 제외한 현직 SOS단원인 우리 세 명은 단순한 구경꾼이 되는 길을 선택한 것이다. 자칫 입을 잘못 놀려 참가라도 하게 되는 일이 벌어진다면 곤란하잖아.

보고 있자니 하루히는 우선 한 육상부원한테 위압적으로 트집을 잡기 시작했고 성가시다는 아우라를 내뿜는 부원들의 눈빛을 쳐다보지도 않고 출발선에 입단 희망자들을 줄줄이 세웠다.

"달리는 것 정도는 괜찮잖아. 육상부는 달리는 것밖에 재주가 없지만 우리는 보다 숭고한 목적을 위해 달리는 거야. 오늘 하루만 쓰는 거니까 크게 방해도 안 될 거고 사실 운동장은 우리 키타고교생의 공동구역인데, 우리가 달리는 데 무슨 불만이라도 있어?"

빠르게 퍼부은 뒤 0.1초의 유예를 주고서,

"없지. 그럼 그런 줄 알아."

모여든 육상부원들에게 뭐라 말할 시간도 주지 않고 하루히는 부하들에게 호령했다. 참으로 단순하게,

"준비, 출발!"

이렇게 말하며 하루히는 날듯이 달려 나갔고 뭘 할 건지 아무 말도 못 들었을 1학년 꼬마들은 순간 어안이 벙벙해서 서 있다가,

"뭐 하는 거야! 나를 따라와야지!"

하루히의 고함에 경직에서 풀려나, 재빨리 트랙을 돌고 있는 체육복 차림의 하루히를 따라 달리기 시작했다. 선두를 달리는 하루히의 속도로 봤을 때 아마 단거리가 아니라—아아, 그렇구나, 마라톤 대회로군.

그런데 대체 몇천 미터를 뛰게 만들려는 거지. 저 녀석은 초시계도 안 갖고 있는데.

하지만 최후의 시험이 단순한 마라톤이라 다행이었다.

"햄스터를 101마리 모으지 않아도 돼서 살았네."

나는 계단 제일 위에 걸터앉아 운동장을 굽어보며 중얼거렸다. 하루히는 뒤처지는 1학년들을 독려하며 선두에서 날듯이 달리고 있었다. 마치 양치기 개 같구나.

눈을 가늘게 뜨고 바라보던 코이즈미가 내게 반응을 보였다.

"불가능하지는 않지만 스즈미야 씨의 의식적으로는 큰 의미가 없는 아이템이었겠죠."

"만약 하루히가 진짜로 말을 꺼냈으면 너는 어떻게 했겠냐?"

코이즈미는 손바닥을 위로 향해 무게를 재는 듯한 동작을 취하며 말했다.

"물론 온갖 수단을 강구해 모으고 있었겠죠. 지인이 영업하는 애완동물 체인점을 모두 뒤져서요. 햄스터는 보기만 할 때에는 귀여운 동물이랍니다."

101마리나 상자에 담겨 있지만 않다면 그렇겠지. 아니, 무슨 고독(주55)도 아니고.

"그런데 코이즈미."

"왜요?"

"저 무모한 마라톤에 참가 중인 1학년 말인데, 정말 모두 출신은 확실한 거겠지?"

"물론이죠. 조사한 바로는 아무 걱정 할 것 없습니다. 저 중에 우주인이나 미래인과 같이 현세인류와 카테고리가 다른 존재는 섞여 있지 않아요."

코이즈미는 턱을 한 번 쓰다듬었다.

"다만—."

"뭐?"

"마음에 걸리는 학생이 한 명 있다고 할 수는 있겠네요. 일반인이란 건 확실하지만, 이건 제 단순한 감에 불과합니다. 아니, 예감이라고 해야겠죠. 모두 탈락하는 건 아무래도 재미가 없으니—한 명 정도는 단원 합격자를 내도 되지 않을까… 하고 스즈미야 씨가 생각한다 해도 전혀 이상할 게 없죠. 그렇다면 누가 남을 것인가. 그 인간이 누가 될지 대충 예상이 가요. 아무 이유도 댈 수 없는 저

주55) 고독: 蠱毒. 고대에 행해진 곤충을 이용한 주술. 넓은 의미로는 개나 고양이 같은 동물을 이용한 주술을 칭하기도 한다.

의 하찮은 예감에 불과하지만요….”

내가 생각하는 학생과 같은 녀석—그것도 여자일 것 같다.

“그 녀석의 출신은 확실한 거겠지.”

“네. 조사를 했으니까요. 약간 특수한 경우이긴 하겠지 만….”

그게 뭔데? 그걸 말을 해라. 지금 당장.

코이즈미는 유쾌한 미소로 대답을 했다.

“후훗, 아직 비밀로 해두죠. 별것 아닌 사소한 비밀입 니다. 저희에게 해가 될 건 절대 아니라고 단언하겠습니 다. 오히려 이점일지도 몰라요.”

의미심장한 대답이 조금 마음에 걸리지만 코이즈미가 그렇게 말한다면 믿어도 되겠지. 이 녀석은 특히 하루히 에 관련된 사태에는 나보다 신경질적이 되는 녀석이니까.

“다만—.”

또냐.

“글쎄요, 다만 저는 현재 상당히 얇긴 하지만 매우 설 명하기 힘든 위화감을 느끼고 있습니다. 아뇨, 신입생과 관련된 의혹은 아니에요. 순수하게 저 자신에 대해서죠.”

연애와 관련된 것 이외의 인생 상담이라면 들어줄 수 도 있어.

“상담을 해서 해결될 것도 아닐 것 같아요.”

코이즈미는 계단 옆에 흐드러지게 핀 봄망초를 바라보 며 말했다.

"사실 제가 흐려지고 있는 것 같다는 기분이 든단 말이죠. 이걸 어떻게 설명해야 좋을까요."

보기에 네 얼굴 가죽은 평소와 똑같이 반쯤 웃는 철가면이다.

"외관적인 의미가 아닙니다. 제가 지금 생각하고 있는 게 진짜로 제 의사인지, 아니면 다른 제가 꿈에서 생각하는 비현실 세계에서의 의사의식인지…, 뭐 그런 거죠. 그냥 조금 마음에 걸리는 정도로 생각을 하게 된다 이겁니다."

하루히의 정신 상태에 너무 신경을 쓰는 바람에 너까지 거기에 전염된 거냐. 정신과에라도 가보는 건 어때? 세로토닌이라면 처방해줄지도 모르지.

"진지하게 생각해 보겠습니다. 이게 저 혼자의 문제라면 다행일 텐데요. 아니, 분명히 그럴 겁니다. 스즈미야 씨는 보다시피 저렇게 즐거워 보이고 하니 한동안은 '기관'이 나설 일도 없을 거예요."

코이즈미의 말을 받아 나는 운동장으로 다시 눈길을 돌렸다.

"달린 뒤에는 목이 마르겠죠. 차를 준비해둘까요오?"

여전한 배려를 보여주는 메이드 복장이 아사히나 선배의 목소리를 들으며.

놀랍게도 하루히의 질주 속도는 장거리 마라톤치고는

이상할 정도로 빨랐고, 단순하게도 트랙을 빙글빙글 돌기만 하고 있었다. 시간도 안 잰다는 건 시간 한정도 아니라는 소리이고 아마도 몇 바퀴를 돌면 끝이 나는 명확한 골인이 설정된 것 같지도 않아 보였다.

그제야 비로소 나는 하루히의 진의를 이해하고 1학년들에게 깊은 동정을 보냈다.

하루히 저 녀석, 모두 다 탈락할 때까지 계속 달릴 작정인 거야. 따라오지 못한 녀석은 모조리 불합격 처리를 하고 마지막으로 녹초가 된 녀석에게 적당한 위로의 말이라도 건네고 끝낼 생각이겠지.

햄스터 잡기 선수권 이상가는 시험 내용이 꽤나 생각이 안 났나보다. 마라톤으로 후딱 끝을 낼 작정인 거다. 그럼 그 필기시험은 뭐냐고 따지고 싶은 마음도 있지만 금방 싫증을 내는 하루히다운 면이 충분히 발휘된 결과가 이것일 거다. 아니면 정말 오랫동안 하루히의 장난에 끌려 다니는 1학년들에 대해 심사숙고한 건지도 모르지.

하지만 제일 그럴싸한 추측은 처음부터 신입단원은 원하지 않던 건지도 모르겠다는 거다.

최종시험, 시간무제한의 인내력 마라톤.

하루히가 멈춰 섰을 때 그 뒤에 서 있는 1학년은 분명 한 명도 없을 거다.

하루히는 이 세상 그 누구에게도 추종을 허락하지 않는 초고속 혜성 같은 여자니까.

내 생각을 뒷받침하듯이 1학년들은 몇 바퀴도 못 가 뒤처지기 시작했다. 경쾌하게 달리는 하루히의 가벼운 발걸음을 따라올 수 있는 인간은 육상부 전원을 모아도 그리 많지는 않을 테니 완전히 예측할 수 있었던 광경이긴 하지만 그래도 몇 명은 온 힘을 다해 앞서가는 제1그룹—하루히밖에 없다—을 따라가는 제2그룹을 형성하고 있었다.

보통 마라톤은 미리 달릴 거리가 정해져 있거나 시간으로 끊는 건데 하루히는 그 둘 중 어느 것도 고려하지 않고 있었다. 오로지 달린다. 그리고 마음이 내킬 때까지 계속 달릴 뿐이다. 골인 지점이 공간적으로도 시간적으로도 보이지 않기 때문에 이건 뒤따르는 1학년에게는 상당한 육체적 및 정신적 고문이다.

게다가 하루히는 방치해두면 내일 새벽까지 기분 좋게 달릴 수 있을 만큼, 에너지원을 알 수 없는 체력을 갖고 있다. 저 녀석 몸속에 있는 미토콘드리아는 정말 지구산일까? 미지의 ATP(주56)를 발생시키는 불가사의한 세포를 갖고 있다 하더라도 이젠 일일이 놀라지 않을 만큼 전개하는 모습에는 어이가 없는 수준을 뛰어넘어 감탄마저 들 정도다.

이렇게 해병대에 갓 입문한 1학년이 중노동을 강요당하는 것을 지켜보는 시간이 얼마나 지났을까.

아사히나 선배는 합격 여부는 어찌됐든 입단 희망자들을 위로하기 위해 새 메뉴인 메밀차를 준비하러 동아리방으로 돌아갔고, 지켜보는 사람은 나와 코이즈미 둘만 남

주56) ATP: adenocine triphosphate. 아데노신에 3분자의 인산이 결합한 뉴클레오타이드, 생체 내 에너지의 저장, 공급, 운반을 중개하고 있는 중요 물질로 단백질의 합성, 근육 수축, 자극 전도, 분비 등에 쓰인다.

게 되었다. 아니, 또 있지. 운동장에서 각자 연습에 몰두하던 운동부원 대다수가 이 기묘한 트랙 마라톤에 주목하기 시작하고 있었다. 그만큼 하루히의 달리는 자세는 아름답고 가벼웠으며, 잘은 모르겠지만 마치 초원을 질주하는 영양처럼 약동을 느끼게 했다.

뭐, 하루히는 그러면 되는 거야. 늘 있는 일이니까.

그런데.

그 후 얼마 지나지 않아 운동장에서의 풍경화는 그야말로 '겹겹이 쌓인 시체들'이라는 말 외에는 달리 표현할 길 없는 그림이 되어 흙으로 된 캔버스에 그려지게 되었다.

언제 끝날지도 알 수 없는 하루히의 시간 무제한 마라톤에서 탈락한 1학년들이 트랙 곳곳에 쓰러진, 요즘 세상에 이렇게 정신론 전개의 연습을 하는 운동부가, 운동경기에 그리 열심이지 않은 키타고교에 있을 턱이 없기에 나는 진지하게 실감했다. 만약 하루히가 1년 전에도 이런 입단시험을 실시했다면 나와 아사히나 선배는 분명히 불합격했을 거다. 어느 쪽이 더 좋은지는 새삼 생각할 것도 없지만 그것만은 하루히의 변덕에 감사의 말을 전하는 데에 조금도 주저하지 않았다.

당연히 이런 터무니없는 마라톤에 합격하는 1학년은 없을 거라 달관하고 있었는데 언제 끝날지 알 수 없는 하루히의 탈락 강제 마라톤이 끝이 났을 때, 그러니까 그 대단한 하루히가 거친 숨을 모래먼지 날리는 대기를 향해 뿜으며 멈춰 섰을 때 말이다.

나는 지금까지 축적해온 개인사에서 자신감을 잃을 정도로 충격적인 장면을 목격하게 되었다.

단원 지원자들은 트랙 곳곳에 쓰러져 있었고, 거치적거린다는 듯이 육상부원들이 운동장 밖으로 끌어내고 있었다. 반 좀비가 된 그들 그리고 그녀들이 가장 원하는 것은 무엇보다 신선한 산소와 주전자로 뿌려주는 수돗물일 것이다.

하지만—.

딱 한 명, 하루히가 마라톤 종료를 선언했을 때, 그 뒤에 찰싹 달라붙어 하루히에게 고작 몇 초 뒤처져서 골인을 한 1학년이 있었다.

물론 거칠게 숨을 몰아쉬고 있었고 땀에 흠뻑 젖어 있긴 했지만 그녀는 해낸 것이다. 그렇다, 그녀라고 했으니 바로 1학년 여자애인 것이다.

작은 몸집에 어울리지 않는 헐렁한 체육복을 입고 있었고 땀으로 흐트러진 머리를 어린애 같은 손놀림으로 고치려 노력하지만 점점 새둥지 같은 머리 모양이 되고 있었다. 하지만 그 홍조를 띠었어두 단정한 얼굴에는 진심 어린 기쁨의 미소가 떠올라 있었고, 특히 인상에 남은 것은 스마일 마크 같은 디자인의 머리끈이었다.

"너…."

하루히가 조금 놀란 목소리로 말했다.

"제법이구나. 나를 따라오다니. 혹시 육상 했었니?"

그렇게 말하는 하루히의 숨도 거칠었다.

"아니요."

소녀는 지체 없이 대답했다.

"모든 동아리 활동에 관해 저는 자유로웠습니다. 제가 목표한 것은, 하아, SOS단밖에 없습니다. 열심히 했어요. 어떻게 해서라도 들어가고야 말겠다는 생각으로 이날을 맞이했습니다!"

몇 킬로미터를 달렸는지도 모르는데 상당히 씩씩한 대답이었다. 땀에 젖은 얼굴로 미소를 짓는 모습에서 여유마저 느껴졌다. 그 대답은 하루히 마음에 들었는지 여전히 호흡을 고르며 말했다.

"합격자는 너 하나다. 이건 아직 제1차 적성시험 같은 거니까 조금 더 시험이 계속될지도 모르는데 각오는 됐니?"

"하라고 하신다면 뭐든지 하겠어요! 수면에 비친 달을 떠오라는 요청이라 해도 저는 하겠습니다!"

두 사람이 대화를 나누는 모습을 나와 코이즈미는 안전지대에서 입을 크게 벌린 채 멍하니 바라보고 있었다.

하루히에 버금가는 각력과 폐활량의 소유자에다 신입생이다. 이건 육상부가 내버려두지 않을 것 같은데. 저것 봐, 트랙을 점거당해 짜증난다는 얼굴이었던 육상부원들의 눈빛이 공격적으로 바뀌었잖아. 어떻게든 저 유망해 보이는 신입생을 가로챌 수 없을까 격렬하게 머리를 굴리고 있는 눈빛이라고, 저건.

하루히에 대해서는 이미 포기할 수밖에 없지만 입학한 지 얼마 안 된 신입생이라면 어떻게 마음을 바꾸게 만들 수 있지 않을까. 마치 포르투갈 선교사가 불교 세력과 거리를 두는 전국 무장을 노리는 눈빛이었다. 이렇게 직접 장거리 질주 실력을 봤으니 무리도 아닌 욕구라 할 수 있겠군. 나도 전적으로 동감한다.

그 소녀는 만족스럽게 이마에 맺힌 땀을 팔로 훔치더니 고개를 들어 나와 시선을 마주쳤다. 눈을 가늘게 모으고 입술의 힘을 푸는 조신한 미소가 내게 끝을 알 수 없는 기시감을 들게 했다.

이 녀석은 '아는' 쪽 인간인가. 나가토나 코이즈미마저도 통과해버릴 만큼 초상 스텔스 능력을 가진 수수께끼의 제4세력의 일원… 이라는 생각이 들었지만 그런 것치고는 사사키는 물론 쿠요우나 타치바나 쿄코, 수수께끼의 미래인과 관련된 인물이라는 냄새는 전혀 풍기지 않았다.

설마 제5의 세력인가—.

야, 야, 그러지 마라. 난 대체 얼마나 많은 인종을 상대해야 하는 거냐고. 그렇게 귀찮다는 생각에 사로잡혔지만 나는 그녀에게서 본능적인 위험성을 전혀 느끼지 못했다. 독특한 1학년. 하루히가 한 명쯤은 원했을 거라 생각되는 신입단원 후보. 그 이상의 의미는 없을지도 모른다. 미래인이나 초능력자, 우주인을 원한다고 선언한 하루히의 유명한 말도 이미 오래되어, 벌써 1년 전이 되었다. 그동안 여러모로 별난 일이 발생한 1년 사이에 하루히의 바람은 본인은 자각하지 못했다 해도 모두 이뤄졌다.

제일 최근에 바란 건 유망한 신입단원이었고, 그건 딱히 특수한 인간이나 호모사피엔스 비스무리일 필요는 없을 테니 하루히는 제2의 편리한 일반단원, 즉 나 2호를 바란 것뿐인지도 모를 일이고, 그렇다면 하루히의 주먹구구식 입단시험에 합격한 소녀도 NPC에 가까운 머릿수를 채우기 위한 인원이자 몸종, 또는 어차피 졸업하게 될 아사히나 선배의 후계자로 삼기 위한 뉴 마스코트 캐릭터일지도 모른다.

만약 예상한 대로의 인간이 아니었다 해도, 그러면 머지않아 내게 접근을 하려 들 거고, 생각은 그때 가서 해도 늦지 않다. 기인과 괴짜를 상대하는 데에는 익숙하다.

무릎을 짚고 호흡을 고르는 1학년의 모습에는 인간을 초월한 그 어떤 것도, 미래인다운 과거에 대한 정보부족도, 이성인적인 비상식적인 면도 일절, 단 하나도 없다는 건 분명했다. 그녀는 인간이다. 누구의 충고나 조언도 필요 없다. 이건 내 분명한 확신이다. 현세인류가 부정형 원생동물로부터 자세히는 알 수 없는 역사를 거쳐 진화했다는 것과 같은 수준의 사실이자 진실이라는, 흔들림 없는 확고한 진상인 것이다.

나도 가끔은 올바른 추측을 한다 이거야.

이렇게 돌발적으로 찾아온 SOS단 입단 최종시험은 가타부타 따질 수 없는 단장의 돌발적인 생각으로 종료되었다. 물론 나한테는 약간의 근심이 남아 있다. 합격을 한 1학년 여자애는 아무래도 어디선가 본 것 같은데다 처음 만난 시점에서 왠지 내 눈에 기묘하게 걸린 인물이 바로 그녀인 것이다. 코이즈미는 딱히 수상한 건 없다고 단언했지만 하루히의 입단시험을 통과해 눈에 들었다는 건 거의 확실하게 그 아이가 평범한 사람이 아니라는 걸 시사하고 있었다.

어떤 의미에서 평범하지 않은 사람인 거지? 츠루야 선배 부류라면 그나마 이쪽 세계 주민으로 안심할 수 있겠지만 우주나 미래, 또는 초능력과 관련이 있는 애라면 또다시 내게는 새로운 문제집에서 응용문제가 주어진 것과 같은 수준이 되고 만다.

"으음."

나도 모르게 신음을 토하는 내 어깨를 가볍게 두드린 것은 코이즈미였다.

"걱정할 것 없어요. 그녀는 문제없습니다. 체력적으로 스즈미야 씨와 동등한 여고생이라면 찾아보면 얼마든지 있을 거예요. 오히려 귀여운 후배가 늘어서 잘된 일 아닙니까. 하인으로 부려먹기 좋은 소질이 있어 보이는데요."

진심으로 그렇게 생각하나보다. 코이즈미의 표정은 부드러운 여유에 찬 미소로 물들어 있었다.

하지만 나는 정체를 알 수 없는 기시감이라고나 할까,

저 소녀와 어디에선가 만나지 않았나 하는 착각을 완전히 버리지 못하겠다.

전혀 기억에 없고 분명히 처음 보는 사이임에도 불구하고 마음에 걸린 건 그 때문인데, 반대로 말하자면 전혀 접점이 없다는 건 명백한데 왜 전부터 아는 사이였던 것 같은 기분이 드는 건지, 그런 내 마음속의 권적운(주57)처럼 길게 깔리고 저녁 무렵의 아궁이에서 피어오르는 자욱한 연기 같은 것 때문에 답답해 미칠 지경이었다.

"잠깐만."

그렇다면 이건 저 애의 문제가 아니라 내 마음의 문제인 건가. 이렇게까지 걱정 많은 성격이었다니 나 스스로도 믿기 어렵다. 단 한 명의 1학년 여자애한테, 그것도 언뜻 본 것만 봐선 귀엽고 건강 문제도 전혀 없어 보이고 누가 봐도 호감 가는 가냘픈 여자애를 상대로 나는 왜 이렇게 동요를 하고 있는 거지?

하루히와 이제는 유일한 신입단원이 된 1학년은 한발 먼저 동아리방으로 돌아와 옷을 갈아입었다. 문이 안에서 열렸을 때 뛰어나온 소녀와 충돌할 뻔했지만 상대는 봄바람에 날리는 배추흰나비처럼 가볍게 몸을 피하며,

"오늘은 이만 가보겠습니다! 내일부터 잘 부탁드려요."

여름날에 피는 꽃 같은 미소를 보여주었다. 치수도 안 잰 듯한 헐렁한 교복, 독특한 머리끈, 하지만 건강해 보이

주57) 권적운: 일본어로는 이와시구모(정어리구름)라고 하며 옛날에 어부들은 이 구름을 정어리의 풍어를 알리는 징조로 보았다.

는 얼굴에 떠오른 건 이중쌍성의 한쪽처럼 명랑함과 약간 어려 보이는 미소.

내 옆에는 코이즈미도 모델 같은 자세로 서 있었는데, 그쪽에는 눈길도 주지 않고 소녀는 나만을 강속 직구의 시선으로 잠시 바라보다가 후훗 하고 작게 웃은 뒤,

"그럼 안녕히 계세요!"

갑자기 갈 곳이 생각난 울새같이 바람처럼 계단으로 가서 사라졌다. 잠시 놀라 아무 말도 못 하고 있는데,

"꽤나 마음에 들었나보네요."

능글능글이라는 의태어가 가장 잘 어울릴 법한 코이즈미의 조용한 목소리가 들려왔다.

"참 귀엽단 말이에요. 1학년, 그것도 같은 동아리 후배라면 더욱 그렇죠. 마음씨도 아주 고와 보이는 여자애네요. 어떻게 생각하시나요?"

생각이고 뭐고 할 게 있냐. 나는 하루히가 정말로 신입 단원을 받아들일 거라고 생각도 못 해봤기 때문에 약간 당황하고 있을 뿐이야. 하루히의 무모한 마라톤 레이스는 분명히 전원 불합격을 노린 거였으니까 그 의도를 뛰어넘은 저 애의 근성을 칭찬해줘야 할지와 내 운동신경에 의문을 품는 작업에 바쁠 뿐이다.

"장거리 질주는 운동신경하고는 그리 밀접한 관계는 없는데요. 굳이 따지자면 유전형질의 영향이 크다고 알려져 있죠. 네, 알았어요. 지금은 그렇다고 쳐두죠."

묘하게 여유 있구나, 코이즈미. 너 뭔가 알고 있는 건

아니겠지.

코이즈미는 씁쓸한 미소와 어깨를 들썩이는 동작으로 둘러댔고, 바로 그때 방에서 목소리가 들려와 내 취조조의 추궁도 거기에서 끝났다.

"이제 들어와도 돼! 옷 다 갈아입었어!"

어딘지 모르게 기분 좋은 하루히의 목소리였다.

하루히는 평소처럼 단장석에 앉아 자기 전용 찻잔으로 뜨거운 메밀차를 홀짝이고 있었다. 바닥에 벗어던진 체육복을 아사히나 선배가 종종거리며 주워 개고 있었다. 그 모습에서는 이제 완전히 스즈미야 가문 전속 메이드대의 우두머리 같은 풍격마저 느껴졌다. 제멋대로인 아가씨가 전속 메이드를 학교까지 데리고 왔다고 설정을 변경해야 하는 건 아니겠지.

"괜찮겠냐, 하루히?"

"뭐가?"

"새로 단원을 들여도 말이야."

"그거야, 뭐, 음."

하루히는 찻잔을 비우고 단장 책상에 내려놓았다.

"솔직히 나도 한 명도 안 남을 거라 생각했어. 그래서 최종시험을 마라톤으로 한 거고. 그런데 설마 나를 끝까지 따라올 수 있는 1학년이 있었다니 느낌표와 물음표 두 개라고. '!!??' 이렇게 말이야."

그렇구나. 역시 처음부터 아무도 들일 생각이 없었구나. 지금까지 치른 입단시험들은 단순히 하루히의 놀이였던 거다.

"그런데 놀랍더라. 나와 동등한 체력을 가진 1학년이 존재했다는 사실이 말이야. 이건 보통 사태가 아니야. 상당한 인재라고. 육상부에 들어가면 중장거리 부문 에이스로 고교체전에 나가는 것도 꿈은 아니지 않을까?"

그럼 그대로 곱게 싸서 육상부에 알선해야 하지 않냐.

"아깝잖아. 육상부야 물론 기뻐하겠지. 우리 학교 육상부 보니까 요샌 대회에서도 영 신통치 않더라고. 하지만 다른 부가 안달이 날 정도로 탐내는 인재, 그런 걸 호락호락 넘겨줄 수는 없지. 그 애는 SOS단의 문을 두드렸다고. 본인의 의사를 존중하지 않는 게 뭐가 건전한 학교교육이 겠어. 민주주의 축에도 못 낄 일이지."

건전한 학교교육이나 이 세상의 어떤 이데올로기에는 아무 관심도 없는 주제에 하루히는 시원스레 말했다.

다른 동아리에서 선망의 시선을 보내는 데에 의기양양 해하는 것으로밖에 보이지 않는다. 군웅이 할거하는 고대 중국의 위진 남북조시대도 아니고 그렇게 조조마냥 인재 수집 마니아가 될 것까지는 없잖아.

"그게 다가 아니야."

하루히는 단장 책상서랍을 뒤적이더니 예의 복사용지를 한 장 꺼냈다.

"일단 이걸 한 번 봐."

종이를 받아들고 보니 하루히가 입단 희망자를 모아 적게 한 입단시험 문제지였다. 아니, 앙케트라고 해야 하나.

"다른 건 소각 처리했는데 그 애 건 남겨놨어. 새 단원의 의욕이 어떤지 보여주는 거니 너도 알 권리가 있을 것 같아서."

관심이 있긴 했다. 하루히의 변덕으로 실행된 입단시험에 완전 통과한 신입생의 귀중한 데이터다. 재빨리 읽어 보았다. 나도 이미 본 몇 개의 질문조항 밑의 빈칸에서 연필로 쓴 글씨가 얌전하게 춤추고 있었다.

다음이 그 내용이다.

- Q1「SOS단 입단을 희망하는 동기를 알려주세요.」
- A.「마음먹은 날이 길일이죠. 이미 사랑하고 있습니다.」
- Q2「당신이 입단한 경우, 어떠한 공헌을 할 수 있습니까?」
- A.「모든 자유를 다하겠습니다.」
- Q3「우주인, 미래인, 이세계인, 초능력자 중 어느 것이 제일이라 생각합니까?」
- A.「제일 말해보고 싶은 게 우주인. 제일 친해지고 싶은 게 미래인. 제일 덕을 볼 것 같은 게 초능력자. 제일 뭐든지 다 될 것 같은 게 이세계인입니다.」
- Q4「그 이유는?」
- A.「앞의 답에 같이 써버렸네요. 죄송해요.」
- Q5「지금까지 있었던 불가사의한 경험을 알려주세요.」

- A. 「없습니다. 죄송해요.」
- Q6 「좋아하는 사자성어는?」
- A. 「공전절후(주58)」
- Q7 「뭐든지 할 수 있다면 뭘 하겠습니까?」
- A. 「화성에 도시를 세워 제 이름을 붙이고 싶습니다. 워싱턴 D.C.처럼. 후후훗.」
- Q8 「마지막 질문. 당신의 의욕이 어떤지 말해주세요.」
- A. 「꼭 해야 한다고 하면 일부러 시력을 떨어뜨려 안경을 쓰겠습니다.」
- 추신 「굉장히 재미있어 보이는 것을 갖고 와준다면 추가 점수를 드리겠습니다. 찾아보세요.」
- A. 「알겠습니다. 곧 가져오겠습니다.」

…그냥 초대 워싱턴 대통령이 만들어서 스스로 이름 붙인 마을 아니었나. 그런데 D.C.는 뭐의 약자지?

"글쎄, 다이렉트 컨트롤 아냐? 그럴싸해 보이잖아."

하루히가 무책임한 말을 했고,

"……."

들렸는지 어쨌는지 나가토가 앞머리를 살짝 흔들 뿐 정정하는 말을 하지는 않았다.

정답이라 해도 우리 두 사람에게는 무익한 정보라 생각됐는지도 모르지. 스스로 조사해보라고 말하는 듯한 침묵이었다.

주58) 공전절후: 空前絶後. 전무후무(前無後無)와 같은 뜻의 사자성어.

"흐음" 나는 별 의미 없이 신음했다.

그러고 보니 신입단원으로 내정된 소녀의 이름을 아직 듣지 못했다는 게 생각났다. 나는 해답지를 뒤집어 앞에 있는 이름란을 보았다. 무슨 이유인지 반과 출석번호 부분은 비어 있었는데—,

渡橋泰水

나름대로 꼼꼼한 펜글씨로 이름이 적혀 있었다. 그런데,

"…뭐라고 읽는 거야? 와타리바시 타이미즈…, 아니, 야스미즈…?"

의문을 제기한 내게,

"와타하시 야스미라고 읽는대."

하루히가 대답했다. 아무 일 아니라는 듯이. 단순한 이름에 불과하다는 듯이 무관심하게.

"……."

하지만 나는 뭔가 걸리는 느낌을 받았다. 급류에 휘말린 작은 물고기가 그물에 건져진 듯한, 그것도 딱 한 마리, 불운한 나만 함정에 걸린 것 같다는 기분이 든다. 낚인 건 이 와타하시라는 소녀인가, 아니면 나인가.

"응…?"

뭐지, 이 기시감은.

나는 이 이름을 알고 있다. 흐릿한 기억이 그렇게 말하

고 있었다. 그래, 분명히 어디선가 들은 이름이야.

와타하시. 와타하시. 낯선 이름, 낯선 글자이지만 이 발음.

와타하시—.

"……!"

내 머릿속에 있던 녹슨 톱니바퀴가 달칵 소리를 내며 들어맞았다. 기름이 떨어져 멈췄던 시계가 돌아가기 시작한 것만 같은 착각에 사로잡힘과 동시에 며칠 전의 기억이 투명한 물 밑에서 투명한 유리조각을 건져낸 것처럼 선명하게 되살아났다.

『저는 저어랍니다.』

욕실에서 받아 반향이 섞인 전화기 너머에서 나는 소리긴 해도 똑똑히 들렸던 여자애의 목소리. 살짝 혀 짧은, 동생이 모른다고 말한 그 목소리였다.

저는 저어랍니다.

그건 수수께끼 같은 억양이 아니었다. 전화의 상대방은 이렇게 말한 게 분명했다.

그러니까—,

『저는 와타하시(주59)예요.』

수수께끼가 풀려 속 시원한 감각을 맛본 것도 잠시, 더

주59) 일본어 1인칭인 '와타시(わたし)'와 와타하시의 발음이 비슷해 큰이 잘못 들은 것이다.

큰 의혹이 내 마음속에서 소용돌이쳤다.

와타하시 야스미….

―가 대체 누구지? 나한테 전화를 건 게 백보 양보해 단순한 장난전화였다고 하더라도, 무슨 연유에서인지 SOS단에 가입부했을 뿐만 아니라 하루히의 터무니없는 입단시험을 통과해 내일부터 정식 단원이 되려는 신입생이 제대로 된 애일 리가 없었다. 게다가 동기는 알 수 없지만 반칙으로 나한테 연락을 할 정도의 불가사의한 행동력까지 갖고 있다. 그야말로 정체불명의 의도가 불명확한 그 녀석이 감쪽같이 SOS단에 잠입해 들어온 거다.

그녀의 정체는 과연 뭘까. 다른 종류의 초능력 조직원인가, 천개영역이란 곳이 보낸 에이전트, 아니면 반 아사히나파에 속한 미래인일까.

하지만 그런 것치고는 코이즈미도, 나가토도, 아사히나 선배도 와타하시가 남은 것에 대해 놀라기는 해도 아무 경계심도 보이지 않았다. 초능력자라면 코이즈미가, 쿠요우와 관련된 것이라면 나가토가, 미래인 부류라면 아사히나 선배가 조금이라도 반응을 보였을 텐데 세 사람 모두 의외라는 표정만 짓고 있었고, 아사히나 선배는 심지어 기뻐하는 얼굴이었다. 하긴 아사히나 선배는 여느 때처럼 아무 얘기도 못 들었을 가능성이 있긴 하지만 아사히나 선배(대)한테서는 신발장 미래통신 하나쯤 날아와도 될 거 아냐. 이 결정에는 뭐가 있는 거지? 아니면 단순한 우연인가? 하루히와 비슷한 수준의 신체능력을 가진 1학년이 어떤 운명으로 인해 SOS단이라는 학내 불규칙 동호회에 적성이 맞았다는, 단지 그런 이야기인 걸까.

단순한 우연이겠지—그렇게 납득하고 생각하기를 포기할 만큼 나는 마음이 깨끗한 사람이 아니다.

도대체 말이지, 그럼 그 전화는 뭐냐고? 목욕 중인 내게 동생이 가져온 수화기, 짧은 말만 하고 바로 끊긴 그 전화 연락은, 거기에는 무슨 의미가 있었던 거야?

"이런, 이런."

잠시 평화롭다고 생각했는데 이 평화를 완벽한 것으로 만들기 위해 이 와타하시 야스미라는 1학년에 대해 조금 주목하지 않을 수 없을 것 같구나.

그런데 와타하시 야스미라—.

하루히가 앙케트 용지를 넘겨 비고란에 적힌 글을 읽었다.

"제발 야스미라고 불러주세요. 가능하다면 카타카나로 발음해주시면 기쁘겠습니다… 라네."

한자든 카타카나든 어차피 발음은 똑같잖아.

"쿈, 그 의견에는 찬성할 수 없겠어. 한자에는 한자, 히라가나라면 히라가나, 카타카나에는 카타카나의 억양과 의미가 있다고, 역시 각각 다르다 이거야. 시험 삼아 내 이름을 히라가나로 불러보도록."

다소 부드러워지려나. 하루히(春日)나 하루히(ハルヒ)에 비하면 말이야. 그건 어찌 됐든—.

야스미(ヤスミ)라(주60).

주60) 일본어 원본에서 하루히는 카타카나로 표기된다. 그에 대한 언어적 유희. 그리고 카타카나로 불러달라는 야스미의 요청에 따라 쿈도 카타카나로 부르게 된다.

생각해보았다. 30초 정도 침사묵고한 뒤, 내 기억에 해당하는 이름은 아니라고 새삼 이보다 더 명확할 수 없을 확신을 가지게 되었다. 한 학년 아래라는 점을 고려한다 해도 기억의 평야는 점점 더 갓 내린 처녀설에 뒤덮일 뿐, 그런 이름의 족적 하나 찾을 수 없었다. 분명해.

나는 이 애를 모른다.

하지만 왠지 만난 적이 있었던 것 같은, 그것도 예전부터 알았던 것 같은 기괴한 위화감이 두개골 내의 세포액을 적시고 있는 것도 분명한 사실이었다.

하루히는 아무 근심도 못 느끼는지,

"신입한테는 우선 뭘 시킬까. 신비 탐색은 작년에 했으니까 신작 영화 주역으로 발탁…, 이건 시기상조로군. 아, 악기 뭐 다룰 줄 아는지 물어볼 걸 그랬네."

평범하게 유망한 신입단원을 차지했다는 사실에 정신 활동을 북돋우고 있는 듯했다.

이런 느낌을 갖는 건 나 혼자뿐인가? 뭐라 형용할 수 없는 불협화음. 그렇지 않아도 부자연스러운 일상에 침입해 온 소형 폭탄 같은 불안감을.

와타하시 야스미의 비밀. 그건 과연 무엇일까. 이건 조사대상으로 삼아야 할 의제일까.

나는 코이즈미에게 시선을 보냈다.

하지만 SOS단 부단장은 부부단장인 아사히나 선배가 가져온 뜨거운 메밀차를 우아하게 홀짝이고만 있을 뿐, 모처럼 눈이 마주쳤는데도 눈 하나 깜박이지 않았다.

으음—.

…뭐, 네가 신경을 안 쓰는 일을 내가 걱정할 일도 없겠
지. 안 그러냐, 코이즈미.

β-9

이튿날, 수요일.

딱히 별일 없이 단지 생각에 잠기는 하루가 찾아왔다.

샤미센과 침대에서 뒹굴거리다 동생에 의해 강제로 깨
어난 내가 아침에 제일 먼저 상기한 것은 고민해야 하는
시간이 찾아왔다는 것뿐이었다. 생각할 게 너무 많아서
어디부터 어떻게 손을 대야 좋을지 당황스러울 지경이다.

당연히 이렇게 눈을 뜨는 게 쾌활할 리가 없어서 나는
기상한 순간부터 우울했다. 의식을 잃은 시간이 얼마나
행복한 건지 깨닫게 되는 사례이기도 하군. 수면은 도피
에는 안성맞춤이다. 단지 사태를 뒤로 미루는 거라거나
시간 낭비를 하는 거라고 말할 수도 있지만.

아침 일찍부터 샤미센을 뒤에서 넥 행잉(주61) 해서 휘두
르고 있는 동생의 천진난만한 모습에 흐뭇함을 넘어서 질
투를 느끼는 나는 오빠로서 뭔가 중대한 결함을 갖고 있
는지도 모르겠다. 나도 몇 년 전에는 비슷한 동심을 갖고
있었을 텐데 전혀 기억에 남아 있지 않다. 오히려 잊고 싶
은 기억뿐이다. 거의 같은 DNA를 가졌으면서 나와 동생
은 어디에서 길이 어긋나버린 거지. 성별과 시대적인 구
별이 그렇게 만든 걸까. 아니면 혈액형이 달라서 그런가.

주61) 넥 행잉: neck hanging. 격투기에서 상대의 목 아래쪽을 두 손으로 받치고 높이 들어 올리
는 기술.

나는 ABO식 혈액형 성격진단과 별점을 전혀 믿지 않기 때문에 미신에 대해서는 어디에서 호랑이가 짖나 식으로 넘기는 편인데, 인격 형성은 주위 사람, 특히 친구에게서 영향을 받기 쉬운 걸까.

나는 배배 꼬인 인간으로 성장했고 동생은 직정경행(주62) 일직선의 순진함을 유지하고 있는데 이 상태로 보면 몇 년 뒤에도 변화는 없을 것 같다. 중학교에 입학한 이후로 환경이 바뀌고 주위에 물들어 반항기 인간이 되지 않기를 오빠로서 남몰래 빌어 마지않는 바이다. 동생은 언제까지나 츠루야 선배처럼 덜렁대는 사람으로 남길 바란다. 아예 츠루야가에 임시 양자로 보내버리는 건 어떨까. 츠루야 선배라면 껄껄 웃으며 자연스레 동생의 교육 담당을 무척 즐기면서, 그리고 완벽하게 자기 취향이 섞인 업무를 완수해줄 거다. 츠루야 2호가 새로 탄생하는 건 조금 불안하기도 하지만 말이다.

참고로 츠루야 선배는 내가 아는 일반인 가운데 가장 믿음직스러운 선배다. 조만간 나를 대신해 하루히나 아사히나 선배와 얽힌 SOS단에 관한 모든 문제를 쾌도난마(주63)하게 일도양단(주64)하는 건 어쩌면 그녀가 아닐까 하는 생각마저 든다. 츠루야 선배는 그럴 마음이 없어 보이지만 좋든 싫든 간에 전혀 외부인인 것도 아니잖아, 선배.

그녀에게 떠맡겨둔 수수께끼의 오파츠(주65). 츠루야 산

주62) 직정경행: 直情徑行. 생각한 것을 꾸밈없이 그대로 행동으로 나타냄. 또는 예법에 개의치 않고 자기 생각대로 행동함.
주63) 쾌도난마: 快刀亂麻. 잘 드는 칼로 마구 헝클어진 삼 가닥을 자른다는 뜻으로, 어지럽게 뒤얽힌 사물을 강력한 힘으로 명쾌하게 처리함을 이르는 말.
주64) 일도양단: 一刀兩斷. 칼로 무엇을 대번에 쳐서 두 동강을 낸다는 뜻으로, 어떤 일을 머뭇거리지 아니하고 선뜻 결정함을 비유적으로 이르는 말.

에서 발굴한 츠루야 일족의 선조 때부터 내려온 시대를 초월한 물건과 메시지가 있다. 그건 언젠가 이때다 싶을 때 필요하게 될 거다. 단순한 문화 유적일 리가 없다. 내가 갖고 있는 또 하나의 비장의 카드다. 그게 미래인에게 날리는 카운터 아이템이 될지, 이성인에게 날리는 결정적인 무기가 될지는 알 수 없지만 필요할 때는 반드시 올 것이다. 물론 아무 도움도 안 되는 겐로쿠(주66) 시대의 잡동사니였다는 걸로 끝난다 해도 각오는 이미 되어 있다.

하지만 조커는 많아서 나쁠 건 없잖아. 그게 경기 마작에서 적5와 뒷도라와 오픈리치(주67) 같은 거라 하더라도 말이야.

평소처럼 일상 업무인 등산 등교를 해야 하는 건 아침의 점묘적(주68) 일상에 불과하다.

내 발걸음은 평소와 같은 속도였는데 약간 빠르게 느껴지는 건 무정한 교문이 닫히기 직전인 시간이기 때문이다. 늘 그렇지만 여유를 갖고 등교하기를 여태까지 한 번도 실행하지 못한 건 집을 출발하는 시간이 대개 정해져있고, 거슬러 올라가면 기상 시간도 1학년에서 2학년이된 뒤에도 변하지 않았다는 사실을 그 답으로 제시하고싶다. 한번 제시간에 오면 다음부터도 같은 시간에 출발하게 되는 건 사실 인간이 가진 경험치 축적의 결과라 할

주65) 오파츠: OOPARTS, Out Of Place Artifacts의 약자. 과학적으로 그 시대에 존재할 수 없는 인공적인 가공 유물을 지칭하는 말로 오컬트 학계에서 주로 쓰이는 단어이다.
주66) 겐로쿠: 1688년에서 1704년 사이에 사용된 일본 연호.
주67) 적5, 뒷도라, 오픈리치: 모두 마작에서 사용되는 용어.
주68) 점묘: 인물이나 사물의 특징적인 부분을 따로 잡아 간결하게 묘사하는 것.

수 있을 것이다. 볼일도 없는데 이른 아침에 학교에 가고 싶어하는 학생은 낡은 학교 건물에 도착적인 취미를 가진 페티시즘의 소유자밖에 없을 거다.

특히 오늘은 음울한 통학로 도중에 매번 늘 그렇지만 헥헥거리며 언덕길을 오르는데 뒤에서 뜻밖의 인물이 말을 걸어왔다.

"쿈."

쿠니키다였다. 내 뒤를 쫓아왔는지 쿠니키다는 거친 숨을 몰아쉬고 있었는데, 그 이상으로 지금까지 한 번도 본적이 없는 어찌할 바를 모르겠다는 표정을 짓고선,

"너는 내가 옛날부터 알던 그대로의 인간이구나. 지금도 변하지 않았어."

갑자기 아침 인사치고는 약간 독특한 말을 건넸다.

새삼스럽게 왜 그래. 지금 이런 데서 나에 대한 감상을 말하는 필연성이 뭔지 모르겠는데.

쿠니키다는 내 옆에 섰고 나는 살짝 속도를 늦췄다. 호흡이 좀 편해진 쿠니키다는 나의 미심쩍어하는 표정을 무시하고 말했다.

"사사키도 그래. 중학교 때와 똑같아. 지금도 나의 그녀에 대한 인상은 바뀌지 않았지."

그게 무슨 소리야? 왜 사사키의 이름이 네 입에서 나오는 거지, 그것도 이런 타이밍에서.

"그러니까 나도, 너도 사사키도 똑같은 고등학생이었다는 거야. 하지만 쿠요우를 만났을 때 나는 뭔가 다르다

제6장 | 237

고 느꼈거든. 타니구치한테는 미안하지만 얽히지 않는 게 좋을 거라고 직감했어. 이 직감이 지금도 작용하고 있다."

날카롭네—. 그렇다고 할 수는 없나. 쿠요우를 보고 수상함을 느끼지 않는 제대로 된 인간이 있을 것 같지는 않으니까. 쿠니키다의 감상은 지극히 정상적인 평범한 인간의 감상이라 할 수 있을 것이다.

"평범하고 보편적이고 일반적인 인간이 아니야. 좋은 건지 나쁜 건지는 판단을 못 하겠다. 하지만 나라면 그녀와 어울리지는 않을 거야. 타니구치 정도겠지. 하지만 사실은—."

목소리를 낮춘 쿠니키다가 얼굴을 가까이 가져왔다.

"말하기 좀 그런데, 나는 비슷한 느낌을 아사히나 선배와 나가토한테서도 받고 있어. 생각 탓이긴 하겠지만 어딘가가 달라. 하지만 츠루야 선배가 빈번히 너희 무리에 끼어 있는 걸 보면 경계할 일은 아닐 거란 생각도 하지만 말이야. 아니, 미안하다, 콘. 신경 쓰지 마라. 한 번 말해두고 싶었거든. SOS단에서 또 내 활동이 필요할 때에는 언제든지 말을 걸어줘. 가능하다면 츠루야 선배와 같이가 좋겠다."

그 후 교실에 닿을 때까지 나와 쿠니키다는 시종일관 시시한 일상적인 대화를 나누었다. 쿠니키다는 자기 하고 싶은 말을 하고서 모든 흥미를 잃었다는 듯이 중간고사 걱정과 체육 수업에서 하는 2만 미터 달리기에 대한 불만을 토로했는데, 아주 훌륭한 일상화제로의 전환이었다.

이 녀석은 이 녀석 나름대로 내게 가벼운 충고를 해준 건가. 특히 츠루야 선배에 대한 언급은 막연하지만 상당히 핵심을 찌른 통찰력이라 하지 않을 수 없을 것이다.

여기에도 우리를 잘 모르면서도 걱정해주는 동급생이 있는 거다. 어쨌든 쿠니키다는 나와 사사키를 아는 거의 유일한 반 친구니까. 우리들 사이에 뭔가 기묘하고 왜곡된 관계성 같은 게 있다고 느꼈다 해도 이상할 일은 아니었다. 총명하며 자기 일처럼 걱정해주는 친구를 가지다니 나는 얼마나 행복한 인간이란 말인가. 시험 전의 찍기에서도 신세를 지고 있고, 중학교 때부터 알고 지낸 사이이기도 하니 슬슬 하루히와 교섭해 단순한 반 친구 1 이상 가는 인식을 주어야겠다. 다만 타니구치는 제외해야겠지만. 녀석에게는 영원한 1일 만담꾼이 어울리지.

아마 쿠니키다도 그렇게 생각하고 있을 거다. 그래서 방금 한 말을 우리 두 사람만 있을 때 나한테 토로한 거다.

아무래도 내 주변의 일반인일수록 묘하게 감이 날카로워지는 것 같네. 이게 누구 영향일까.

오전 오후의 학업시간은 이렇다 할 일 없이 진행됐고 내가 수업의 반 정도를 꾸벅꾸벅 조는 사이 어느새 하루의 끝을 알리는 종이 울렸다.

방과 후, 전에 선언한 대로 하루히와 아사히나 선배는

나가토를 간병하러 직행했고, 문예부실에는 나와 코이즈미 남자 2인조가 남겨졌다. 정규 멤버인 세 여성이 안 온다는 걸 알고 있는 동아리방은 참 살풍경하구나. 참고로 가입을 희망하는 1학년도 한 명도 나타나지 않았다. 뭐, 그건 나타나지 않아도 상관없는 일이고, 신입생이 모두 무시하고 있다는 사태는 개인적으로는 오히려 고마운 일이었다. 지금 이런 상황에서 찾아와봤자 점장 휴가 중에 면접을 보러 온 아르바이트 희망자를 어떻게 대해야 좋을지 곤란할 뿐이지.

"응?"

그때 문득 깨달았다. 그러니까 역시 하루히가 있어야지만 SOS단인 것이다. 그 녀석이 없으면 전혀 운영이 이뤄지지 않고, 설명회도 불가능하다. 기관차가 없는 객차에 구동력은 존재하지 않기 때문에 노선에 막연한 불안감을 느끼며 오도 가도 못 하고 서 있게 될 뿐이다.

무뚝뚝한 침묵에 몸을 맡기고 있는데,

"어떤가요, 보드게임도 더 할 게 없으니 가끔은 몸을 움직여보지 않으시겠습니까?"

코이즈미가 부자연스러운 게 훤히 드러나는 낭랑한 목소리로 말을 걸었다.

"좋지."

그냥 좀 한바탕 뛰어보고 싶은 심경이었다.

코이즈미는 선반 위에 쌓아둔 상자를 내려 그 안에 든 것을 내게 보여주었다.

울퉁불퉁한 금속 방망이에 낡은 글러브는 전에 시가 주최한 아마추어 야구대회에 나갔을 때 썼던 거다. 야구부에서 가로채 온 중고 야구도구를 하루히는 처분하려 하지 않고 완고히 보존해두고 있었다. 네가 무슨 시시한 잡동사니를 둥지에 쌓아두는 햄스터냐. 설마 올해도 야구대회에 나갈 생각인 건 아니겠지. 나가는 건 괜찮은데 호밍 배트와 내 매지컬 투구를 이용한 사기를 2년 연속으로 선보인다면 분명히 빈축을 살 거고 개인적으로도 두 번 다시 마운드에 설 생각은 없다고. 아마추어 축구가 차라리 낫지.

상자 안을 살펴보니 연식용이나 난식용 공은 찾아볼 수 없었다. 대신 하루히가 어디선가 주워온 테니스공이 있었다. 안마당에서 할 거면 야구공보다는 이게 안전하겠지.

나와 코이즈미는 여기저기 갈라진 야구 장갑과 형광 노란색의 보푸라기 돋은 테니스공을 들고서 손님이라고는 찾아올 기미가 없는 동아리방을 뒤로했다.

안마당은 완벽하게 아무도 없었다. 귀가부는 오래전에 그 임무를 다해 학교 안에 남아 있지 않았고, 문화부도 각자의 동아리방에서 그에 맞는 활동에 종사하고 있을 것이다. 들리는 소리라고는 밴드부의 서투른 나팔소리뿐이었지만 그것도 운동장에서 들려오는 운동부원들의 자포자기에 가까운 구호에 가려졌다.

덕분에 점심시간이면 도시락을 펼쳐놓던 학생들의 모습도 보이지 않았고 우리들의 캐치볼을 방해하는 것은 군데군데 심어진 벚나무뿐이었다. 이미 꽃잎은 거의 남아 있지 않은, 도롱이벌레가 기뻐할 만한 신록이 세력을 뻗치고 있는 시기였다.

"그럼 저부터 하죠."

철저하게 산뜻한 코이즈미가 곡선을 그리며 공을 내게 던졌다.

그걸 받아든 내 장갑에는 충격도, 소리도 거의 없었다. 적당히 봐주고 있는 게 뻔히 보였다.

나는 테니스공을 사이드스로로 되던졌다.

"나이스 피치."

공을 받은 코이즈미가 입에 발린 소리를 하며 느려터진 땅볼을 내야수가 1루로 던지는 것과 같은 여유로운 동작으로 내게 공을 던졌다.

한동안 코이즈미를 상대로 시간 때우기라는 말이 딱 맞는 캐치볼을 계속하는 사이에 나는 잊고 있었던, 아니, 잊은 줄로만 알았던 타치바나가 한 말을 어쩔 수 없이 떠올리게 되었다.

—존경하는데.

SOS단의 형식적인 부단장을 존경의 대상으로 삼는 인간은 그리 많지 않다. 얼굴과 대인관계 하나는 좋으니까 같은 학년 여자애들에게서 인기가 있다는 점을 차치하고서라도 말이다.

"코이즈미."

"왜요?"

"아니…."

나는 말을 흐렸고, 그런 나 자신에게 혀를 차고 싶어졌다. 코이즈미가 바로 초능력자 집단의 우두머리이고 모리씨와 아라카와 씨, 타마루 형제도 그 수하였다는 말을 순순히 믿을 만큼 나는 순진하지 않다.

"아무것도 아니다."

부자연스럽게 말을 자른 내게 코이즈미는 전혀 의심스러워하는 표정을 보이지 않고 오히려 모두 다 간파하고 있다는 말투로,

"그럼 제가 하나 물어봐도 될까요?"

역질문을 던졌다.

"그노시스 주의라는 말을 들어보신 적이 있으세요?"

"전혀 없는데. 정치 전반에는 둔해서 말이지. 공산주의와 사회주의의 차이도 잘 모르겠다."

"그건 알아두는 게 좋을 것 같은데요. 후학을 위해서요."

코이즈미는 쓴웃음을 짓고 그노시스란 건 말이죠 하며 말을 이었다.

"뭐냐 하면 사상적, 또는 종교적인 주의의 하나예요. 이국의 종교행사를 자기 입맛에 맞춰 지조없이 받아들이는, 우리가 사는 다신교를 좋아하는 나라에는 친숙해지기 어려운 개념일지도 모르겠네요. 단적으로 말하자면 유일

절대신을 믿는 분들 중에서도 이단이라 불리는 일파의 주장이죠. 그 성립 시기는 상당한 고대까지 역사를 거슬러 올라가야 할 거예요. 지금은 완전히 이단으로 인정되고 있지만 기독교가 확립된 시절에 이미 존재했던 생각이죠."

안타깝게도 도덕 수업은 대부분 수면시간으로 써버렸거든. 네가 무슨 말을 하는 건지 전혀 짐작이 안 간다.

"그럼 그노시스에 대해 간단하게 말씀을 드리죠. 요약이 되겠지만 이해해주시기 바랍니다."

초등학생도 이해할 수 있을 만큼 간결하게 정리해준다면 나는 반대의견 없다.

"이 세상은 너무나도 악덕으로 가득 차 있다, 옛날 사람들은 그렇게 생각한 겁니다. 만약 전지전능하며 무류(주69)하다는 말을 자기 마음대로 남용하는 신이 세상을 창조했다면 이렇게까지 불합리한 고통을 인간에게 줄 리가 없다. 좀 더 완전한 유토피아가 되어도 이상할 게 없다. 그런데도 세계는 사회적 모순으로 인한 부조리가 만연하는 중이고, 때로는 악이 번창하고 약자는 학대받는다. 왜 신은 이렇게 끔찍한 모습으로 세계를 만들고 방치하고 있는가."

배드 엔딩 루트로 들어간 걸 알려줄 마음이 사라졌나보지.

"그럴지도 모르죠."

코이즈미는 손에 쥔 공을 위로 던져 잡아채듯이 공중에

주69) 무류: 無謬. 잘못이 없음.

서 붙잡았다.

"하지만 이렇게 생각할 수 없을까요. 간단한 답이에요. 그러니까 세계는 선한 신에 의해 창조된 것이 아니라 악의를 가진 신적인 누군가에 의해 설계된 것이라고요."

뭐든 비슷한 거잖아. 잘못된 설계도에 기초해 집을 세우고 만 목수에게 악의가 있었는지는 사법부의 판단에 맡기겠다.

"그리고 만약에 존재한다면 신이 종종 악역무도(주70)한 일을 봐주는 건 당연한 겁니다. 그 본질은 악이니까요. 하지만 인간은 나쁜 사람만 있는 건 아니죠. 분명히 선한 성질을 갖고 있습니다. 악을 악으로 인식할 수 있다는 건 그에 대비되는 선을 알고 있다는 증거이기도 합니다. 만약 세계가 조금의 틈도 없을 만큼 악으로 가득 차 있다면 애당초 선이라는 개념조차 생겨나지 않았겠죠."

손가락 끝에 공을 올려 돌린다.

"거기에서 옛날 사람들은 세계는 가짜 신이 만들어낸 것이라는 생각에 도달하게 되었고, 자신들이 그 인식에 도달할 수 있었던 건 어딘가에 진정한 신이 존재해 인간들에게 희미하게나마 빛을 비추어주고 있기 때문이라고 확신한 겁니다. 그러니까 신은 세계에 내재되어 있지는 않지만 바깥에서 인간들을 지켜보고 있다고 말이죠."

그렇게라도 생각하지 않으면 견뎌낼 수 없었겠지.

"맞습니다. 그렇기는 하지만 세상의 창조주를 악마라 부르니 당연히 통상적인 신앙을 가진 다수파 신자들로부

주70) 악역무도: 惡逆無道. 비길 데 없이 악독하고 도리에 맞지 않음.

터는 탄압의 대상이 되었죠. 알비주아 십자군(주71)은 세계사에서 벌써 나왔나요?"

글쎄다. 나중에 하루히한테 물어볼게.

"참고로 이 그노시스 주의는요, 비교적 현대에도 맞는 교의를 가졌다고 할 수 있어요. 왜냐하면 유사 이전부터 인류의 정신은 그리 크게 변하지 않았거든요. 우리가 생각할 수 있는 건 옛날 사람들에게도 가능했던 거죠. 아무리 과학기술과 관측 정도가 진보해도 생물학적인 사고 수준이 극적으로 향상하지는 않죠. 우리가 진화의 막다른 골목에 빠지게 된 현재 상황은 딱히 지금 시작된 일은 아닌 겁니다. 인류사의 영원한 명제죠."

이론의 비약이 있었던 것 같은데 학술적인 지적에는 서투른 나는 약삭빠르게 침묵을 지켰다. 서투른 주석 덕분에 대화의 탈선사고를 일으키는 건 내 방침이 아니다.

"아무튼 그런 건데요, 그걸로 지금 저희를 둘러싼 상황을 정리하자면요—."

기나긴 설명은 전주곡이었던 거냐. 늘 그렇듯이 코이즈미 너답게 멀리 돌아가는구나.

"타치바나 씨 일파는 스즈미야 씨를 가짜 신이라고 생각하고 있어요. 그녀는 이 세계를 구축한 창조주일지도 모른다, 하지만 그녀는 너무 자각이 없으며 그로 인한, 그야말로 그 한 가지 사실로 인해 진정한 신일 수가 없다, 그렇다면 어딘가에 자신들이 신봉하기에 족한 진실된 신이 있을 것이라고요. 그리고 그들은 발견한 겁니다. 단지

주기) 알비주아 십자군: 이원론과 금욕주의를 따르는 카타리파의 한 분파인 알비주아파를 토벌하기 위하여 로마 교회가 파견한 십자군.

발견했다고 믿고 있는 건지도 모르지만요."

그게 사사키냐. 나의 중학교 동창이자 자칭 절친인 독특한 여자.

"폐쇄공간도 있고요."

코이즈미는 마치 잡담을 하듯이 말을 이어갔다.

"스즈미야 씨의 폐쇄공간은 파괴충동으로 가득 차 있습니다. 창조주로서는 건설적이지 않죠. 설마 그 공간에서 공공사업을 유치하고 있는 것도 아닐 텐데 말이에요."

시시하기 짝이 없는 농담을 섞어가면서.

"한편 사사키 씨를 보면, 그녀의 폐쇄공간은 매우 안정되어 있다고 들었습니다. 마치 정상우주론처럼요. 그곳에는 영원한 평온이 있다고 하더군요. 사람에 따라서는 그쪽 세계를 바라는 자도 많겠죠. '신인'도 아무것도 없는, 조용하고 안심이 되는 비현실공간을 말이에요."

나는 떠올려보았다. 어렴풋한 빛에 싸인 아무도 없는 거리. 사람이 없는 것치고는 어딘지 모르게 부드러운 기운이 느껴지는, 온화함마저 찾아볼 수 있는 공간. 느긋하게 입시 공부라도 할 거라면 자습실 때문에 고민하는 학생이 대거 입장 허가를 요청할 법하다.

"더 말하자면—." 코이즈미는 말을 계속했다. "사사키 씨처럼 항상 발생시키는 편이 문제가 적어요. 하지만 스즈미야 씨는 제대로 된 정신의 소유자이기 때문에 자기 뜻에 맞지 않는 일이 있다 해도 바로 폭발하지 않고 참을 줄을 압니다. 이게 도화선에 불이 붙은 상태죠. 중간에 불이 꺼지면 아무 일도 일어나지 않지만 계속 축적되면 화약고까지 불이 닿는 겁니다."

그 녀석이 무슨 20세기 초엽의 발칸 반도 정세냐.

"콰광."

입으로 그렇게 말하며 코이즈미는 두 팔을 벌렸다.

"이렇게 해서 폐쇄공간이 발생하고 '신인'이 확대를 촉진합니다."

코이즈미는 턱을 쓰다듬으며 비장의 추리를 개진하는 명탐정처럼 과장되게 말했다.

"그와는 반대로 사사키는 항상 정량의 폐쇄공간을 전개함으로써 폭주를 막고 있다. 그렇게 볼 수 있겠죠."

그럼 뭐가 더 나은 거야? 쌓아둔 걸 부정기적으로 발산하는 것과 늘 조금씩 흘려버리는 거랑 뭐가 만인에게 바람직한 거냐?

"글쎄요. 거기까지는 잘 모르겠네요."

코이즈미는 간단히 회답을 포기하고 공을 엄지손가락으로 튀겼다.

"저는 스즈미야 씨 쪽이라 판단이 치우치지 않았다고는 할 수 없어요. 누가 객관적으로 판단한다 해도 그게 제가 아닌 건 분명하죠. 저는 오로지 제 역할을 할 뿐입니다. 직분을 뛰어넘는 사태에는 개입하지 않는 것을 관철하겠다는 자신은 있어요. 그게 특기 분야라면 몰라도 제 눈은 스즈미야 씨에 관한 한 약간 흐려져 있거든요. 스즈미야 씨와 사사키 씨 양쪽을 잘 아는 누군가에게 그 임무를 이

관하고 싶네요."

그게 대체 누구를 말하는 거냐 이거구나.

"하나만 더 말해도 될까요?"

코이즈미의 말투는 초봄의 종달새처럼 경쾌했다.

"지금 이 시점에서 저희 SOS단은 일찍이 찾아볼 수 없는 수준으로 단결 중입니다. 외우주 생명체나 우주토착 미래인, 스즈미야 씨를 후원하는 한정 초능력자, 그런 울타리는 완전히 없는 것과 같아요. 완전히 하나의 목적을 향해 저희의 뜻은 일치하고 있죠. 중심인물은 물론 스즈미야 하루히 씨, 그리고—."

마치 무대감독으로부터 연출 지시라도 떨어진 것처럼 뜸을 들이더니 과장된 몸짓과 함께 이렇게 속삭였다.

"당신입니다."

시치미 떼는 것도 좀 그런 기분이 들어 나는 손에 낀 장갑을 무심히 때렸다. 어디 쳐볼 수 있으면 쳐봐라. 코이즈미의 말을 기다렸다.

"이건 SOS단 전원에게 관계되는 문제입니다. 모두가 관련되어 있어요. 나가토 씨와 쿠요우 씨, 아사히나 씨와 후지와라라는 미래인, 저희 '기관'과 타치바나 쿄코 일파. 당신과 사사키 씨. 이들 모두 한 줄기 실로 이어지고 얽혀서 단 하나의 중심점을 향해 가고 있는 겁니다. 그 중심에서 무슨 일이 일어나겠죠. 뭐가 발생할지는 차치하더라도 반드시 행동의 결과로 결론이 도출될 겁니다. 이건 더 이상 당신만의 문제가 아니게 될지도 몰라요."

"그럼 나는 뭘 해야 되는데? 광대? 방관자? 후세의 역사가를 위해 기록에만 전념하면 되는 거냐?"

"뭐가 됐든 어떻습니까."

코이즈미는 투심이냐 포심이냐를 고르는 투수처럼 공의 실땀을 손가락으로 더듬었다.

"그때가 오면 해야 할 일이야 바로 이해할 수 있을 겁니다. 혹은 그렇게 할 수밖에 없는 상황이 될지도 모르죠. 당신은 자신의 의지로 실행하기만 하면 되는 거예요. 생각할 필요는 없을지도 모르죠. 인간은 결단력만 쇠약해지지 않으면 순간적으로 최적의 행동을 취하는 법이거든요. 당신의 행동은 지금까지 모두 옳았어요. 다음도 그렇게 될 거라고 확신 반 기대 반으로 생각하고 있습니다만."

그렇게 말한 뒤 자기가 할 말은 모두 끝냈는지 코이즈미는 다시 내게 공을 던졌다. 시원스레 뻗는 직구였다. 장갑에 들어온 공을 움켜쥐며 나도 물어봐야 할 건 모두 물어본 것 같다고 판단했다.

확실히―.

코이즈미도, 아사히나 선배도, 나가토도 아니다. 당연히 하루히일 턱은 없다.

결판을 내야 하는 역할은 내게 넘어왔다. 처음부터 그랬지. 여느 때 같았으면 "이런 이런"이라고 말하겠지만 봉인한 말을 개봉할 필요도 없었다.

나는 처음부터 그럴 생각이었던 거다. 늘 깨닫고 있었다. 물론 뭘 해야 좋은가 하는 것까지는 모른다. 하지만 해주겠다 이거야. 나가토가 뒤집어지고 하루히와 아사히나 선배가 걱정하는 얼굴이 머리 한 켠을 스친다. 그런데다 코이즈미와 캐치볼이라고?

이런 건 내가 할 일이 아니야. SOS단의 업무에 이런 시시한 작업은 분명 없다고. 지금까지도, 앞으로도 말이지.

"흥."

나는 팔을 높이 들고 와이드업 모션으로 코이즈미의 장갑을 향해 혼신의 일구를 던졌다.

"나이스 커브."

칭찬을 해줬지만 나는 직구를 던지려고 했던 거라고.

"에이, 모르겠다."

나답다고 한다면 마지못하긴 해도 납득할 만한 결과다. 아마 타자도 현혹되어주겠지. 그럼 던지러 가볼까. 누가 될지는 모르겠지만 그 타자에게.

내 혼신의 변화구를.

내가 던진 공이 코이즈미의 손에서 기분 좋은 건조한 소리를 냈다.

"만약 내가 슈퍼맨 같은 미국 만화에 나오는 히어로로 변신해서—."

불가능한 전개라는 걸 알면서도 말해보았다.

"그래서 이 세상의 모든 문제를 다 해결할 만한 능력이 있다면 말이야. 이참에 정의의 기사가 되는 건 거부하고 마음에 안 드는 녀석을 모조리 두들겨 패줄 텐데."

공을 되던지려던 코이즈미가 동작을 멈추고 정글 오지

의 진귀한 희소 동물을 발견한 생물학자 같은 눈으로 나를 쳐다보더니 후후훗, 특유의 희미한 웃음을 짓는다.

"불가능하지는 않죠. 스즈미야 씨가 그렇게 바라기만 하면 됩니다. 당신에게 숨겨진 힘이 존재하고 밤낮을 혼동한 누군가와 사투를 벌인다―, 그런 설정만이라도 그녀가 믿게 만들 수 있다면 당신은 원하는 대로 슈퍼 히어로가 될 수 있을 거예요. 뭐하면 협력을 아끼지 않겠습니다만, 어떠신가요? 주먹 한 방으로 에일리언을 날려버리고 날카로운 기합 하나에 미래인의 의도를 산산조각 내는 무투파를 좋아하시나요? 다시 말하지만 스즈미야 씨가 어떻게 하느냐에 따라 절대로 불가능한 일은 아니랍니다."

생각할 시간은 전혀 필요하지 않았다. 그건 내 역할이 아니다. 갑자기 초자연 능력에 눈을 떠 눈앞의 적을 마구 무찌른다고? 그것도 무력으로? 그건 대체 언제 적 아동소설이냐. 30년도 더 전에 한물 간 거 아니었어? 요즘에 그런 짓을 하려 드는 건 복고 붐 이전에 인간의 문화적 정신이 전혀 진화하지 않았다는 명백한 증거잖아. 나는 좀 더 새 시대의 이야기를 접하고 싶다고.

어쨌든 나는 성격이 좀 비뚤어졌으니까 말이다. 왕도나 매너리즘 따윈 푸세식 화장실 옆에 놔두는 종이 정도의 가치밖에 없다는 생각을 갖고 있다 이거야.

나는 코이즈미가 되던진 완전 느린 커브라고도 볼 수 있는 큰 곡선을 그리는 공을 받아들고, 이 테니스공에 어떤 회전을 줘야 타자의 허를 찌르는 마구를 던질 수 있을까 생각해봤지만, 쓸데없이 머리나 굴리는 건 쉬는 것과 같다는 격언이나 떠올리게 될 뿐이었다.

　캐치볼에도 질려서 나와 코이즈미는 다시 동아리방으로 귀환했다. 당연히 아무도 없었다. 입단을 희망하는 1학년은 그림자도, 형체도, 영체도 없는 상황이었는데, 약간은 의외로 느껴지기도 했다. 그렇게 신입생이 많은데 한 명 정도는 머리의 톱니바퀴가 독특한 애가 있어도 되지 않나 하고 생각했지만, 이런 생각을 하는 건 내 머리에 하루히 색의 맛이 가미되고 있어서인가.
　하루히와 아사히나 선배에게서는 아무 연락도 없었다. 아마 나가토네 집에서 즐거운 시간을 보내고 있겠지. 소식이 없다는 건 무사하다는 증거다. 아마 하루히는 나가토의 증상을 악화된 감기 정도로 생각해 독자적인 민간 대중요법으로 무슨 수를 써서라도 고칠 생각일 거다. 곁에서 도와주고 있을 아사히나 선배는 나가토를 불편해하긴 하지만 약해진 동료를 눈앞에서 보고 이데올로기적 대립은 까맣게 잊어버렸겠지. 어른 아사히나 선배라면 몰라도 지금의 아사히나 선배는 속없이 좋은 분이다. 간호사 아사히나, 설마 정말 간호사복을 입고 있는 건 아니겠지.
　동아리방으로 돌아왔지만 달리 할 일이라고는 프로야구에서 겨우 1회도 던지지 못하고 강판한 신인 선발 투수만큼 없었다. 그래서 코이즈미와 캐치볼을 한 뒤 느릿느릿 정리를 하고 컴퓨터 전원이 처음부터 켜지지 않았던 것도 확인하고서 문을 잠근 뒤 우리는 학교를 뒤로했다. 좋은 기회이니 어서 집에 가 각오를 재확인하기 위한 명상 의식이라도 치러볼까.

애용하는 자전거를 현관 앞에 두고, 잠기지 않은 문을 연 내 눈에 들어온 것은 아무렇게나 벗어던진 동생의 작은 신발과 낯선 검은색 로퍼였다. 크기로 봐선 여자애 신발 같다. 또 미요키치가 놀러온 건가 싶어 별로 개의치 않고 계단을 올라가 내 방에 들어선 나는 하마터면 할 줄도 모르는 뒤공중제비를 돌 만큼 놀라 펄쩍 뛰었다.

얌전히 앉아 웃고 있는 동생이 허락 없이 내 방에 드나드는 거야 새삼 놀라울 일은 아니었지만 그런 동생을 상대하는 여자애의 모습에는 시골 산길에서 장수잠자리가 이마에 부딪쳤을 때만큼 충격을 받지 않을 수 없었다.

샤미센을 무릎에 앉히고 사랑스럽다는 듯이 턱을 쓰다듬고 있던 그 녀석은 나를 보고선 부드럽게 웃었다.

"헤이, 좋은 고양이네. 그거 알아? 누가 쓴 에세이에서 읽은 건데 종류아 혈통에 상관없이 고양이에는 당첨과 꽝이 있대. 명확한 기준은 주인의 자주성에 맡겨지는 것 같지만 말이야. 내가 볼 때 이 샤미센은 대박이야. 아, 수컷 얼룩 고양이라는 복스러운 점뿐만이 아냐. 적당하게 영리

하고 적당하게 짐승의 성질이 남아 있는 이 아이는 어쩌면 인간 어린애보다 더 인간을 이해하고 있지 않을까."

"이 녀석은 자기를 고양이라고 생각 안 하는 건 아닌가 싶더라. 인간보다 거만할 때가 있거든."

"콘, 그건 반대야. 고양이는 인간을 동료라고 생각하지만 그건 어디까지나 고양이로서야. 고양이들은 인간을 조금 덩치가 큰 고양이라고 생각하는 거야. 그래서 거리끼질 않는 거지. 그들 입장에서 보자면 인간은 자기들보다 민첩하지도 않고 먹이를 잡는 방법도 모르는, 아둔하고 앉아서 가만히 있기만 하는 둔한 생물이니까. 그 점이 개들하고 다른 거지. 개와 인간은 고대로부터 같은 사회성을 익혀야 했어. 무리지어 생활하는 건 인간이나 개나 똑같으니까. 그래서 친숙해지기 쉬웠던 거야. 아마 개들은 자기도 인간의 일종이라고 생각하고 있을걸. 그래서 그들은 주인이나 리더에게는 충실한 거라고."

"사사키."

나는 가방을 내려놓는 것도 잊고서 말을 하고 있었다.

그리고 뒤늦게 동생을 보고,

"엄마는?"

"저녁 장 보러 갔어—."

내 동생이긴 하지만 참 속 편한 대답이었다.

"그래. 알았다. 일단 어서 나가."

"에이."

토라진 얼굴의 동생은,

"모처럼 언니랑 놀고 있었는데. 콘 못된 거지?"

한껏 애교를 부리며 고개를 갸웃거렸지만.

"그게 아니야. 난 사사키랑 긴히 할 말이 있다. 아니, 그런데 사사키를 집에 들인 게 너냐? 혼자 있을 때에는 모르는 사람한테 문 열어주지 말라고 그렇게나 말했는데."

"모르는 사람 아닌걸. 사사키 언니는 이 전에 자주 데리고 왔었잖아. 현관까지긴 하지만 자전거 타고 같이 나가는 거 얼마나 자주 봤는데. 그치?"

깜찍한 얼굴로 동생은 사사키에게 동의를 구했고, 사사키는 쓴웃음을 지으며 고개를 끄덕였다.

"기억해주다니 고맙네. 그런데 애들은 참 빨리 크는구나. 못 알아볼 뻔했어. 응, 이제 애라고 하는 건 실례인가. 멋진 소녀라고 해야겠어."

그런가? 내 눈에는 그때 이후로 생긴 것도, 속도 전혀 성장 안 한 것 같은데.

"남매란 그런 거야. 어릴 때부터 같이 지내니까 가까운 풍경의 일부가 되는 거지. 일상의 성장을 실시간으로 보고 있기 때문에 그 결과를 아날로그적으로밖에 판단하지 못하는 거겠지. 하지만 나는 디지털적으로 관찰하기 때문에 반대로 성장이 눈에 띄게 느껴지는 거고."

지당한 말씀이지만 우리 동생에 대한 감상을 말하러 온 건 아니잖아?

"그래. 돌발적으로 행동할 만큼 나는 감정에 지배되진

않거든."

나는 사사키의 무릎 위에서 목을 가르랑거리고 있는 샤미센을 떼어내 동생에게 떠넘기고 그 등을 밀었다.

"냐옹."

항의하듯 우는 샤미센을 무시했다.

"금방 끝나니까 밑에 가서 놀고 있어. 나는 둘이서 얘기할 게 있으니까. 너희가 들어봤자 재미없는 이야기고 놀아줄 수도 없다. 거실의 고양이 상자에 개다래나무 스프레이 있으니까 발톱갈이판에 뿌려줘라. 그리고 화장실 모래 갈고 빗질도 해주면 기뻐할 거야."

"어? 나도 언니랑 이야기하고 싶은데. 콘 이야기 듣고 싶어―."

샤미센을 끌어안은 채 온몸으로 항의의 뜻을 표명하는 동생을 나는 억지로 내쫓았다. 문 밖에서 투덜대던 초등학생 꼬마와 고양이 한 마리는 잠시 와글와글 냥냥 떠들어댔지만 마침내 계단을 내려가는 소리가 들렸고, 덕분에 내 냉정함도 겨우 구름 위에서 돌아오게 되었다.

큭큭큭, 사사키의 즐겁다는 웃음도 나를 평상으로 되돌리는 효과가 있었다고 할 수 있었다.

"정말, 정말 귀엽구나. 잠깐 얘기해본 걸로도 알겠어. 저 애는 틀림없는 콘의 동생이야. 성장 환경이 좋았나봐. 뭐니 뭐니 해도 오빠를 좋아하는 걸 잘 알겠더라. 저 아이에게 콘 너는 마치 마법처럼 뭔가를 해주는 제일 가까운 육친인 거야. 고양이가 갖고 싶다고 생각했는데 마침 그

때 얼룩 고양이를 데리고 오는 식으로 말이지. 꽤나 존경하는 것 같던데.”

존경하는 마음이라고는 조금도 느껴본 적이 없다만. 2, 3년 전까지만 해도 동생은 정말로 손을 댈 수 없을 만큼 울보였다. 몇 번을 재갈을 채워줄까 생각했는지 모른다. 하지만 가족 구성에 여동생이 존재하지 않는 녀석들은 여동생이라는 말에 멋대로 이미지를 붙이고 싶어하는 법이라는 것은 경험 상 알기 때문에, 외적으로 보면 그럴지도 모르겠다. 하지만 그런 건 아무래도 상관없는 이야기다.

그렇게 생각하는데 사사키가 이렇게 몰아붙였다.

“그런데 전혀 상관없는 거긴 하지만 고양이는 왜 신선한 물보다 목욕하고 나온 물을 더 마시고 싶어하는 걸까.”

무슨 얘기야.

사사키는 큭큭큭 하고 웃었다.

“그러니까 처음에 말했잖아. 전혀 상관없다고.”

“그래서?”

나는 아직 어깨에 멘 가방을 침대에 던지고 사사키 앞에 양반다리를 하고 앉아 흐뭇한 표정을 잃지 않는 동창생의 얼굴을 보았다.

“이제부터 어떤 이야기를 들려줄 거지? 가능하면 상관이 있는 이야기를 듣고 싶은데.”

“여러 가지야.”

사사키가 던지는 시선은 80퍼센트 가량 핀 왕벚나무처럼 부드러웠다.

"슬슬 너도 한계에 도달하지 않았을까 싶어서. 지난번 회합은 여러 가지 의미에서 참견이 많이 들어왔지. 개인적으로는 너와 오붓이 둘이서만 이야기를 나눌 기회를 노리고 있었거든. 네가 먼저 제안을 하지 않을까 어젯밤 내내 잠도 자지 않고 기다렸는데, 아무 연락도 없었다는 데에는 조금 충격을 받았어."

그렇게 과장되게 말할 건 없잖아. 나는 나대로 쩔쩔 매고 있었다고. 이성인을 상대로 어떤 수를 써야 좋을지, 은하 순찰대 접수센터는 어느 타운 페이지(주72)에 실려 있을지 등등 말이다.

사사키는 자신이 만든 함정의 위치를 모두 알고 있는 장난꾸러기 꼬마 같은 표정으로 말했다.

"매정하구나. 좋아. 나는 네 반응에 익숙하니까. 관용의 정신으로 받아들이는 데에 주저하지 않겠어. 그럼 곧바로 주제로 들어가지."

나로서는 주제가 뭔지 애매모호했지만 일단 고개를 끄덕였다. 그렇게까지 말한다면 일단 조용히 사사키의 의견을 들어보도록 하지. 일부러 집까지 찾아왔는데 귀가 솔깃할 정보를 들려줄 게 틀림없어.

"일단 스오우 쿠요우에 대해서 나 나름대로 시행착오를 거친 끝에 정리한 견해를 말해보겠어."

확실히 그건 내 귀가 듣고 싶어할 정보 중 하나다. 닥스 훈트의 귀 못지않게 경청해볼 가치가 아주 높다.

사사키는 무릎에 붙은 샤미센의 털을 집어서 바라보며

주72) 타운 페이지: 일본의 대표적인 전화번호 안내 책자명.

말했다.

"나는 어릴 때부터 지구외 생명체가 있다면 대체 어떤 모습일까 상상했어. 소설이나 만화에서는 광학적으로 볼 수 있는 형태인 경우가 많았고, 어느 정도 의사소통도 가능하다는 게 전제조건이었지. 예를 들어 소수의 개념을 이해하기도 하고 말이야. 번역기라는 편리한 아이템이 등장하는 경우도 드물지 않았어."

거기에서부터 비롯되는 우주적 대화가 근간을 이루는 SF는 너무 많아 헤아릴 수가 없다. 이래 봬도 나는 나가토의 영향으로 최근의 까다로운 해외 SF를 다소 즐기고 있다. 픽션에서 배우는 것도 많지.

"그건 그렇다고 쳐두고."

사사키는 손가락으로 집은 샤미센의 털을 흔들었다.

"나가토의 정보 통합 사념체나 쿠요우의 천개영역에 대해서는, 아무래도 인간이 만들어내는 이해하기 쉬운 이야기 속의 이성인과는 근본적인 차이가 있는 것 같아."

화성이나 수성에 휴머노이드 타입의 우주인이 있다고 하던 전 시대 SF 작가들에게 들려주고 싶은 말이다. 아마 당시보다 좀 더 재미있는 활극을 써줬을 거야.

"그래. SF에만 한정할 것 없이 만약 J. D. 카(주73)가 이 시대에 살아 있었다면 현대기술을 이용한 기발하고 새로운 밀실 트릭 소설을 대량으로 만들어내 나를 독서의 노예로 만들어줬을 텐데 말이야. 차라리 카를 시간 이동으로 현재로 데리고 올 수는 없을까. 너의 아사히나 선배한

주73) J. D. 카: John Dickson Carr. 수수께끼 풀기의 수법을 고수해 작품을 쓴 미국 추리 소설 작가. 주요 작품으로는 「흑사장 살인사건」, 「화형법정」, 「유다의 창문」 등이 있다.

테 부탁해볼 수 없어? 난 진지한데."

안타깝게도 나도 과거로 끌려간 게 고작이고 미래에는 못 가봤다. 아마 금칙사항인지 뭔지 때문에 앞선 시간의 세계에는 갈 수 없는 거겠지.

"그건 여담이지만."

사사키의 가느다란 손가락에서 세 가지 색깔의 가는 털이 팔랑거리며 떨어졌다. 시원스런 눈동자가 내 얼굴을 바라본다. 잡담은 종료라는 신호다.

"내 생각에 그들은 우리 인간의 가치관과 논리를 이해하지 못하는 게 아닐까 싶어. 고차원의 존재가 억지로 인간 수준까지 내려와 있는 거니까 무슨 말을 하는 건지는 알아도 왜 그런 말을 하는 건지는 모르는 거지. 아니면 왜 그런 이야기를 할 필요가 있는 건지 이해를 못 하는 건지도 몰라. 5W1H(주74) 가운데 누구와 어디는 판단할 수 있어도 나머지는 전혀 불가능하다면 그런 존재와 제대로 된 대화를 나눌 수 있을 것 같아?"

아니. 나가토가 말하는 것조차 납득 불가능에 가까운데 쿠요우는 심지어 후던잇(주75) 부분에도 문제가 있는 것 같았으니까.

그런데 사사키는.

"이런 대화 부전은 크게 어려운 문제는 아니야. 네가 물벼룩이나 짚신벌레의 가치관을 이해할 수 있어? 백일해박테리아나 마이코플라스마(주76)와 함께 담소할 수 있을

주74) 5W1H: 육하원칙의 약어. Who(누가), When(언제), Where(어디에서), What(무엇을), Why(왜)와 How(어떻게)의 머리글자이다.
주75) 후던잇: whodunnit, 'Who done it?'의 준말로 '범인은 누구냐'라는 뜻. 탐정소설, 추리소설의 속칭. 영화나 극에 대해서도 사용한다.
주76) 마이코플라스마: mycoplasma, 세균과 바이러스의 중간인 미생물.

거라 상상이 되니?"

내 지능으로는 조금 어렵다는 건 확실하군.

"단세포 생물이나 박테리아가 인간 수준의 지능을 획득했다 하더라도 아마 같은 감상을 느낄 거야. 이 이족으로 걷는 포유류는 대체 무슨 생각으로 행동하고 있는가 하고 말이지. 인간은 대체 뭘 하고 싶어서 살아가고 있는 걸까. 인류는 이 행성과 세계를 어떻게 하고 싶은 건가 하는 의문을 갖기도 전에 기가 막혀 할지도 모를 일이지."

하긴 나 자신도 뭘 하고 싶어서 사는지는 생각해도 모르겠으니까. 전 인류적으로 생각했을 때 압도적 다수파라고 믿고는 있다만.

"예를 들어 콘, 너한테 제일 중요한 건 뭐지?"

갑작스러운 질문에 순간적으로 답이 나오지 않았다.

"나도 그래. 고도로 정보가 뒤얽히는 현대사회에서 가치관이 정량화되는 일은 없다고 해도 과언은 아닐 거야."

사사키의 표정과 말투는 변하지 않았다.

"어떤 사람에게는 금전일지도 모르고, 정보라고 말하는 사람도 있겠지. 다른 사람은 남들과의 유대가 제일 중요하다고 주장할지도 몰라. 각자 전혀 다른 가치기준을 갖고 있으니까 자신의 가치관만으로 이 세상 모두를 판단할 수는 없어—이건 나도 너도 알고 있는 이야기지. 그렇기 때문에 바로 그 질문에 즉시 대답을 할 수가 없는 거야."

그럴지도 모르겠다.

"하지만 옛날 사람은 그런 질문에 그렇게 고민하지 않

앉을 거야."

그럴지도 모르지.

지금이야 정보는 원하는 때에 원하는 만큼 얼마든지 손에 넣을 수 있다. 하지만 불과 백 년, 아니, 10년 전만 해도 들어오는 정보는 한정되어 있었다. 이것이 전국시대, 헤이안 시대가 되면 어떨까. 뭘 선택하는 것에 대해 현대인보다 망설임이 컸을까. 당시에는 선택하려 해도 선택이 한정되어 있었을 것이다. 다양성을 늘려 선택하는 자유가 늘어났다고 하지만 반대로 뭘 선택해야 좋을지 고민하게 된다면 그건 오히려 다양성에 의한 선택의 폐해가 되지 않을까? 뭘 선택해야 하는지 아무런 정보도 없을 때 사람은 보다 많은 사람이 선택하는 것을 취하게 될 거다. 그렇다면 그건 본말이 전도되는 일이다. 다양화는커녕 사실은 한쪽에 집중되는 게 된다. 가치관의 균일화다.

"아무래도 이성인들은 확산보다 균일화를 정상적인 진화라고 생각했던 것 같아."

사사키의 목소리는 여전히 담담했다.

"하지만 아무래도 다른 측면도 있다고 깨달은 것 같아. 그리고 그건 아마 스즈미야 하루히와 너를 만난 게 계기가 됐을 거라고 나는 추리하거든."

하루히는 그럴 수 있다. 그 녀석이라면 화성인이 대통령제를 승인하게 만드는 일이야 얼마든지 해낼 수 있을 테니까. 하지만 나한테는 그런 활력이 없다고.

"아니, 사실 너도 대단한 녀석이야. 말이 거의 통하지 않는 지구외 생명체와의 다툼을 대화로 해결하려 하고 있잖아. 좀처럼 흉내 낼 수 없는 일이라고. 보통은 생각도 못 해낼 일이야. 이건 네 경험치에서 나온 거라 추측하겠어. 부럽다, 콘. 듣자하니 나가토는 매력적인 존재더라. 진심으로 한 번쯤 좋아하는 책에 대해 진지하게 대화를 나눠보고 싶어. 쿠요우는 내 앞에서는 거의 말을 안 하거든."

농담처럼 말하고 있지만 나는 사사키가 반 이상은 진심이라는 걸 이해할 수 있었다.

"나는 대체 어떻게 해야 되냐?"

"그럼 생각해볼까. 다행히 후지와라도, 타치바나도, 그리고 쿠요우도 말이 통하지. 이게 우리들의 최대의 무기야, 콘. 생각하고 이끌어낸 말로 그들을 굴복시키면 되는 거야. 간단하다고는 할 수 없지만 너라면 할 수 있을 거다. 나도 그렇고. 생각하는 것, 그 생각을 상대에게 전하는 것, 이건 지구인류가 태어나면서부터 갖고 있는 보편적인 능력이니까."

고등학교 2학년 초기 수준의 학력과 지식으로 대체 뭘 할 수 있단 거야. 그야말로 노벨상급은 되는 물리학자를 총동원해야 할 문제 아니냐? 나는 가니메데(주77)와 트리톤(주78) 중에 뭐가 더 큰지도 모르는데. 내가 학력이 뒤떨어졌다고 확신할 수 있는 건 타니구치 정도다.

"그 정도 문제는 문제도 안 된다고 생각해. 왜냐하면 이건 스즈미야 하루히를 중심으로 움직이는 이야기니까. 모

주77) 가니메데: 목성의 둘레를 돌고 있는 네 개의 갈릴레이 위성 가운데 셋째 위성.
주78) 트리톤: 해왕성에서 가장 큰 위성(衛星).

든 기준은 그녀의 인식에 있어. 모든 세력은 어디까지나 그녀의 행동과 지식을 기본원칙으로 하고 있지. 거기에 우리가 파고들 틈도 있는 거야."

사사키는 단숨에 열 살쯤 나이를 먹은 것처럼 어른스럽게 웃었다.

"오히려 어른들은 방해밖에 안 될걸. 분석, 해석, 대처 방법, 시간을 낭비할 뿐인 회합…, 모두 쓸데없는 짓이지. 알겠어, 쿈? 이건 나와 너의 이야기이기도 하다고. 그렇다면 우리가 어떻게든 해야 하는 게 줄거리 상 맞는다고 할 수 있지 않겠어?"

너를 끌어들인 건 미안하게 생각하고 있다.

"사과할 것 없어. 나는 지금까지 이보다 더 즐거웠던 적은 없거든. 고맙다는 말로는 부족할 정도니까 쿈, 네가 바란다면 뭐든지 다 들어줄 생각이다."

진심인지 농담인지 판단이 안 되는 목소리로 사사키는 말했다.

"그러니까 말이야, 나와 너에게도 승산은 충분히 있어. 이 하찮은 성계의 한 행성이자 대우주의 변경에 위치하는 작은 별을 무대로 한 이상, 마법 같은 힘을 가진 우주생명체도 지구의 척도에 따라 행동하는 수밖에 없지. 아마 정보 통합 사념체와 천개영역 사이에도 그런 제약이나 불문율이 있을 거야. 그렇지 않다면 두 세력 모두 이렇게까지 은밀한 작전을 계속할 필요가 없을 테니까. 미래인에게도 마찬가지라고 할 수 있지. 잘은 모르겠지만 그들은 어떤

규제에 얽매여 있는 것 같아. 나는 그 점에 원상회복의 돌파구가 있지 않을까 추측하고 있다."

하지만 사사키의 생각과 수단이 올바른 수라고 해도 그걸 어떻게 증명하지.

사사키는 크큭, 특징적인 소리를 내며 웃었다. 여유만만한 것 같기도 하고 크리스마스 저녁에 산타 비슷한 누군가가 원하는 선물을 머리맡에 놔둘 거라고 확신하는 것 같기도 한, 소녀다운 미소였다.

"조만간 어떻게든 될 거야. 분명히 그렇게 될 거다. 지금 이 상황을 너는 바라지는 않을 거야. 아마 스즈미야도 그렇겠지. 당연히 나도 그래. 이렇게 관계자의 의도가 일치하는데 다른 방향으로 진행될 사태가 있을 거라고는 생각할 수 없는데."

교복 차림의 사사키는 어딘지 모르게 즐거워 보였고, 기시감이 든다 싶었더니 SOS단 결성 당일에 하루히가 웃던 얼굴이 겹쳐 보였다. 그때의 하루히가 한여름의 해바라기라면 지금의 사사키는 나팔꽃 같다는 인상 면에서의 차이점은 있긴 하지만.

"그래서—."

그래서, 너는 뭘 말하러 온 거냐.

"직접 만나서 이야기하고 싶었어. 그게 다야. 다른 인물이 없이 단둘이서. 물론 전화나 메시지를 이용하지 않고서. 벽에는 귀가 있고 문에는 눈이 있다잖아?"

순간 동생이 문에 귀를 대고 엿듣는 모습을 상상했지만

문득 깨달았다. 사사키는 도청을 경계하는 건가. 전화 도청이라면 조직력이 있는 무리라면 쉽게 저지를 수 있을 것이다. 코이즈미는 몰라도 모리 씨나 아라카와 씨…, 아니면 타치바나와 후지와라 일파. 그 사실을 은근슬쩍 전해주기 위해서라면 이 기습 같은 방문도 이해가 간다.

"그리고 또 하나. 아무래도 후지와라는 빨리 처리하고 싶어하는 것 같아. 그런 느낌이 들더라. 타치바나는 낙천적이고 쿠요우는 정체를 알 수 없지만 미래인인 그는 공리적이고 목적의식이 뚜렷해. 미래에나 과거에나 좋은 일이라면 빨리 끝내고 싶어하는 인간 같아. 그러니까 아마 내일이라도 행동을 취하지 않을까 싶다."

만약 내가 야마타이국(주79) 시대로 여행을 하게 된다면 사방을 돌아다니며 진수(주80)의 기술이 얼마나 맞는지 확인하고 다닐 거다. 후지와라도 느긋하게 과거 구경이나 하면 될 걸 성질 급한 녀석이네. 아니면 이 시대에는 고고학적 가치가 없다는 말인가?

"하지만 그러는 게 너도 좋잖아?"

이 애매모호한 상태를 어떻게든 타개하고 싶은 것이, 나가토의 열을 내려주고 싶은 것이 본심이다.

"이건 진짜 상상에 불과한 거긴 하지만."

사사키는 이렇게 전제를 하고 말했다.

"우리가 직면한 문제는 단순한 존재의의의 증명일지도 몰라. 모두 다 자신의 레종 데트르, 즉 존재증명을 확고한 사실로 만들려 노력하고 있는 건지도 모르지. 우주인도,

주79) 야마타이국: 3세기에 일본 열도에 존재했다고 전해지는 나라.
주80) 진수: 陳壽. 중국 서진의 역사가이자 중국 삼국시대의 정사인 「삼국지」의 저자.

미래인도, 초능력자도 할 것 없이 모두 말이야. 각자가 자신들이 확실하게 존재하고 있으며 다른 사람도 자기 자신의 존재를 인식해준다는 유일하며 단순한 행동 이념에 따라 움직이고 있는 게 아닐까. 한 번 생각해봐, 콘. 너는 벌써 쿠요우와 후지와라, 타치바나가 지금 이곳에 있다는 걸 인식하고 있잖아? 만약 그들이 그대로 사라져버린다 해도 절대로 잊을 수 없을 정도로는 인식하고 있을 거야. 이때, 이 장소에 그들은 의심할 여지 없이 이 세계에 있었어. 그와 그녀들의 바람은 단 하나, 우리를 잊지 말아달라는 간결하면서도 비통한 메시지일지도 몰라."

잘 모르겠다. 그런 걸 굳이 이 시대, 그것도 내 앞에서 안 해도 되지 않냐.

내가 녀석들의 모습과 말을 죽을 때까지 잊지 않을 거라는 데에는 의심할 바 없지만, 그래서 그게 뭐가 어떻다는 거야. 나는 기록벽이 있는 궁중 문관도, 역사서 편찬 담당자도 아니라고. 타키투스(주81)나 헤로도토스(주82)가 살아 있는 시대에서 날뛰면 될 거 아냐. 그렇지 않더라도 지금 이 시대에도 비슷한 취미를 가진 인간은 분명히 있을 거다.

내가 사사키의 말을 그렇게 반추하는 동안, 전직 동급생이자 전직 학원 동료인 그녀는 두 손의 주먹을 자기 뺨에 대고 눈을 내리깔더니 마사지를 하듯 빙글빙글 돌렸다. 뭐야? 예뻐지는 효과라도 있냐?

"아니."

주81) 타키투스: 고대 로마의 역사가, 웅변가, 정치가.
주82) 헤로도토스: 고대 그리스의 역사가.

사사키는 손을 떼고 말했다.

"너와 이야기를 할 때에는 아무래도 얼굴이 웃는 모양으로 고정되는 것 같아서. 안면 근육이 자꾸 굳어. 지금은 진지한 이야기를 하는 거니까 이렇게 하면 조금은 표정이 변하지 않을까 생각했는데, 어때?"

일곱점박이 무당벌레와 이십팔점박이 무당벌레의 차이를 구분하는 정도의 수준으로 관찰해봤지만 아무래도 딱히 변한 건 없다고밖에 할 수 없었다. 능글인지 생긋인지 …. 그러고 보니 사사키가 미소 이외의 감정 표현을 하는 얼굴은 중학교 때부터 한 번도 본 적이 없네. 그렇게 사사키의 얼굴을 바라보는 사이에 문득 이런 생각이 들었다.

"네 존재의의는 뭐냐?"

이 갑작스러운 질문을 예측하고 있었다는 듯이 즉시 답을 했다.

"인류의 일원으로 말하자면 당연히 내 유전자를 남기는 것밖에 없겠지. 자손을 이뤄 자신의 구성요소를 후세에 전한다. 이건 생명체의 본질이야. 적어도 이 지구상의 모든 생물은 그렇게 되어 있지."

그런 진화론적인 걸 물어본 게 아니야. 우리 입장에서 보자면 유전자를 남기는 법은 알고 있지만 그게 뭐가 어떻다는 거냐잖아. 당분간 상관없는 일일 테니까.

"이런. 인간은 왜 사는가, 무엇을 위해 사는가라는 설문은 선문답의 범주일 뿐이야. 관념적인 의미가 있는 것처럼 보이지만 사실 아무 의미도 없지. 하지만 그걸 염두에 두고서 말하자면 내 존재의의는 첫째 '사고하는 것'이고 둘째로 '사고를 계속하는 것'이라는 대답밖에 못 하겠다. 생각하는 것을 그만두는 때는 내가 죽었을 때뿐이고, 역설적으로 생각하는 것을 그만둔다면 죽은 것이나 마찬가지라고 할 수 있어. 나라는 개체는 사라지고 동물적인 생만이 남게 되겠지."

큭큭큭, 사사키가 낮게 웃는다.

"나는 계속 생각하고 싶어. 이 세계의 삼라만상에 대해, 죽는 그 순간까지."

사고의 종착지에 뭐가 남는다는 거지? 아니, 자손을 만드는 것 말고 말이야.

"뛰어난 질문이야, 콘. 참으로, 정말이지 인간다운 문제다. 유전자 이외에 내가 이 시대에 살아 있었다는 증거가 후세에 남는다면 아미노산으로 이루어진 이중나선에 집착할 필요가 없을 거야. 유사 이래, 우리 인류는 다양한 것을 지구상에 남겨왔다. 쓸데없는 짓이라고밖에 안 보이는 거창한 유적에서 작지만 획기적인 도구의 발명, 당시에는 최첨단이었을 선진기술, 문화적인 국가적 예술작품, 전혀 새로운 기술 체계와 미래로 이어지는 이론…."

사사키의 표정을 보니 그녀의 사고는 시대를 초월한 뇌내 시간여행을 떠나려 하고 있었다.

"세계사에서 배우는 역사상의 위인들은 위인다운 행위, 그걸로 역사에 이름을 남겼어. 내 몸과 마음은 왜소하고 미력하기만 하지. 하지만 내 사고를 시작으로 해서 미래

에까지 이어지는 새로운 개념이 생겨나지 말라는 법은 없
잖아. 아니, 솔직하게 말하면 내가 산출해 키운 뭔가를 후
세에 남기고 싶어. DNA 이외에 말이야."

장대한 야망이구나.

"남기는 건 이름이든 개념이든 상관없긴 하지만. 야망
이라면 그게 내 유일한 야망이야. 다만 나는 혼자 힘으로
해내길 지향할 거야. 이성인이나 미래인, 초능력자의 힘
은 빌리지 않을 거다. 내 사고는 오직 나 혼자의 것이고
다른 어떤 사람도 개입하길 원하지 않으니까. 결론은 스
스로의 손으로 이끌어내고 싶어. 나는 내 존재의의를 그
런 것이라 정의하고 있지. 누구의 간섭도, 영향도 받지 않
고 내 안에서 솟아나는 독창적인 말과 개념을 만들어내고
싶어. 그러니까 방해가 된다고. 쿠요우도 후지와라도 말
이야. 타치바나는…, 음, 그 애와는 속을 터놓는 좋은 친
구가 될 수 있을 거야. 그녀가 유일한 희망이지."

이렇게까지 사사키와 속 깊은 이야기를 한 건 처음인
것 같다. 본심을 들은 것도 말이다. 그렇다면 나도 속을
드러낸 말을 하나 해야겠지.

"사사키, 만약 네가 하루히 같은 힘을 자유로이 다룰
수 있게 된다면 그 소원이 이뤄질지도 몰라."

"아아, 콘. 그거야 나도 일반적인 인간이니까 다양한
욕망과 감정을 갖고는 있어. 문득 이 녀석 죽지 않을까 하
는 생각도 하지. 하지만 바라기만 해도 그 사람이 죽게 된
다면 나는 엄청난 충격을 받게 될 거야. 그리고 견딜 수

없게 되겠지. 아주 잠깐이라도 생각하길 스스로 금지해야 할 거야. 나는 스즈미야처럼은 될 수 없어. 그녀가 정말로 전지전능한 신과 같은 소원 실현능력을 갖고 있다면 이 세계가 평상심을 유지하고 있는 건 기적에 가까워. 그건 바로 스즈미야가 기적적인 존재라는 말과 같다고."

사사키는 버릇처럼 냉소적인 형태로 입술을 치켜 올리고 나를 똑바로 바라보았다.

"하지만 나는 신적인 존재에 대해 부정하는 위치지만 말이야. 만약 있다 해도 이 세상에는 없어. 게다가 무자각이라니 말도 안 되지. 생각해봐. 너는 자진해서 어항에 들어가고 싶니? 굳이 밖에서 수족관 유리 너머로, 동물원 우리 안으로 들어가 열대어나 길들여진 야생동물의 일원이 되는 게 좋다고 생각해?"

왠지 말을 얼버무린 것 같네. 이래서 머리 좋은 녀석하고는 일대일로 말하고 싶지 않다니까. 코이즈미의 원군을 기대하고 싶을 정도다.

"그러니까 그런 거야. 고차원의 존재가 수준 떨어지는 세계에 내려올 일은 없어. 신도, 인간도 변하지 않아. 나는 그렇게 생각한다."

사사키는 과장되게 손을 흔들고 농담하듯 말했다.

"스즈미야는 신과 같은 존재인가봐. 그리고 아무래도 나에 대해서도 그렇게 생각하는 것 같아. 그녀와 나, 신일지도 모른다는 두 사람이 호의를 보내는 네가 아무것도 못 할 리가 없어. 그래, 한다면 네가 하는 거야. 이야기의 막을 내리고 다음 무대의 막을 올리는 건 네 역할이다. 이제 그만 자각하라고, 콘. 문을 열 수 있는 열쇠는 네 자신이야. 네가 모든 마스터 키를 갖고 있어."

하루히 소실 때의 키 퍼슨에는 포함됐던 것 같다만 이번만큼은 영 자신이 없다.

"이 사건은 네가 해결하게 될 거다. 이게 현 시점에서 내가 할 수 있는 작은 예언이야."

사사키는 아침의 비둘기처럼 소리 내어 웃었다.

"나는 네게 전폭적인 신뢰를 두고 있다. 왜냐하면, 너는 내 단 하나뿐인 사랑하는 절친이니까."

그 표정은 얼마간 안면을 물리적으로 조작했어도 여전히 미소 짓고 있는 걸로밖에 보이지 않았다.

"너라면 할 수 있을 거야. 아니, 나는 너만이 할 수 있을 거라고 본다. 그렇다면 역시 네가 해야 하잖아. 신 같은 스즈미야도, 지구외 생명인 나가토도, 초능력자인 코이즈미도 불가능하다면 일반인 대표인 너밖에 없어. 그게 네 특성이자 이점인 거야. 콘, 너는 아무 이유도 없이 그들과 우리를 만난 게 아니야. 너에게는 분명히 주어진 역할이 있다. 내가 어릴 때부터 손에서 놓지 않고 있는 고양이 인형을 걸어도 좋아."

그게 종료 신호였는지 내 방을 한 번 죽 둘러본 뒤 사사키는 자리에서 일어나 "그만 실례할게"라며 내게 미소를 지었다. 그리고 덧붙이듯이 이렇게 말했다.

"바래다주지 않아도 돼. 너도 이제 충분히 내게 유쾌한 시간을 주었어. 구김살 없는 동생과 멋진 고양이에게 안부 전해줘. 다음에 올 때에는 더 귀여워해주고 싶네."

그러고 나서 묘한 정적이 생겼다.

사사키는 자리에 선 채 움직이려 하지 않고 내 얼굴을 가만히 지켜보고 있었다. 나는 어떻게 해야 좋을지 몰라 아무 반응도 못한 채 서 있었는데, 사사키가 처음 듣는 망설이는 목소리로 이렇게 말했다.

"실은 말이야, 콘. 내가 오늘 온 건 또 다른 이유가 하나 더 있어. 그렇게 심각한 건 아니야. 후지와라도, 타치바나도, 쿠요우와도 상관없는 일이고. 그냥 내 학교생활에 대해서야. 그에 대해 상담을 좀 할까 생각했는데…."

사사키의 학교 상담을 들어줄 수 있을 만큼 내가 잘난 학생일 리가 없잖아.

그리고 사사키가 고민하는 문제에 내가 해답을 제시할 수 있을 턱도 없고. 그런 생각을 하는데 사사키도 동감을 했나보다.

"아무래도 관둘래. 이렇게 너와 이야기를 할 수 있어서 좋았어. 그것만으로도 기분이 많이 풀린 것 같다. 잘 알았어. 어차피 자기 문제는 스스로 대답을 찾는 수밖에 없는 거지. 아아, 역시 말하는 게 아니었는데 그랬네. 이게 내 약점이란 말이야. 다른 사람에게 상담해봤자 별수가 없는걸. 그것도 하필이면 콘에게 상담하려 하다니, 너무 염치가 없었던 것 같다. 사과할게."

멋대로 상담을 하려다가 바로 철회를 하는 대상이 된

내 입장에서 보면, 백지 문제지를 받은 직후에 회수를 당한 거나 마찬가지다. 사사키가 꺼낸 상담에 내가 제대로 된 충고를 즉흥적으로 해줄 수 있을 리도 없으니 내 자존심을 고려했을 때에도 잘된 일이라고 생각하고 넘어가는 게 좋을 것 같다.

"하지만."

사사키는 한쪽 뺨을 일그러뜨리는 특징적인 미소를 지었다.

"너를 만날 수 있어서, 이야기를 할 수 있어서 다행이야. 결심이 섰어."

현관까지 배웅을 나가자 샤미센을 품에 안은 동생이 따라왔다. 안는 자세가 이상한 바람에 샤미센은 초크 슬리퍼(주83)를 당하는 레슬러처럼 불쾌하다는 얼굴이었다.

"또 와—"라고 동생이 희색이 만면한 얼굴로 소리친다.

사사키는 두 사람과 한 마리에게 웃으며 손을 흔들고서 뒤도 돌아보지 않고 멋진 자세로 걸어 사라졌다.

나는 그 모습이 모퉁이를 돌아 사라질 때까지 현관 앞에서 지켜보았지만, 결국 사사키는 한 번도 돌아보지 않았다. 나에 대한 또 하나의 상담 용건이 무엇이었는지는 모르겠지만—. 참으로 사사키다운, 시원스러울 정도로 완벽한 퇴장 자세였다.

주83) 초크 슬리퍼: choke sleeper. 격투기에서 일반적인 슬리퍼 홀드(상대방의 뒤에서 한 팔로 턱을 감고 팔로 목을 조르는 기술)처럼 경동맥을 조르는 것이 아니라 목을 직접 조르는 기술.

사실은 뭘 하러 온 걸까, 그런 생각을 하게 된 건 밤에 목욕을 할 때였다.

동생이 가져온 플라스틱 장난감 탁콩(주84)이 물에 둥둥 떠다니는 광경을 바라보며 머리를 굴려봤지만 장시간의 목욕으로 혈액 순환이 충분해졌을 텐데도 불구하고 대답은 그리 쉽게 두개골 밖으로 튀어나와주지 않았다. 결국 말하지 않았던 또 하나의 상담 용건이 주가 아니라는 건 분명한 사실이었지만 그걸 무시하는 것도 영 찜찜했다.

그리고 사사키와 나눈 대화 가운데 무심코 지나간 채 잊어버렸던 단어가 있었던 것 같다. 뭐더라? 명령어 입력에 실패해 포맷된 하드디스크처럼 깨끗이 사라졌다. 아무래도 내 뇌수 메모리는 슬슬 과부하 징조를 보이는지 제대로 된 생각을 하려면 고성능 히트 싱크(주85)를 추가 장착해 냉각시킬 필요가 있나보다. 그런 말을 하며 욕조에 있어봤자 혈액 순환만 잘 될 뿐 아무것도 식지 않을 텐데, 매일의 목욕과 양치질은 빠뜨릴 수 없는 내 습관으로, 이것만큼은 어길 마음이 조금도 없다. 유난스럽게 깨끗한 걸 좋아하는 건 아니지만 하루라도 건너뛰면 기분이 나빠지는데, 그런 사람은 나 혼자만은 아닐 거다. 그렇지?

아무튼 오늘 사사키가 와준 덕분에 왠지 안도가 되는 기분이라고 솔직히 고백하지 않을 수 없겠다. 말해보고 새삼 이해할 수 있었다. 그 녀석은 신뢰할 만한 녀석이다. 말투와 사고형태가 조금 독특할 뿐, 평범한 여고생인 것이다. 중학교 때와 변한 게 하나도 없다. 만약 사사키가

주84) 탁콩: 「돌아온 울트라맨」 제1, 2화에 등장한 괴수.
주85) 히트 싱크: heat sink, 전자부품이나 소자에서 열을 흡수하여 외부로 방산시키기 위한 구조로, 냉각용 방열기를 뜻한다.

진학고가 아니라 키타고교에 입학했다면 어떻게 됐을까. 코이즈미와 타치바나가 동시에 전학을 왔을지도 모르고, 그렇게 되면 내 고등학교 1학년 생활도 상당히 혼란스러워졌겠지만 그런 가정에 찬 이야기를 몽상해봤자 달라질 건 없다. 지금은 그게 아니라 다른 걸 생각해야 한다.

"그런데—." 탄식 섞인 혼잣말. "그렇다곤 해도 말이지."

내가 낸 목소리가 욕실 벽에 메아리친다. 솔직히 아무 생각도 떠오르지 않는 스스로가 한심하게 느껴졌다.

"이렇게 된 이상 어서 잠자리에 들어 꿈에 하늘에서 계시가 찾아오길 기대하는 수밖에 없나."

단순한 바람으로 끝날 것 같은 희망적 관측을 중얼거리며 나는 욕조에서 일어섰다.

주름진 문을 열자 발매트 위에서 대기하고 있던 샤미센이 기다리고 있었다는 듯이 뛰어와 세면대 물을 마시기 시작하더니 한참 할짝거리다가 문득 고개를 들고,

"피야옹"

이렇게 울었다. 마치 내 착각을 지적하는 듯한 고양이어적인 경고처럼 들렸지만 캐묻기 전에 샤미센은 발톱이 바닥을 때리는 타각타각 소리를 내며 재빨리 계단을 올라갔다. 목적지는 어차피 내 방 침대 위겠지.

다음에 쿠요우와 만날 때 이 녀석을 데려가는 것도 괜찮을지 모르겠다. 샤미센의 머릿속에 봉인된 무슨무슨 생명체가 도움이 될지도 모른다는 자그마한 희망이 아주 없

는 건 아니었다—.

하지만.

"그만두자."

나는 타력본원이라는 교의를 포기했잖아. 그렇다면 철저히 나 혼자의 힘으로 해내야지. 내가 뭘 할 수 있냐는 의문을 생각하지 않기로 하고, 그래도 해보자 이거야. 사사키의 의견도 있었고, 무슨 실수로 지구에 와서 개에게 달라붙은 멍청한 정신생명체에 기대하는 것 자체가 잘못된 거니까. 안드로메다 병원체와 같은 우주 바이러스 부류보다 태양계인이 지리적 이점이 있는 걸 증명해줘야지.

좋아, 쿠요우와 후지와라에게 현대 지구인도 꽤 쓸 만하다는 걸 어디 한 번 보여주자고. 원래대로라면 지위도, 명예도, IQ도 나보다 몇 단계 위인 높으신 분에게 위탁해야 할지 모르지만 스즈미야 하루히를 둘러싼 비상식적인 일들을 새삼 생판 남에게 불쑥 내팽개칠 수는 없을 것 같다. 아무도 고마워하지 않을 테고, 무엇보다 내 스스로가 그렇게 하기 싫었다. 이건 SOS단에 떨어진 벼락 시험이니까 그걸 푸는 것도 우리들이어야 한다.

그리고 아무래도 지금은 어느새 내가 중심인물로 우왕좌왕해야 하는 역할이 되고 만 것 같다. 병상에 누워 있는 나가토의 진심을 들은 건 나밖에 없다. 본인이 의식하고 있는지는 몰라도 나가토는 내게 의지한 것이다. 아직까지 소수 영세조직인 SOS단, 그 동료를 구하지 못한다면 과연 뭘 구할 수 있단 말인가. 기껏해야 동생의 숙제 과외와 샤미센의 털을 밀어 빡빡이로 만들고 싶어하는 어머니를 막는 것 정도일 거다. 이대로 멍하니 흘러가느니 가끔은 고향의 강으로 돌아온 은어만큼이라도 흐름에 역행해보자 이거야.

궁극적인 내 목표는 나가토를 평범한 상태로 되돌린다는 지극히 단순한 것이기도 하고….

오오, 이거 의욕이 생기는 것 같은데.

내 극기심은 절찬리 위로 위로 현재진행형이다. 이 열의가 면학으로 갔다면 어머니는 눈물을 흘릴 만큼 기뻐하겠지만 그것과 이것은 아무 상관이 없는 일이다. 미안해요, 엄마. 아무튼 이 결의를 막을 수 있는 지적 생명체는 지구 안과 밖을 불문하고 어디에도 없다. 오오. 내게도 조금은 히어로물 주인공의 소양이 싹튼 것 같은데? 지금이 목욕을 막 마친 벌거벗은 상태가 아니었다면 오른손을 하늘 높이 치켜들고 괜히 기합을 한 번 내질렀을지도 모른다.

현 시점에서 내 기세를 막는 건 어느 누구도 불가능하다 해도 거의 하자가 없을 거다. 틀림없이 사사키는 마치 장마 한창때의 달팽이도 비웃을 정도로 뚱하니 꾸물거리고만 있는 나를 격려하려고 온 거다. 전혀 상관없는 이야기를 담담히 꺼내며 듣는 이의 생각을 유도하는, 아주 훌륭한 고등 심리술이잖아. 정말 무서운 녀석이야.

"어디 한 번 해보자고. 미래인과 우주인과 초능력자를 모조리 내 가시범위 안에서 쫓아내주겠어."

말할 것도 없이 아사히나 선배(소)와 나가토, 그리고 겸사겸사 코이즈미는 제외하고다. 모리 씨와 키미도리 선배는 어떻게 할까….

참으로 나답지 않은 이런저런 몽상에 취해 있었지만 기세 좋게 떠들어대는 마음 한구석에서는 기분 나쁠 정도로 냉정해지는 또 다른 내가 냉소적인 비웃음을 짓고 있었다. 굳이 따지자면 그게 본래의 나 자신일지도 모르겠다. 중요한 순간에 찬물을 끼얹은 초자아적인 내면의 존재를 나 자신은 부정할 수 없었다.

그런 내가 이렇게 말하고 있었다.

내가 아니라도 초월적 히어로 역할을 할 수 있는 녀석이 있지 않아?

다름 아닌 딱 한 사람, 그 녀석이.

아니, 그 녀석이야말로—라고 해야 하나.

이렇게 말이다.

—「스즈미야 하루히의 경악(후)」로 이어집니다.

개정판 스즈미야 하루히의 경악(전)

2022년 6월 8일 초판 1쇄 인쇄
2022년 6월 15일 초판 1쇄 발행

저자 · Nagaru Tanigawa
일러스트 · Noizi Ito
역자 · 이덕주
발행인 · 황민호
콘텐츠4사업본부장 · 박정훈
콘텐츠4사업본부장 · 김순란 강경양 한지은 김사라
마케팅 · 조안나 이유진 이나경
국제업무 · 이주은 김준혜
제작 · 심상운 최택순 성시원
한국판 디자인 · 디자인 우리
발행처 · 대원씨아이(주)

서울 특별시 용산구 한강로3가 40-456
편집부 : 02-2071-2104 FAX : 02-794-2105
영업부 : 02-2071-2061 FAX : 02-794-7771
1992년 5월 11일 등록 3-563호

http://www.dwci.co.kr/

원제 SUZUMIYA HARUHI NO KYOGAKU
© Nagaru Tanigawa, Noizi Ito 2011
First published in Japan in 2011 by KADOKAWA CORPORATION, Tokyo.
Korean translation rights arranged with KADOKAWA CORPORATION, Tokyo.

ISBN 979-11-6894-667-5
ISBN 979-11-6894-657-6 (세트)